从经典作家进入历史

"浪漫星云"题解

当我在夜晚繁星如织的面庞

看到巨大的云符乃浪漫的表征

想到我永远无法用命运的神掌

趁有生之年追寻它们的踪影

（济慈，《当我害怕人生将尽》）

　　浪漫主义并不浪漫。这是后人的命名。"浪漫星云"之说偶然得之，倒也十分贴切。因为，以英国浪漫主义文学为例，这一时期恰是群星闪耀时，大诗人们共同造就了英国诗歌史上的巅峰。他们不仅拥有超越地心引力的璀璨壮美，更有一双始终凝视尘世的眼睛，既超然物外，又时常感到生存的

"秘密重压",听到"那沉静而永在的人性悲曲"。

这些诗人们并不知道自己被称为"浪漫主义诗人"。虽然他们的作品中偶尔出现"浪漫"一词,但到底何为浪漫,亚瑟·拉夫乔伊教授列出的定义至少有二十多种。一言难尽。简单来说,首先,浪漫主义作家们不仅具有瑰丽的想象,创新的诗论,独特的审美,而且也是"自我书写"的先锋,华兹华斯的《序曲,或一位诗人心灵的成长》即是一部诗歌体自传。柯尔律治的《文学生涯》侧重梳理诗学思想。拜伦的《恰尔德·哈洛尔德游记》则记录了诗人壮游中的见闻和思考。这些带有自传色彩的作品与后人为他们所写的传记相互映照,值得探索。其次,法国大革命作为"时代的精神"是英国浪漫主义的宏大背景。两代诗人或亲历了这一历史事件,或诞生于它的历史余波,他们的经历也由此丰富、厚重。别的作家编织梦想,他们本身就是传奇,最终认识到无论世事的体系经历了多少风云变幻,人类的心灵有着"更神妙的材质与织体","比其居住的大地美妙千百倍"。此外,这些作家的生活方式与艺术创作高度融合,比如隐居湖畔思索自然与人性的华兹华斯,游历四方、投身希腊独立战争的拜伦,等等。研读他们的传记,我们感佩他们将生活与理想合而为一的勇气;吟诵他们的诗歌,我们珍惜这诗语与诗思表里如一的真诚。

浪漫主义的许多思想传统至今值得我们借鉴。他们热爱自然,但更关注与自然交流的心灵。他们重视生态,但深知生态实乃心态的反映。他们往往被贴上"自我"的标签,但对自我的反省与探索最终引向对人类的普遍同情。他们被称为叛逆者、反动派,但没有谁比他们更敬畏习俗与传统。他们对想象力的重视,对精神完美的追求,对唯理性主义的担忧,对视觉中心文化的反思,对"进步"与"速度"的怀疑,对"朴素生活,高贵思考"的信念……都拥有恒星般久远光明的价值。

第一代浪漫主义诗人的两大巨匠都曾为我们的心灵状态忧虑。华兹华斯认为,"在我们的时代里,众多因素正以一股联合之势钝化着心智的鉴赏力,使心灵不能发挥任何主动性,乃至陷入愚钝"。这股使心灵钝化的合力包括工业的发展、城市人口的激增和信息的高速传播——如今,有过之而无不及。他的好朋友柯尔律治也警示我们,在忙忙碌碌的世界里,"由于熟视无睹或者私心牵掣,我们视而不见,听而不闻,有心灵,却既不善感受,也不能理解"。他们认为,在任何时期,作家最重要的职责都是要提高人们心的灵敏度——"啊,灵魂自身必须焕发出／光芒、辉煌和美妙明亮的云章"。艾布拉姆斯教授曾通过镜与灯的对比来阐明浪漫主义的特征。我们看到,这些伟大的诗人们不是灯盏,是星辰。

浪漫主义的细腻文思和作家们的忧患意识,使得"浪漫星云"子系列绵延着"文学纪念碑"丛书的深厚关切。同时,作为一个欧洲现象,浪漫主义跨越文学、美术和音乐等多重领域,也让未来搭建更多的丰碑成为可能。我们希冀"浪漫星云"系列以一碑一契汇聚为一座巨石阵,浪漫之中不乏沉重,星云之下脚踏实地、悯念苍生。

拜伦像

Childe Harold's
Pilgrimage

—○— *by Lord Byron* —○—

恰尔德·哈洛尔德 游记

（英）拜伦 著　杨熙龄 译

广西师范大学出版社
·桂林·

作者介绍

乔治·戈登·拜伦（George Gordon Byron）　第六世拜伦勋爵，1788年1月22日生于伦敦。他的童年在阿伯丁度过。他孀居的母亲，盖特地区戈登家族最后的一代，含辛茹苦将他抚养长大。他的父亲将母亲的财产挥霍殆尽，于1791年逝世。天生跛足，拜伦很小就对自己的缺陷高度敏感，并持续终生。1798年，他继承了爵位和古老的拜伦家族位于纽斯泰德修道院的地产，随母亲前往英格兰。1801年，拜伦入读哈罗公学，1805年就读于剑桥大学三一学院。1807年，他的第一部诗集《闲暇时光》出版。1809年，《英格兰诗人与苏格兰评论家》出版,驳斥了评论家对他早期诗歌的粗暴评论。在该书出版之前,他开启了壮游之旅,游历欧洲大陆和黎凡特地区,途经葡萄牙、西班牙、阿尔巴尼亚,直至希腊、小亚细亚和君士坦丁堡。当他 1811 年归来,与他一起荣归的还有《恰尔德·哈洛尔德游记》的前两章。翌年,游记出版,拜伦一夜成名。在上流社会的客厅,他受到拥戴,而出国之前,他对此几乎一无所知。拜伦风度翩翩,侧影有希腊之俊逸,受到上流社会女性的追求,并卷入几桩秘密的恋情。此后,1815 年 1 月 2 日,拜伦与安娜·伊莎贝拉·密尔班克结婚。同年十二月,女儿(奥古斯塔·艾达)出生。1816 年 1 月,拜伦夫人离开他回到她父母家中。理由从未公开,人们做出最坏的猜测,罪行包括与同父异母的姐姐奥古斯塔·利的乱伦。(后来的证据表明,拜伦在婚前与奥古斯塔已有隐情。拜伦夫人离开拜伦后才知道此事,所以这不可能是分居的原因。)4 月,为逃避曝光的丑闻,拜伦离开英格兰,一去不返。他在日内瓦湖度过夏天,邂逅雪莱。然后,他前往意大利,在此生活了六年。先在威尼斯,过着当地浪荡形骸的生活,几乎毁了健康(尽管与此同时,这个环境也使他创作出最佳的诗歌,包括《贝波》和《唐璜》前几章)。这时,他遇见特蕾莎·古琪奥丽伯爵夫人,与之相恋,并追随她来到拉文纳(1819-1821),又通过她的家族卷入意大利革命运动。伯爵夫人与丈夫分居后,拜伦继续这段私情,身心愉悦。他们在比萨共度了一段时光(1821-1822),继续与雪莱交往,直至1822年7月雪莱溺亡(拜伦出席了在维亚雷焦海岸举行的火葬仪式)。1823年7月,在热那亚逗留一年后,拜伦前去声援希腊人民反抗土耳其统治的独立战争。1824年4月19日,在希腊西部的米索朗基,拜伦发烧而终。遗体被送归英国。西敏寺拒绝接收,最终葬于纽斯泰德修道院附近哈克诺尔托卡德的祖坟。

译者介绍

杨熙龄(1927-1989) 浙江余姚人。中国社会科学院研究员,中国作家协会会员。翻译代表作品:《恰尔德·哈洛尔德游记》《雪莱抒情诗选》《莎士比亚十四行诗集》《雪莱政治论文选》。代表著作:《奇异的循环——逻辑悖论探析》,为中国第一部研究逻辑悖论的专著;《理智梦》,一部融诗与哲学为一体的当代西方哲学述评;《考瓶说分》,一部通过考察陶瓷史研究逻辑学问题的著述。

世界像一本书，一个人只见过自己的国家，等于只读了这本书的第一页。我曾经翻看过不少页，感到每一页都同样丑恶。但阅读的结果，倒不是没有收获。我本来厌恶我的祖国，可是，我所接触过的许多民族的傲慢无礼，却使我同祖国和解。从旅行中哪怕只得到这一点益处，我已经不计较所花掉的旅费和旅途上的劳顿了。

摘自《世界旅行者》①

———————

① 《世界旅行者》，法国德蒙布隆著，1798 年出版于巴黎。拜伦所引用的是法文原文。

CHILDE HAROLD'S PILGRIMAGE

A ROMAUNT

BY LORD BYRON

ILLUSTRATED EDITION

LONDON

JOHN MURRAY, ALBEMARLE STREET

1869

约翰·默里 1869 年版扉页

目 录

纽斯泰德修道院

插图目录

第一章

第二章

第三章

第四章

第一、二两章序言

    下面的这些诗,大部分就在它们所描写的地点写成。作者在阿尔巴尼亚开始写这部诗,因此关于西班牙和葡萄牙的部分是后来根据他在那两国的见闻补写的。[1]关于诗中一些描述的确实性,作上述说明也许就够了。所描写的景象是在西班牙、葡萄牙、伊庇鲁斯、阿卡内尼亚和希腊。现在,这诗就写到希腊为止。至于作者是否敢带引读者经过爱奥尼亚和弗里吉亚到"东方之都"[2]去,却要看读者的反应如何了。这两章只是实验性的作品。

    为了让这部作品多少有点连贯性,就放进了一个虚构的人物;但是这个人物的描写并不求其完整。朋友们曾提示过我,说这个虚构人物,恰尔德·哈洛尔德,也许会使人怀疑我写的是某一个真人;我认为这个意见很有价值。但是，关于这一点，请允许我在这儿干脆地加以否认。哈洛尔德，只是一个幻想的产儿，而创造他的理由，上边已经说了。如果光看一些细枝末节和局部的特点，这种猜想也许有理；但我希望，从人物的主要方面来看，就绝不至于产生这种想法。

几乎不需要说明的是，加上"恰尔德"[3]这一称呼——如"恰尔德·沃特斯""恰尔德·恰尔德斯"等——是为了更适应我所采用的旧式诗体。第一章开头部分的那首《晚安歌》则是受了司各特所编《边区歌谣集》中的《麦克斯威勋爵的晚安歌》的启发而写成的。

从描述伊比利亚半岛的本诗第一章中，读者或许会发现一些与别人已发表的关于西班牙的诗篇略似之处，但那只是巧合而已；因为除了末尾的几节诗以外，这二章全部是作者在黎凡特[4]时写的。

斯宾塞诗节[5]，据我们的最有成就的诗人之一的见解，能适合千变万化的内容。贝提博士[6]这样说："不久前，我开始用斯宾塞诗体写一部诗，我企图用这种形式来充分表现我的意向，兴之所至，不论是诙谐或忧郁，叙事或抒情，缠绵低回或讽刺挖苦；因为如果我没有弄错的话，我所采用的这种格律是适宜于所有这些意境的。"这么一位权威的意见,再加上一位属于最卓越的意大利诗人行列的人物的先例,增强了我的信念;因而我想不必辩解为什么要在下面的作品中拿这种诗式作类似的运用。我深信,如果这些诗失败了,其原因一定在于自己的笔力不够,而不在于格律,因为阿里奥斯托、汤姆孙[7]和贝提的创作实践早已证明这种诗式是良好的。

1812 年 2 月于伦敦

注解

[1] 作者的旅程是先到葡萄牙和西班牙,后到阿尔巴尼亚。

[2] 东方之都,即君士坦丁堡,土耳其名为斯坦布尔,今名伊斯坦布尔。

[3] 恰尔德(Childe):英国古代贵族子弟在承袭"骑士"爵位之前所用称号。注家托泽简释为"英国中世纪骑士的一种称号"。意义略似我国的"公子"。

[4] 黎凡特(Levant):泛指地中海东部诸国家和岛屿,包括阿尔巴尼亚和希腊的雅典在内。

[5] 斯宾塞诗节:英国诗人斯宾塞(Edmund Spenser, 1552-1599)所创造的一种诗式。每节九行,前八行每行抑扬

五音步（十音缀），末行六音步（十二音缀）。韵式为abbbcbcc。斯宾塞的长诗《仙后》(*The Faerie Queene*)即用这种诗节组成。

[6] 詹姆斯·贝提(James Beattie, 1735-1803)：苏格兰诗人，他的长诗《行吟诗人》(*The Minstrel*)也是用斯宾塞诗体写成，以叙述简洁著称，但没有写完。

[7] 阿里奥斯托(Ludovico Ariosto, 1474-1533)：意大利诗人，著有长诗《疯狂的奥兰多》(*Orlando Furioso*)。该诗以每节八行的诗组成。斯宾塞诗节就是在这种体裁的影响下创制出来的。詹姆斯·汤姆孙(James Thomson, 1700-1748)为苏格兰诗人，他的长诗《怠惰之堡》(*The Castle of Indolence*)也用斯宾塞体写成。

序言的补充

一直等待到现在,差不多我们的所有期刊都已经发表了一点例行的评论。对于大部分评论的公正性,我没有异议;为了他们十分轻微的责难而和他们争吵,对我说来,是不合适的;因为也许他们比较不客气的时候,说的倒更像实话。为了答礼,我谢谢他们全体和每一位的宽厚,而唯有一点却想冒昧谈一谈。对于那位"漂泊的恰尔德"的那种冷冰冰的性格(这个人物,尽管有许多破绽,我却仍然要声明他只是一个虚构的角色),有许多提得很公正的意见,但有一种意见说,这个人物除了有时代错误以外,也很不像骑士,因为骑士的时代是讲爱情、讲荣誉等等的时代。然而,那美好的古昔,即所谓"美好的古昔的爱情、古典式的爱情"盛行的时期,其实是所有世纪之中最荒淫的世纪。谁要是对这一点有所怀疑的话，不妨翻翻圣-巴莱叶的书[1]，在那里面，到处都可找到根据，特别是该书第二卷第69页。骑士们的誓言不见得比其他各种人的誓言更可靠些；"特洛伯多尔"[2]们的歌也不见得比奥维德[3]的正经，倒是可以肯定比奥维德的粗糙得多。"爱的风气，爱的宫廷，或者礼仪和温文尔雅的风度"云云，其实爱情的成分倒比礼仪和"温文尔雅"的成分多得多。读者翻阅一下罗兰所著和圣-巴莱叶同样主题的著作[4]就会明白。不论对那个最不温顺的人物恰尔德·哈洛尔德还有其他什么不满的看法，但就他的品性而论，总还不失其为一个十足的骑士——"不是侍从，而是一个圣殿骑士"[5]。顺便说一句，我倒担心特里斯坦爵士和兰斯洛特爵士[6]，作为骑士也不怎么样哩，尽管他们被描绘得很有诗意，而且也是"无畏"而非"无瑕"的真正骑士。如果关于设立"嘉德"勋位的故事[7]不是无稽之谈，那么几个世纪以来获得这种勋位的骑士们一直挂着一个不值得纪念的索尔兹伯里伯爵夫人的徽号。关于骑士风，就说这些吧。伯克[8]大可不必慨叹骑士时代的逝去，尽管玛丽·安托瓦内特[9]也和大多数使得骑士们为之拼长矛、为之丧命的女人一样贞淑。

从巴雅[10]以前的时代起,到约瑟夫·班克斯爵士[11]的时代为止(这是历史上最讲贞节和最受颂扬的时代了),情形就是我所说的这样,很难找到例外。恐怕只须稍稍探究一番,我们就不会再惋惜这种中世纪的极其可怕的虚假礼仪的丧失了。

我还是让恰尔德·哈洛尔德活着,照他的样子活着;如果描绘一个温文的人物,那是更容易讨好的,而且也一定更方便。要粉饰他的缺点,使他多行动、少说话,那颇容易。但这个人物根本不是为了做模范而创造的,除了表明一个人的心灵在早年遭到损害之后,会造成对过去欢乐的厌倦,对新的乐趣的失望;甚至大自然的美和旅行的刺激(除了野心,那是各种刺激中最厉害的一种),对于一个这样造成,或者说得更确切些,这样被引上歧途的灵魂,也都不起作用了。如果这诗继续写下去,也许在结束前会把这个人物刻划得更深刻些;因为我曾经计划把他写成一个近代的泰门[12];或者一个诗作中的齐洛柯[13],虽然有某种不同之处。

1813 年于伦敦

注解

[1] 圣-巴莱叶（Sainte-Paraye）的书《古代骑士回忆录》（*Mémories sur l'Ancienne Chevalerie*），1781 年巴黎出版。

[2] 特洛伯多尔（Troubadour）：十一世纪至十三世纪间法国南部、意大利北部等地的行吟诗人。他们往来于各宫廷之间。

[3] 奥维德（Ovid，公元前 43 –公元 18）：古罗马诗人，以爱情诗闻名，著有《变形记》（*Metamorphoses*）、《爱经》（*Ars Armatoria*）等。

[4] 埃尔瑟维尔的罗兰?《高卢贵妇爱情法庭特权研究》（Rolland d'Erceville? *Recherches sur les prérogatives de dames chez Gaulois, sur les cours d'amour, etc*），1788 年出版。

[5] 语出《强盗，或双重安排》（"The Rovers, or the Double Arrangement"），《反雅各宾》（*Anti-Jacobin*），1797 年出版。"圣殿骑士"，1118 年时为防御"教敌"、保护参谒圣地之信徒及圣墓而组织于耶路撒冷的一种团体的成员，当时该团的本部设于耶路撒冷之所罗门圣堂，故名。此处拜伦引"不是侍从，而是一个圣殿骑士"一语，

是以幽默口气回答那些指摘哈洛尔德的性格不像骑士的评论者。

[6] 特里斯坦爵士：欧洲中世纪传奇故事中的一个骑士，爱他的婶母——康沃尔王后（即"伊索尔特"）；兰斯洛特爵士则为较晚传说中的人物，供职于亚瑟王的官廷，而与亚瑟之妻桂妮维尔相爱。但这两个骑士都是英勇正直的。拜伦无非以此提示有的评论家不要道貌岸然地妄评哈洛尔德的性格。

[7] 嘉德（Garter）为英国最高级骑士勋位名。"嘉德"一词意为"吊袜带"。关于设立这个勋位的传说（未可全信）是：索尔兹伯里伯爵夫人在一次官廷舞会上把吊袜带掉了，爱德华三世立刻把它拾起，机灵地把这条蓝色丝吊袜带绑到自己的腿上，以转移宾客的注意，他一边绑一边用法语说："Honi soit qui maly pense."（"愿心怀恶念者遭辱。"）这句话后来就成了"嘉德"勋位骑士的箴言。

[8] 埃德蒙·伯克（Edmund Burke，1729–1797），英国著作家，以反对法国大革命闻名。

[9] 玛丽·安托瓦内特（Marie Antoinette，1755–1793）：路易十六之妻，大革命时死在断头台上。

[10] 巴雅(Bayard,约 1474—1524):法国名将,他是"无畏
    而又无瑕的骑士"。

[11] 约瑟夫·班克斯爵士(Joseph Banks,1744—1820):著
    名的英国博物学家,曾随库克环游世界,收集博物标
    本。但作者在这里提到他,却是讽刺性的,因为他随
    库克航行,在奥塔希特岛(即今之塔希提岛〔Tahiti〕)
    上闹了桃色事件,曾经轰动一时,为英国社会所诟病。

[12] 泰门:莎士比亚《雅典的泰门》(Timon of Athens)一剧
    中的主人公。

[13] 齐洛柯:约翰·摩尔(John Moore,1729—1802)所作传
    奇《齐洛柯》(Zeluco)的主人公。该书述青年齐洛柯
    早年丧父,其母的不良教育使他陷于任性的生活,变
    成一个"火药似的容易发火的人"。

安蒂像

给安蒂[1]

虽然我最近才浪游过的那些地方，

一向负有生长绝世美人的盛名；

虽然有许多幻影使我的心儿神往，

那些形象却藏在可望不可即的梦境；

但不论是真是假，都不可与你比并。

自从见了你，我再不愿徒劳地握笔，

笔墨怎能描绘那千娇百媚的倩影；

对于没见过你的人，我的语言无力；

有幸见到你的人，又能用什么话来赞美你？

但愿你始终同你青春的征兆相称，

啊！愿你永远保持着现在的模样；

你形容如此美丽，心儿温和而单纯，

就像爱神降世，只缺了一双翅膀，

你纯洁无邪，出乎希望女神的想象！

正这么热心地抚育着你的青春的她，

一定从日益容光焕发的你的身上，

看到了她将来的虹霓的灿烂光华；[2]

面对着它那天国才有的色彩，一切苦恼融化。

西方妙龄的"佩丽"！我的年岁，[3]

已经两倍于你，这对我是件好事；

我没有爱情的眼，对着你含苞欲放的美，

可以安全地细看，一眨不眨地注视。

幸运的是我将永远看不到你美的消逝；

更幸运的是后生少年的心将为你痛苦，

而我的心却能够逃避你明眸的赏赐，

那些继我而崇拜你的人们的命数；

他们难逃恋爱中最可爱的时光所难免的酸楚。

啊！你的眸子跟羚羊的眼一样天真，

有时大胆地闪烁，有时羞涩得美丽，

顾盼能迷人，注视时光采炯炯；

一瞥这一页吧；也不要对我的诗集

吝惜一笑；如果你给我的超出了友谊，

我的心将为你的笑容而徒然相思。

只给这些吧，亲爱的少女；也不必诧异：

为什么我把诗篇献给这么年轻的女子，

无非给我的花环添上一朵百合花，秀丽绝世。

现在你的芳名已织进了我的诗篇；

只要还有仁慈的眼睛愿意看上几句

《哈洛尔德》，那么，安蒂之名题在上边，

将最先被读到，而最后才被忘去。

待到我离了人世，这故人的赞誉，

能吸引你的纤手把这诗琴的弦儿轻理；

奏琴人曾赞美你是最美丽的少女。

我身后最大的幸事无非如此而已，

虽然超出希望的范围，但友谊的要求岂能更低？

注解

[1] 这几节献诗作于1812年秋,是本书第七版时才加上去的。安蒂即牛津伯爵的次女夏洛特·哈莱(Lady Charlotte Harley),当时还只有十一岁,而作者已经二十四岁。又,安蒂原文"Ianthe"是一种百合花的名字,献诗第四节末行说:"给我的花环添上一朵百合花",意思就是把安蒂之名题在本诗之前。

[2] 虹霓是希望的象征;本行及本节第六行中的"她",都是指希望之神。

[3] 佩丽(Peri):波斯语,仙女的意思。

CANTO THE FIRST.

纽斯泰德修道院喷泉和回廊

第一章

卡斯塔里亚泉

一

啊！你是古希腊人所祀奉的神仙，

缪斯！诗人的头脑里产生的幻影！[1]

我不敢请你光临，从那神圣的山间；

因为近今的歪诗常污损你的声名。

可是我曾徘徊在你那著名的水滨；[2]

是啊！也凭吊过德尔斐神庙的废墟：[3]

除了涓涓的泉水，那儿是万籁无声。

但我的琴岂敢吵醒九位倦怠的仙女，

要她们宠幸这平淡无奇的故事，我粗陋的诗句。

二

从前有位少年，住在阿尔比恩岛上，[4]

一切正经事儿，他都感到厌烦；

他白天过着放浪的生活，十分荒唐，

夜晚也总是笑乐欢狂，闹个通宵达旦。

我的天哪！他实在是个无耻的闲汉，

整个儿沉湎于花天酒地,不顾罪恶;

除了几个情妇和一群好色的伙伴,

还有大大小小恬不知耻的酒糊涂,

这人世间的事儿,他心里可满不在乎。

三

恰尔德·哈洛尔德,人家这样称他。

然而可以不必由我在这儿细表

他那古老的家谱和出身的门阀;

说是显赫过一时的家族,也就够了。

但是不管先人是多么富贵荣耀,

出一个败子,就永远损坏了门风。

哪怕查考出他祖宗有过多大功劳,

哪怕华丽的文章,或者阿谀的歌颂,

都不能掩饰卑劣的行径,表彰罪恶的举动。

四

哈洛尔德像小飞虫,在正午的阳光下,

悠闲自在，任性地飞舞和游戏；

哪料到霎时间晴天霹雳起变化，

一阵风暴将会逼得他垂头丧气。

还没有过完他一生的三分之一，[5]

哈洛尔德碰上比灾难还不幸的事故：

他陷入了酒醉饭饱的苦闷境地。

在自己的故土，他已经再也待不住，

那种寂寞，他觉得甚于隐士居住的凄凉茅屋。

五

他已在罪恶的迷津中，长久地跋涉，

可是对自己的罪孽，从不感到内疚；

恋慕过许多人，所爱的却只一个，

唉！那人儿呢，绝不能成为他所有。

啊，她可真够幸运，早就同他分手！

否则他的吻一定会亵渎她贞洁之身；

他也会很快抛弃她而去寻花问柳，

更可能把她的财产挥霍得一干二净，

因为那平静的家庭生活是决不会使他称心。

六

如今恰尔德·哈洛尔德心里直发愁，

他就想逃脱那些爱酒如命的伴当；

据说有时候伤心之泪会夺眶而流，

但自尊心却阻止他的泪水往外淌；

落落寡合，他独个儿徘徊怅惘，

终于下定决心要离开他的祖国，

去到海外的许多炎热的国土流浪；

厌倦了享乐，他简直想遭些灾祸，

只要能变换一下情调，便落入地狱也无不可。

七

哈洛尔德离开了他父亲的公馆，

那是一座宏伟而古老的建筑；

它已如此古老，几乎就会倒坍，

但围廊上的圆柱还显得那么坚固。

圣洁的寺院！竟沦为邪恶的去处！[6]

纽斯泰德修道院客堂

这个曾经是迷信的人们住的地方，

现在让轻佻的女郎们来放浪地歌舞；

僧侣们该认为又回到了他们的好时光，

如果古老的传说不错，并没有把高僧们冤枉。[7]

八

然而时常在他狂欢无度的时候，

奇特的痛苦会突然使他蹙紧眉尖；

似乎是记起了不共戴天的宿仇，

又仿佛心底潜藏着失恋的哀怨。

但谁也不解他的心事，也不来问长问短，

因为他不是那种坦率又爽快的人物，

把愁苦倾吐，心头的抑郁就会消减；

不管有多深的忧思，自己无法排除，

但他也决不去寻求朋友们的劝说和慰抚。

九

没有人真心爱他，尽管从远近各地，

招来了满屋子吃喝玩乐的人物；

他明知都是些酒肉朋友，会拍马屁，

贪图一时的欢乐而来，心肝全无。

唉！有谁真心爱他——即使那些情妇；

但豪华和权势本是妇人们所向往，

轻薄的爱神也到这类地方找伴侣；

姑娘们，像飞蛾，只爱灿烂的灯光，

有时候玛蒙会取胜，而萨拉芙却落得个失望。[8]

一○

哈洛尔德有位母亲，他并未忘怀；

虽然向她老人家告别，他故意避免；

也有一位姐姐，是他所挚爱，

但在踏上劳苦的旅途前，也未会面；

如果他真有朋友，也没向谁说声再见。

但别以为他的心已如铁石，似寒灰，

倘你们在人世间也曾有所眷恋，

一定能领会这番别离的滋味，

想医治那心灵的创伤，结果反使心儿破碎。

一一

他的家园,他的祖产,他的田亩,

还有那些曾经使他喜悦的娘儿们;

她们的蓝眼珠、秀发和雪白的纤手,

也许会打动隐士们孤洁的心灵,

但在他却早已腻烦,再不会动心;

他的酒杯里盛过各色昂贵的佳酿,

种种奢侈的排场,真是一言难尽:

如今他全都抛开,丝毫不觉惆怅,

他将远渡重洋去异教的口岸,到地球的另一方。

一二

船帆鼓得满满,一阵阵好风不止,

风儿也像有意要把他送往异乡;

迅速地后退了,那白色的岩石,[9]

一转眼就消失在万顷的波涛上。

现在,他也许已为出走感到怅惘,

但这种念头只在心底里掩埋，

他嘴上可没有流露出半句忧伤，

不过别人却都在洒泪，黯然伤怀，

对着无情的海风叹息连连，毫无男儿气概。

一三

但是当夕阳在海面上冉冉沉落，

他忽而抱起他惯于抚弄的竖琴，

虽然那随意奏出的曲调儿未必合拍，

他爱抚琴，只要没有生人在倾听；

现在他奏骊歌一曲，对着暮霭沉沉，

指尖儿在那琴弦上拨弄徐徐；

两边的白浪像鸟翼，船儿就像飞行，

朦胧的海岸线早已在他眼前逝去，

于是他面对海天，唱出这样的"晚安曲"：

1

再见，再见！我的家乡

快要消隐在蓝色的波涛上；

晚风在悲叹,海潮咆哮,

　　海鸥呀也在厉声啼叫。

夕阳在海上渐渐下坠,

　　我们的船儿扬帆追随;

再见吧,太阳;再见,

　　我的祖国——祝你晚安!

2

转眼它就重新露脸,

　　带来新的一天;

我将向大海和苍穹欢呼,

　　虽然远离了我的乡土。

我家厅堂早已空落落,

　　炉灶断绝了烟火;

墙上会长出簇簇荒草;

　　爱犬在门前哀声吠叫。

3

"来呀,来呀,我的小书僮!

　　你为什么这般悲痛?

莫非你害怕汹涌的波涛，

　　还是担心大风的怒号？

快快擦干你的眼泪；

　　坚固的船儿快如飞，

即使那最神速的老鹰，

　　也难得这般轻灵。

4

"风呀让它吹，浪呀尽管打，

　　狂风恶浪我不怕；

可是公子呵，请你莫奇怪，

　　我的心里真悲哀；

因为我抛下了我爸，

　　还有我所爱的好妈妈；

离了他们俩，无人再相亲，

　　除了您和天上的神明。

5

"爸爸再三祝我平安，

　　老人家还不觉太难堪；

妈妈却会长吁又短叹，

　　　　直到我回返家园。"

"算了，算了，好孩子！

　　　　难怪你，洒泪不止，

要是我有你纯洁的心田，

　　　　我的眼眶也不会枯干。

6

"来呀，我忠实的庄稼汉，

　　　　你脸色为甚显得凄惨？

莫非你害怕法国人，[10]

　　　　还是恐惧那怒号的大风？"

"您道我贪生怕死心黑焦？

　　　　公子呀，我岂是个脓包；

只因想起妻子心伤哀，

　　　　老实人的脸色变得惨白。

7

"我的妻儿住在湖畔，

　　　　离您的府上并不远；

倘使孩子惦记他爸,

　　叫我的妻子怎回答?"
"算了,我善良的农夫,

　　谁都相信你的愁苦;
可我的心中倒泰然,

　　离乡背井,也只等闲。"

8

因为谁也不会相信,

　　妻子或情妇的假伤心;
蓝色的明眸泪汪汪,

　　有了新欢把旧人遗忘。
欢乐过去,我不留恋,

　　灾祸临头,我不忌惮;
没有什么值得我流泪,

　　这却使得我最伤悲。

9

现在我是孑然一身,

　　在这辽阔的海上飘零:

谁也不为我叹一口气，

　　　我何苦为别人伤悲？

也许爱犬会哀哀吠叫，

　　　可怜要赖他人把它喂饱；

但是不消多少日子，

　　　它也会咬我，再不相识。

10

船儿呀，带我乘风破浪，

　　　横渡波澜起伏的海洋；

随你把我送到哪处，

　　　只要不是我的故土。

欢迎你们，蓝色的海波！

　　　我将赞美石窟和荒漠，

待到渡过重洋抵达彼岸！

　　　祖国呀，祝你晚安！

一四

帆船飞一般向前驶，陆地早已不见，

辛特拉

比斯开湾的波涛彻夜不眠,风刮得紧。

航行已四日,转眼就到了第五天,

新的海岸在望,旅人个个都兴奋。

辛特拉的山峰好像在遥遥相迎;

塔古斯河滔滔地向着大海奔流,

向沧海呈献那传说已久的黄金;[11]

立刻有葡萄牙人来把船儿领进港口,

两岸都是良田,却还不到收割庄稼的时候。

一五

基督呀,这地方的风景可真好看,

上苍把这芬芳国土装饰成一片锦绣!

多么美妙的景色展现在山野之间,

芳香的果实结在每一棵树的枝头!

然而人却要破坏它,用不虔信的手。

但是当全能的神把最严厉的鞭子举起,

惩罚最违逆他旨意的人们的时候,

在无比的忿怒下,他将重重打击

残暴的高卢军,把这些最凶恶的害虫逐出大地。[12]

一六

乍看里斯本的外貌，多么堂皇！

一湾壮阔的流水上浮荡着它的倒影；

诗人们幻想这河有金沙的河床。

但如今，一千艘威武的军舰在横行，

自从葡萄牙与阿尔比恩结成联盟，

阿尔比恩便赶来救助她的朋友。

葡萄牙这个国家骄傲而又愚蠢，

舔着，同时又憎恶那握宝剑的手，[13]

那只手，据说要将她从高卢暴君的威胁下拯救。

一七

远望这城市光辉灿烂，像座天堂，

但是进城去一走，就会觉得厌烦，

陌生的眼会看到许多丑陋的形状。

到处肮脏，不论是茅舍，还是宫殿；

蓬头垢面的居民杂处在垃圾堆中间，

里斯本

不论是贵族或贱民,都漠不关心

自己身上外套或衬衣的清洁美观;

虽然那埃及的疫病在这儿流行,

许多人还是不梳头,不洗澡,竟也不生病。

一八

卑贱的奴隶们!却生长在最华贵的家乡,

造化为甚把奇迹浪费在这等人身畔?

看吧!山峦和幽谷织成了绣锦一方,

中间坐落着辛特拉美丽的伊甸园。

有哪位画师能用铅笔或鹅毛管,

将我们见到景物的一半来描绘?

有位诗人把天国之门打开,世人惊叹;[14]

但是眼前这些景色的灿烂明媚,

竟要超过天国风光,超过那位诗人之所赞美。

一九

修道院巍然矗立在峻嶒的山巅上,

灰白的软木树成了崎岖悬崖的外套；

幽谷中不见天日的灌木一定悲伤，

山上的苔藓却被灼热的阳光烤焦；

蔚蓝的海面上没有一丝儿波涛，

金黄色的橙子点缀着最葱绿的树行，

瀑布从危岩间向着幽壑中急跳，

山上挂着葡萄，山下长着一行行垂杨：

这一切，交织成五光十色的景致，好不辉煌。

二〇

你们且慢慢地走上那曲折的山径，

不时地停下脚步，向四下俯瞰，

往高处去，可爱的景色又随着更新，

然后，歇足在"灾难神母修道院"。[15]

寒酸的修士把小小的古物指给你看，

又向游客讲述种种的传说和故典：

他们说许多罪人曾在这儿受难；

翁诺流斯在那边的山洞里住过多年，[16]

使他自己过地狱般的生活，为了死后能升天。

彭纳女隐修院

二一

当你一步步沿着山道上升,请注意:

许多粗陋的十字架,散布在道路附近。

但不要以为这些是虔敬的标记;

它们只是杀人的狠毒留下的疤痕,

因为当哪儿有人发出凄厉的尖叫声,

流着鲜血,在刺客的匕首下倒卧,

那儿就出现一个十字架,用朽木制成;

漫山遍野有无数这类死者的坟墓;

在这残酷的地方,人的性命岂能受法律保护!

二二

在山坡上,或是在底下的幽谷内,

是一座座昔日帝王驻跸的宫邸;

虽然残余的荣华还似在四近徘徊,

却只有一丛丛野花才保持着生机。

那边耸立着摄政王精美的府第;[17]

瓦德克,你,英格兰首屈一指的富翁![18]

　　也在此造过人间天堂;但有一个道理,

　　你不懂:如果财神显示了广大神通,

清淡宁静生涯免不了被肉欲的诱惑所断送。

二三

　　你曾在这儿居住,计划怎样享福,[19]

　　在那座山的永远美丽的崖石下面;

　　如今仙宫般的华屋和你同样寂寞,

　　仿佛一件东西,被人抛弃在一边!

　　长得太高的荒草,使我不能走上前,

　　从洞开的大门,看那些荒芜的厅室;

　　对那善感的胸怀,这些教训多新鲜;

　　尘世的欢乐好不虚幻,曾几何时,

就在时光的无情浪潮下,像艘沉舟般消失!

二四

　　请看最近将领们才集会过的厅堂![20]

啊,这地方英国人看了心中烦恼!

那里边坐着的是一个矮小的魔王,[21]

身穿羊皮纸袍,头戴"冠冕"丑角帽!

他时时刻刻在发出讽刺的嘲笑;

　一颗印信、一卷黑纸悬挂在他身边,

纸卷上大书着军人们周知的名号,

　还被形形色色的签名盖得满满;

不驯的孩童却哈哈大笑,指着那小魔王的鼻尖。[22]

二五

　会议就以这个矮魔王的名义召开,

将军们在马利瓦宫受够他的欺凌:

　他愚弄他们的脑袋(如果还有脑袋),

使一个国家的空欢喜变成伤心。

愚蠢使得战胜者反而威风丧尽;

外交的手腕补偿了军事的失利。

　实在不配戴桂冠,我们的这些将军!

　不幸的是征服者,不是被征服的仇敌,

在葡萄牙海滨,倒霉的战胜者只好垂头丧气![23]

玛弗拉

二六

自从那些将军举行了这次集会，

辛特拉！英国人听到你的名字就难受；

政府的官员一说起也都会皱眉，

而且应该脸红，如果他们还知道害羞。

人们会怎样评判这件事，多少年以后！

难道我们的同胞或盟邦人民不会齿冷，

一旦论评这些被愚弄得荣誉丢尽的屠头？

战败的敌人在这次会上反败为胜，

这奇耻大辱洗刷不清，即使过去多少年的光阴！

二七

恰尔德·哈洛尔德孤单地翻山过冈，

产生了这许多的感想，在他心底；

风景虽好，然而他要快快离开这地方，

真比天空中的鸟雀还要焦急：

虽然他在这儿因为一再默默思维，

颇多领悟而且得到了不少教训；

觉醒了的理智向他耳语，叫他鄙弃

消磨于最荒唐的幻想中的自己的青春；

但是一正视现实，他那酸疼的眼睛也就失神。

二八

上马，上马吧！他要离去，永远离去，

虽然这恬静的所在也给了他安慰；

他又唤醒自己，摆脱那忧郁的情绪，

然而他已不会再去找女色和酒杯。

他骑马向前赶他的旅程，快得像飞，

虽然没有决定到哪儿终止他的行程：

除非跋涉的劳苦减少他旅行的趣味，

除非求获智慧，或者胸怀得到宁静，

他还须不停地奔波，去浏览各式各样的风景。

二九

但是玛弗拉却值得旅人暂时留步，[24]

这儿住过一位葡萄牙皇后,她命运不幸;

那时候,教士和廷臣混杂在一处,

弥撒和酒宴在这里反复地举行;

我能想象贵族、教士之类,乱七八糟的一群!

但巴比伦娼妇在此造了一座宫阙,[25]

她是显得多么辉煌,又庄严神圣,

于是人们就忘记她所喝掉的人血,

崇拜豪华,而豪华却善于掩饰重大的罪孽。

三〇

结满果实的山谷,浪漫情调的峰峦,

(啊,愿这些山峦卫护那爱自由的种族!)

看着这些,眼里会发出快乐的光焰;

哈洛尔德经了许多风光优美之处,

虽然在懒汉看来这不是愚蠢的追逐?

他们不懂人为何离开自己的安乐椅,

甘愿劳累,跋涉一程又一程的道路。

但是,啊! 山间有着多么甘芳的空气,

这生活,懒洋洋的人永远尝不到它的真味。

莫雷纳山脉

三一

群山后退，回顾时却显得平淡无奇，

山麓上的景色也已不那么耀眼；

一大片连接天际的平原映进眼里！

极目眺望，是广漠的原野无边，

那就是西班牙，她的牧羊人也已出现；

商贾们都很赞赏那儿出产的羊毛，

但现在牧羊人必须保护他们的羊圈：

因为西班牙已经被强敌所围绕，

必须大家保卫大家，否则那奴隶的厄运难逃。

三二

你们知否，葡萄牙和她的姐妹之间，[26]

是以什么东西来划分她们的边境？

难道在两个互相忌妒的女王和好之前，

要让退加斯河在她们中间流奔？

还是让峭峻的峰峦来把她们划分？

或是仿中国的长城，筑起人工的障碍？

没有滔滔的江水，也没有什么长城；

没有险恶的山岭，来把她们俩隔开，

像那横亘在西班牙和高卢之间的雄伟山脉。[27]

三三

有一道恐怕连名字也没有的小溪，

像一条银蛇似的流着，这就是界线，

尽管两个敌对的王国在此绿野相接，

倚杖的牧羊人模样儿却很是悠闲，

她悠然注视着溪水泛起微微波澜，

在势不两立的敌国间和平地流动；

西班牙佬满脑子胜于葡人的优越感，

每一个庄稼汉都骄矜得跟贵族相同：

葡萄牙人是奴隶，最卑贱的奴隶，在他们眼中。

三四

还没有远离那两国接壤的地方，

就看到瓜地亚纳的黑水奔流直下，

水声潺潺，广阔的江面上翻起巨浪；

古代的许多歌谣，都曾传扬过它。

它的两岸上曾经聚集过千军万马，

在这儿，"力战的"倒下，"快跑的"停止；[28]

摩尔人和骑士都披着漂亮的铠甲。[29]

异教徒的裹头布和基督徒的盔饰，

一齐漂浮在鲜红的江水上，江水上浮满死尸。

三五

可爱的西班牙！闻名的罗曼蒂克国土！

贝拉约高举过的那面旗帜在哪里，[30]

当卡瓦的卖国爸爸招来那帮匪徒，[31]

使哥特人的血染红了山间小溪？[32]

哪里去了，那些血迹斑斑的军旗？

它们曾经在你健儿们头上迎风飘扬，

最后把那些强盗赶回他们的根据地；

新月旗失色，十字旗发射万丈光芒，[33]

从阿非利加传来了摩尔人妻女的哭声悲伤。

三六

不是每首歌谣都颂赞这光荣的故事？

悲哉！英雄的幸运也不免云散烟消！

当记功的碑碣倾圮，花岗石腐蚀，

勉强保存他英名的是一曲悲凉的民谣。

英灵！请从天上俯视你身后的萧条，

你的丰功伟绩，只落得山歌一曲！

卷帙、丰碑、庙堂，能否保存你的功劳？

或者你只好依赖民间的简朴传述，

如果没有人再恭维你，历史又使你遭到冤屈？

三七

醒来吧！前进吧！西班牙的儿郎！

听，听，骑士们，这是你们古代女神的呼号，[34]

但是她不再挥舞那无情的长枪，

也没有在半空中展开她猩红的羽毛；

她喊得多响亮，随着吼叫的大炮，

如今她在弹丸的硝烟之中飞奔，

在每一阵轰鸣中，"醒来，起来！"她喊道。

她的战歌，曾响彻了安达卢西亚海滨；[35]

难道已没有当年那么嘹亮，她现在的喉音？

三八

啊！你没有听到那可怕的蹄音？

不是有人在原野上争斗，短兵相接？

你没有看到血腥的马刀在杀人？

你难道不想救一救你的那些兄弟，

眼看他们死在暴君及其奴才手里？

死亡之火在高空飞驰，烈焰熊熊，

每一阵轰鸣声中，就有几千人惨死；

死神来了，他乘着硫黄味的热风，

红色的战神在顿脚，许多国家都被他所震动。

三九

看呀！那个巨人正站在山顶上，[36]

塔拉维拉

他的头发已红得发紫，被阳光照耀；

炮弹在他手里发出闪闪的火光，

他的眼睛像烈焰，把看到的一切烧焦，

而且不停地转动，忽而盯住一处瞧，

忽而又看远方，在他的铁腿下边，

死神匍匐着，计算他的收获有了多少；

因为今晨三个强国集合在他跟前，[37]

他们送来了他最最心爱的东西——血的贡献。

四〇

天哪！这真是一幕辉煌的景象

（但须没有你的亲友参加这场战争），

五颜六色的锦绣旗帜在空中飘扬，

十八般武器在半空闪耀，刀光剑影！

大群好斗成性的猛兽，从洞穴惊醒，

张牙舞爪，嗥叫着前来寻找食物！

都参加逐猎，但有几个能分享猎获品？

最主要的战果将必然属于坟墓，

死神狂喜，因为他的收获已多得没法计数。

四一

三支大军一起送上了他们的贡献，

三种语言向着天空念奇异的祷文，

三样大红大绿的旗帜污损惨淡的蓝天；

法国胜利！西班牙胜利！一片呐喊声，

法军、西军，还有西班牙愚蠢的盟军，

（这盟军包打天下，可每次都成徒劳）

狭路相逢，似乎担心在老家死不成，

于是来喂塔拉维拉原野上的饿鸟，

给这片大家都夸说被自己攻克的土地做肥料。[38]

四二

被野心愚弄的傻子，让他们腐烂去！

是的，很光荣，即使是掩埋他们的泥土！

还不是废话！无非都是暴君的工具，

成千累万被无情地抛弃，因为已经朽腐，

那些暴君就敢于用人心来铺道路——

然而此路通向何处？通向一场春梦。

煊赫一时，暴君们最后又能得着何物？

哪一片土地，能说是真的属于他们，

除了那三尺黄土，最后遮盖他们腐朽的尸身？

四三

呵，阿尔布埃拉！光荣的灾难之地！[39]

当旅人在你的平原上策马行进，

有谁能预料到，不出短短的时期，

这儿会发生一场流血残杀的斗争！

安息吧，死者！但愿军人的功勋

和惋惜的眼泪使世人不把他们忘怀！

除非另一批头子造成另一批牺牲，

你们的名字会流传，使大众目瞪口呆，

保存在没价值的诗行间，作短命谣曲的题材。

四四

这些战争的信徒，不值得多提！

塞维利亚

让他们拿头颅换名气，生命作赌注，

但这种名声复活不了他们的尸体，

为了独夫的威风，千百人送死去。

要阻止他们高贵的行动那真太痴愚，

唉，这些"为国捐躯"的可敬的雇佣兵！

但这些人活着也会败坏祖国的荣誉；

他们也许会在私仇的格斗里殒命，

甚至弄得更糟：干起那绿林好汉们的行径。

四五

哈洛尔德迅速地赶他寂寞的旅程，

来到了不肯屈服的骄傲的塞维利亚，[40]

她还是自由的，这座盗寇们垂涎的城！

但不久征服者的铁蹄将会蹂躏她，

在她可爱的屋宇上粗暴地践踏；

劫数难逃！要反抗命运也是徒然，

如果毁灭之神已把灭亡种子埋下；

否则伊利昂和泰尔城就不会沉陷，[41]

而且美德会战胜一切，屠杀的惨剧也会演完。

四六

但是大家都没觉察到临头的灾祸，
这儿有的是玩乐、酒宴和歌唱；
在离奇古怪的狂欢中把时光消磨，
这些爱国者何曾痛感祖国的创伤；
听不到战争的号角，只有弦琴在响；
贪欢的人们还在无聊的欢乐中沉浸；
俏眼的娼妓在半夜里出来游逛；
这儿充满着都会里暗藏的罪行，
罪恶之神忠贞地死守这座摇摇欲坠的城。

四七

乡下汉子却不如此，媳妇们直打战，
自己也躲在家里，不愿抬头向远处瞧，
唯恐看到自己可怜的葡萄园，
会被战争的乌黑硝烟熏得枯槁。
在温柔的夜晚，当爱情之星闪耀，[42]

再没人敲起欢乐的响板,跳凡丹戈舞;

尝一尝被你们破坏的这种快乐味道,

帝王!你们也不会掉进虚荣之网里受苦;

人人都无忧无虑,早就扔掉那粗暴的战鼓!

四八

赶骡的汉子如今唱些什么歌谣?

依然赞美爱情和上帝,用他的歌喉,

来忘却他在旅途上的种种辛劳,

而他的铜铃叮叮当当响个不休?

不!现在他唱的是"愿皇上长寿!"[43]

或者用小调儿来责骂卡洛斯这乌龟,

责骂高多伊,诅咒西班牙的皇后,[44]

因为她看上了那个黑眼珠的小鬼,

她便在淫荡的欢乐中犯下了祸国殃民的死罪。

四九

在那旷野上,远远地耸立着山冈,

山冈上有从前摩尔人遗留的碉堡；[45]

被蹂躏的土地布满马蹄践踏的创伤；

战火烧焦的草皮好像对人说道：

这安达卢西亚地方，敌人曾经来到；[46]

这里驻扎过兵营，来过军马，烽火连天，

勇敢的农民在此袭击敌军的虎巢；

他们至今还在夸耀着那次冒险，

指点着那边的山崖——曾一再收复而又失陷。

五〇

不论是什么人，只要在街上走，

他的帽子上必定挂着一颗红徽；[47]

这东西告诉你应该回避谁，同谁点头，

谁没有这种表示忠贞的符号一枚，

而在大庭广众露面，那一定要倒霉：

稍不提防，尖锐的匕首会突然来到；

那些法国鬼子定然会深深地失悔，

如果这种掩藏在衣服下边的小刀，

真能够用来冲锋杀敌，或者抵御轰隆的大炮。

五一

茶褐色的莫雷纳山脉的每个拐角上，[48]

都高高地架满了一尊尊的重炮；

从这儿，随你尽量向周围眺望，

见到的就是榴弹山炮，堵塞的小道，

林立的栅栏以及灌满了水的沟槽，

不断人的哨岗，一营营军队在此驻扎，

山洞里贮藏着充分的军火和弹药，

茅草棚子掩护着鞍镫俱全的战马，

永不熄灭的火种，还有炮弹垒成的金字塔。

五二

这光景预示着将发生怎样的事态；

但那位一摇头已使小暴君们跌翻的魔王，[49]

在举起皮鞭之前，还要稍稍等待；

他要迟缓一下，等再延宕些时光。

然后他的军马立刻来扫荡这地方；

在世界的祸星面前，西班牙只有屈服。

西班牙！你的刑期到来时好不凄凉，

啊！高卢之鹰张开翅膀当头飞舞，

你只好眼睁睁看一群群儿女被送下地府。

五三

必须死吗，这些傲岸、勇敢的青年，

由于癫狂的头子要扩大不义的版图？

没有第三条路，在投降与坟墓之间？

难道西班牙必须灭亡，一任强盗跋扈？

难道人崇拜的神不理会人们的控诉，

就这般决定了他们不幸的命运？

难道视死如归的骁勇一无用处？

难道一切无效：英明的计谋，爱国热忱，

老将的经验，青年的烈火，男儿钢铁般的心胸？

五四

是否因此激动了那西班牙的女郎，

她把放松了弦的琴儿挂上柳树，[50]

而和短剑结了缘，再不似女儿模样，

高唱起战歌，敢冒枪林弹雨？

从前一道细细的创痕会把她惊住，

枭鸟的一声悲啼，也会使她胆寒；

现在她看惯人们握着刺刀肉搏，

看着闪闪的刀枪，在未冷的尸体间，

像密涅瓦似的行走，虽然战神也会趑趄不前。[51]

五五

听了她的故事，你一定会吃惊，

啊，要是你看到她平时的风度，

你听到闺房里传出她婉转的语音，

你看见她在面纱后闪光的黑眼珠，

她长长的秀发连画家也难以描摹，

窈窕的风姿何止女性的雅娴，

你想不到会在萨拉戈萨城的高处，

看到她不畏强暴的笑容，她用炮弹

轰散密集的队伍，雄壮地率先向着敌军追赶。

萨拉戈萨女郎

五六

爱人战死了，她没有掉无益的泪珠，
首领牺牲了，她站上他危险的岗位，
伙伴逃奔了，她阻止这卑贱的企图，
敌人后退了，她率领着人马去追，
谁能给爱人的亡灵以更大的安慰？
谁能像她似的为殉难的首领复仇？
男儿伤心失望，一个女郎把残局挽回！
谁能如此勇猛地追击逃窜的法寇，
他们在被炮火轰塌的城墙下，败于女流之手？

五七

然而西班牙的女郎并不是母大虫，
她们天生最懂得那爱情的巫术，
虽然她们扛起枪同男儿一起冲锋，
在千军万马的前线，不顾枪林弹雨，
这无非是温柔的鸽子也会发怒，

狠狠地咬啄那欺凌她伴侣的恶人；

比起远方那些以嚼舌出名的妇女，[52]

无论温柔和坚韧，她们都要远胜；

她们的心无疑更高贵些，妩媚或许也不稍逊。

五八

那被爱神的手指头按出的酒窝，

仿佛讲留下他指印的脸颊多柔嫩；[53]

差点要同情郎相亲的嘴却嘱咐说：

必须英勇杀敌，方能接受它的一吻。

泼辣而美妙的，是她灵活的眼神！

尽管向她求爱的福玻斯纠缠不放，[54]

在他热情的抚摸下，她两腮越发俏俊！

谁愿意到北方去找苍白的姑娘？[55]

她们的模样多可怜？ 好不萎靡、瘦弱、懒洋洋！

五九

啊，你诗人乐于歌颂的东方胜地！[56]

金屋藏娇之国！我如今在你土地上，[57]

拨动琴弦，却歌颂远方人儿的美丽，

那样的美人连禁欲家也不得不赞赏；

请来比较吧！你们藏在深闺的娇娘，

（禁止跨出门户，以免爱神的撩拨，）

可比得上黑眼珠的西班牙女郎？

我们发现西班牙是你先知的天国，[58]

那儿有他黑眼珠的侍女，模样跟女神差不多。

六〇

啊，帕纳萨斯！我如今跑来谒见你；[59]

你既不像梦想家看到的那么异常，

也没有诗篇中渲染的那么神奇，

只是满盖皓雪高耸在你祖国的天上，

显出巨峰的堂皇而威严的模样！

有何可怪呢；我禁不住想要吟哦？

即使最卑微的朝拜者经过你身旁，

也将为了博取你的回音而讴歌，[60]

虽然你的峰顶再没有缪斯鼓动她的翅翮。

帕纳萨斯山

六一

我总是梦见你！谁不知你的大名，

谁就对人类最神圣的学问一无所知。

但我只会用最贫乏的字句向你致敬，

现在我面对着你，唉！也实在羞耻。

当我想起古来多少崇拜你的人时，

我颤抖，我向你屈膝，只好这样；

我也提不起喉音，更不敢发何遐思，

唯有在围绕你的云幕下抬头仰望，

暗暗地欣喜，因为我终于看到你雄伟模样！

六二

能够见到你，就是我莫大的运气，

多少大诗人因山川阻隔不能和你相逢；

在这神圣的景色跟前能不欣喜？

多少人向往，却见不着你的姿容。

虽然阿波罗已离开了他的幽宫，

而且你是死去的缪斯们的故居，

　　但仍有一个温雅的精灵在此行动：

　　在狂风中叹息，在山洞里默默无语，

用透明的脚在淙琤的水面上无形地来去。[61]

六三

　　将来还要颂赞你。即使诗没有作齐，

　　我暂且忘掉西班牙的土地和儿女，

　　抽空先在这儿表示我对你的敬意，

　　也忘掉爱自由者所关怀的她的遭遇；

　　我赞美你时，也曾洒下热泪一掬。

　　现在言归正传吧，但让我从这圣境，

　　得些可作纪念的东西，带了回去；

　　请即以达芙妮不死树的一叶见赠，[62]

但别让人把我这祈愿当作一种狂妄的夸矜。

六四

　　但是，秀美的山峰！当希腊还年轻，

你身下的国土上有哪一个歌唱队，

比安达卢西亚的女郎们唱得更好听？

你的女祭司神圣地唱颂歌的年岁，[63]

你也没有见过任何队伍，德尔斐，

比安达卢西亚的女郎更善于唱情歌；

她们是成长于爱的温暖怀抱内；

啊！如果她们能享受希腊的安乐！

但是希腊的光荣呀，却早已飞去不知下落。

六五

骄傲的塞维利亚多美，让她的祖国夸讲，

她的力量、她的财富和她的历史；[64]

但是，加的斯耸立在遥远的海旁，[65]

引起更甜蜜的但是可耻的赞词。

啊，罪恶！是多么醉人，你冶荡的风姿！

如果谁身内的血液还没有衰老，

能不为你那神魔似的眼波所驱使？

你像九头美人蛇似的盯着我们瞧，

千变万化的姿态使我们个个都入你的魔道。

六六

帕福斯被时光所毁时(可恨的时光![66]

征服一切的女皇也只好服从你),

欢乐逃亡,但找到同样温暖的地方;

只忠于她出生的海,而总是厌弃

其他一切的维纳斯竟逃亡到这里,

她从此就居留在这儿的白墙中间;[67]

虽然她没有固定的神座让人祀祭,

但笃信她的千万对信女和善男,

用爱情给她建造了千万个永远辉煌的神坛。

六七

从早到夜,从深夜到吃惊的曙光

涨红着脸来窥看这些沉迷于酒色的人,

大家戴着玫瑰花冠,弦歌之声还在响;[68]

玩乐的花样古怪离奇,天天翻新,

总爱互相招惹和触犯。谁来作客此城,

就得向正常的生活道声长长的再见：

这儿的放荡生活永远没有止境，

虽然只是为了应景，也都把香烛燃点，

爱情和祈祷不分，或者祈祷和谈情不断轮换。

六八

安息日到了，是幸福的休假的一日；

在这基督教国中，有些什么盛典？

看哪！人们虔诚地参加庄严的祭祀；

森林之王怒吼，你们有没有听见？[69]

踩断了长枪，他正在狼吞虎咽。

饱尝死于他角下的人马的血的味道；

周围人山人海波动，狂呼"再来一遍"，

疯狂的观众看着撕裂的肺腑喊叫，

女人们只当没事；假作惊叹的一个找不到。

六九

这是一周的第七天，男人的假期；

泰晤士河

伦敦！你也很熟悉礼拜日的气象：

匠人们洗刷干净，公民们穿戴得整齐，

小学徒贪婪地呼吸节日空气，换上新装；

出租马车、轻马车、单马车种种车辆，

还有寒酸的双轮马车，驶行在近郊乡下，

到汉普斯特德、布伦特福德、哈罗等地方；^[70]

好忙碌，直到马儿跑乏，车儿不能拉，

惹得每一个徒步的老乡从旁发出歆羡的嘲骂。

七〇

有的带艳装的美人到泰晤士河划船，

有的却去走更为安全一点的路径，

有的爬上里奇蒙山，有的往魏尔赶，

还有许多人纷纷涌到高门山顶。^[71]

请问彼阿提亚的森林，是什么原因？^[72]

为了礼拜那一对十分神圣的牛角，

善男信女都煞有介事，恭恭敬敬，

向着它发誓赌咒，虽然莫名其妙；

为使发誓的仪式更隆重，跳舞喝酒，闹个通宵。^[73]

七一

人人都有傻劲；你的居民却另有一功，

美丽的加的斯，深蓝色海滨的城！

当晨祷的钟声九下刚刚传到耳中，

信徒们就数起念珠，祷告着神明，

纷纷求童贞女马利亚赦罪开恩，

（我看这城里只她一个才是童贞女），

原来这么多的信徒，罪孽倒都不轻；

祈祷完毕，就赶往拥挤的竞技场去，

不分男女老幼和贫贱富贵，大伙儿一同来欢娱。

七二

广场早已收拾干净，棚门儿打开，

虽然离第一声号角响还早得很，

周围的看台上早已挤得人山人海，

来迟一步的人再没有座位可寻。

绅士、爵爷高座，多半却是娘儿们，

这些娘们最会眉目传情,投送秋波,

不过总是怀着治病救人的好心;

遭她们的白眼也绝不会一命呜呼:

死于爱神的箭下,像神经错乱的诗人们所哀歌。

七三

喧哗声突然停止——四个骑士出场,[74]

他们跨着骏马,头戴白盔,脚蹬金刺,

准备干一番险事,轻松地拿着长枪,

频频向观众鞠躬,朝那斗牛场奔驰;

衣饰漂亮,胯下的骏马跃跃欲试。

今天他们要在惊险场面上一显身手,

但观众高声喝彩,娘儿们美目盼视,

却是不能更有所奢望的最好报酬;

王侯将相钻营一辈子,收获也不会更其丰厚。

七四

那斗牛士装束得很华丽,搭着披肩,

他手轻脚健,徒步而不用坐骑,

雄赳赳地来到场地的中央一站,

决意要同那公牛分出一个高低;

且慢,他先得走一圈,小心翼翼,

似乎怕有不可见的东西妨碍步法;

他的武器是短矛,也靠灵活地闪避;

人还能有更大的本领,如果不骑马?

说到那些马啊,唉! 总是代人流血,代人遭罚。

七五

喇叭声响了三下;看呀! 旗号降落,

笼子门打开了,壁上观的人群肃静无声,

一个个都眼睁睁地张开嘴巴看着:

那凶猛的野兽在广场上连跳带奔,

狠狠地向四周瞧,听得到响亮的蹄音,

它踢着沙土,并不盲目冲向仇敌:

威胁的角忽而朝东、忽而朝西瞄准,

要摆好了架势才作第一次的攻击,

愤怒的尾巴大摇大摆,眼睛睁得好神气。

七六

突然间它停下了;它在瞪着眼看;
快,你这大意的莽汉,还不快走!
准备用长枪:你应该把本领施展,
制服疯狂的野兽,这可是生死关头。
灵活的马儿敏捷地跃起,躲开蛮牛;
蛮牛口吐着白沫,它已受了伤;
从它的腹部鲜红的血像泉水奔流,
它一圈圈地奔跑,已经痛得发狂,
大声吼叫,可短矛和长枪纷纷戳在它身上。

七七

它卷土重来;短矛长枪都失去效力,
更不管你疲惫的马儿怎样跳纵;
虽然人使尽力气,运用武器来攻击,
但是刀枪无效,人的力气更不中用。
一匹好马斗得头破血流,伏地而终,

斗牛

再一匹……这景象使人心里惊慌！

　　皮破肉绽，血污的胸口开了个大窟窿；

　　虽然死在眼前，负伤的身躯摇摇晃晃，

还竭力支撑，背负着它的主人，在它的鞍上。

七八

　　斗败了，流血，喘息，到死还那么狠，

　　那牛站在中央，预备作困兽的死斗，

　　它身上插着短矛，浑身都是伤痕，

　　周围是折断的枪杆和死伤的对头。

　　现在斗牛士在它周围嬉戏、引逗，

　　向它挥动红色的披肩，舞弄着宝剑。

　　猛地里它又往前冲，这不顾死活的牛；

　　毫无用处！熟练的手早已抖开披肩，

蒙住它凶狠的两眼；完了，它跌翻在沙土上面！

七九

　　在它那与脊骨相连的粗大颈根，

深深地插着那一把致命的武器，

它不愿意倒下，动弹一下——又停顿；

但终于慢慢地倒了，采声四起；

它死了，不挣扎，也不呻吟哀啼。

结彩的马车来了，就把那尸体装入，

凡夫俗子眼里，这一幕是多么够味，

那四匹难制的驽马，奔跑得迅速，

载走了那笨重的躯体——快得教人看不清楚。

八〇

那种野蛮的玩艺儿，也不过如此，

可总是吸引着西班牙少年和女人；

狠毒成性，以看他人受苦为乐事，

他们的心灵从小就教养得残忍。

是些什么私仇苦恼着这个小村！[75]

虽然今天须万众一心才能御寇，

唉！那么多人都躲进寒酸的家庭，

思索着阴谋诡计，以便去暗害朋友，

为了微不足道的私怨，一定要弄得鲜血横流。

八一

但"忌妒"逃跑了：随着去的是他的锁钥、
门闩和管家婆,这些早已被人忘却！
严厉的"妒"翁想把多情儿女投进监牢;
然而那引起少男少女反抗的一切,
早随着时光流逝,无影无踪地湮灭。
谁能像西班牙姑娘那么自在放任?
在战争的火山还没有爆发的时节,
挂辫子的姑娘尽在草地上跳舞歌吟,
佑护情侣的夜后惯用她的光辉照映她们。

八二

啊！哈洛尔德曾经常常闹恋爱,
或说在梦中恋爱,因为狂热都是在梦里;
但他放浪的心胸现在已经滞呆,
因为他还没有喝过忘川的水滴;[76]
近来他知道这么一个真实的道理:

爱神的好处只是那双飞动的翅膀；

不论他如何年轻，如何温和、秀丽，

但从欢乐之甘泉也会喷射出忧伤，

而让毒汁的飞沫把苦味染在欢乐的花朵上。[77]

八三

然而面对着美的形态，他岂是瞎盲，

虽然他的情怀已如哲人般恬淡；

并非哲学的高洁得怕人的眼光

居然投射到了他这样的心坎，

而是热情终于把自己烧尽，或者迸散；

放浪的罪恶为自己挖掘了肉欲的坟，

早已把他的希望一股脑儿地埋掩。

被欢乐抛弃的可怜虫！厌世的郁闷，

在他憔悴的脸上注定了该隐颠沛流离的命运。[78]

八四

他还是旁观着，虽然没有投进人群，

也并不怀着那种对世人的憎恶；

他很愿同人们一起跳舞歌吟，

但在厄运的阴影下，谁能欢笑得出？

所见的一切都不能减轻他的愁苦。

然而他再度同那恶魔势力对抗；

当他闷闷不乐地坐在美人儿的闺阁，

向着同他昔日侣伴一样美的姑娘，

他唱出了这么几节未曾构思的急就章：

赠伊涅兹 *

1

切莫对着我愁容笑微微，

　　唉！我不能以笑容相迎；

但愿上帝保佑你永不掉泪，

　　或者永不徒然哭泣伤心。

2

你不是想明了，是什么苦恼，

---

* 伊涅兹（Inez）：西班牙女子名。

在把我的欢乐与青春腐蚀？

但不知你可愿意知道，

　　这苦痛连你也难帮我疗治？

3

既不是爱，也不是恨，

　　更非卑微的野心难实现；

使我对自己的现状感到可憎，

　　并且抛弃我往昔之所恋：

4

而是从耳闻、目睹和经历

　　产生了厌倦的心情：

美人再不能使我感到欣喜；

　　你的眸子也不能使我出神。

5

像传说中希伯来漂泊者的忧郁，*

---

* 希伯来漂泊者：耶稣赴刑场时，路过一座小屋，想进去休息，遭到拒绝，屋主（一个皮匠）因而受到终身颠沛流离的报应，被称为"流浪的犹太人"。

那是注定的命运，无法脱离；

他不愿窥探黑暗的地狱，

    又不能希望在死以前得到安息。

6

往哪儿逃，能摆脱身内的不幸，

    即使漂流到越来越遥远的地方，

不论逃到哪里，它还是缠身，

    这毒害着生命的恶魔似的思想。

7

然而人们还在虚假的欢乐里沉湎，

    我所厌绝的他们都感到够味；

呵！愿他们在好梦里多留几天，

    总不要像我般苏醒梦回！

8

命运要我去流浪的地方还不少，

    去时还带着多少可叹的记忆；

但我唯一的慰藉是我知道：

加的斯

最不幸的遭遇也不足为奇。

9

什么是最不幸？何必问到底，
　　发慈悲不要再探究竟；
笑吧——不要把帷幕硬拉起，
　　将男人心底的地狱看分明。

八五

向你道声长长的再见，美丽的加的斯，
谁也不会忘记你的坚强和傲岸！
只有你坚贞不屈，当全国都动摇时，
你是争自由的先锋，最后一个沦陷。
你的街道上发生过突兀的事变，
曾可怕地被你本国人的血液所染污，
但那不过死了一个卖国的内奸。[79]
这里人人都称得上高贵，除了贵族；
除了堕落的贵胄，无人向征服者的锁链屈服！

八六

西班牙人就是这样;奇异的是她的命运!

从未获得自由,却为着自由而努力,

懦弱政府治下的失去国王的国民;[80]

卿相全逃跑,老百姓却抵抗到底,

忠诚地为那些十足的卖国首领争气。

虽然仅仅给了他们生命,这个祖国;

但荣誉所指的途径是通向自由独立。

再接再厉地斗争,即使在战斗中受挫,

作战,作战的呼声不止,"哪怕用刺刀来肉搏!"[81]

八七

想知道西班牙和西班牙人更多情形,

只须看任何描写最凶残斗争的书籍;

只要能够杀死外寇,报仇泄恨,

各式各样的毒辣手段都已经采取:

从公开的枪炮以至暗害的凶器,

不论是什么方式，只要有机可乘，

只要能够保护自己的姐妹和娇妻，

只要能够断送万恶压迫者的狗命，

只要能让敌人受到他们活该的最严酷的报应！

八八

有谁为死者流一滴怜悯的眼泪？

看这腥臭原野上惨绝人寰的情景；

看残杀妇女的屠夫手上的血迹；

把未埋的死者留给野狗当作食品，

把每一具尸首留下来，喂养兀鹰，

尽管这些食肉飞禽还不愿意一尝；

让它们的白骨和不褪色的血痕，

永远恐怖地遗留在这片战场上：

好让我们的子孙想象我们所目击的惨状！

八九

还没有，唉！这幕惨剧还没有停止；

生力军还从比利牛斯山倾泻来到:[82]

灾祸尚在扩大,事情还刚才开始,

结局如何可不是人们所能逆料。

倒下的国家巴望西班牙;她如挣脱镣铐,

随着解放的将多于过去皮萨罗所奴役。[83]

奇怪的报应! 如今哥伦比亚却安宁逍遥,[84]

正好补偿过去基多人所受的委屈;[85]

在这宗主国的地面上,却正在搬演着流血惨剧。

九〇

尽管在塔拉维拉流掉那么多血液,

尽管巴洛萨之役的战绩多么卓越;[86]

尽管阿尔布埃拉屠杀得尸骨遍野,

但西班牙还得不到自由,遭着劫掠。

她凋谢的橄榄树何时才能长出绿叶?[87]

她何时才能不受耻辱,享受安康?

不知还要经过多少黑夜似的岁月,

法国的盗匪才会停止掠夺的勾当,

而绝种了的自由之树重新在这片土地上生长!

九一

可是你呀，我的朋友！徒然的悲伤，[88]

从我胸口涌出，渗透进我的歌声，

如果你是同伟大的战士们一起阵亡，

光荣之感会使挚友也无可抱恨；

然而你却是壮志未酬，平白丧身，

身后受褒扬的那么多，而你死得平凡，

谁也不记得你，除了这孤独的人，

这么多比你庸碌的人都备受赞叹！

而你却为什么这样无声无息地离开了人间？

九二

啊！最早相识、最受尊敬的朋友！

我心里再没有人比你更值得忆念！

虽然在这辈子永无重逢的时候，

但愿你别拒绝在梦中和我相见！

然而曙光会悄悄地使我泪痕满面，

当我从梦中醒来,重感到现实的惨酷;

而幻想却要常常盘旋在你的墓边,

直到我脆弱的身躯也回返泥土,

那时候,逝者和伤逝者就一齐在地下相处。

九三

上面就是哈洛尔德游记的一篇;

你们如果还想知道他更多的情况,

暂且等待一下,新的诗行就会出现,

只要诗人还能诌出更多的荒唐。

太多么? 苛刻的批评家! 且别这么讲,

请耐烦些吧! 那么你们将会知悉,

他在其他国土的见闻;他将去的地方,

是有着古代庙堂碑碣的胜地——

希腊和希腊艺术遭受野蛮的手劫掠后的残迹。[89]

注解

[1] 缪斯:希腊神话中司文艺的九女神,简称诗神,由太阳神阿
波罗率领,居于希腊中部的帕纳萨斯山(Parnassus)。

[2] 水滨：即帕纳萨斯山的卡斯塔里亚泉（Castalian Spring），相传为缪斯女神汲水之处。

[3] 德尔斐神庙：指阿波罗的神庙，在帕纳萨斯山麓，是古希腊的著名神谕所。德尔斐（Delphi）是古希腊的城市。

[4] 阿尔比恩（Albion）：英格兰的古称。

[5] 一生的三分之一：《旧约·诗篇》第九〇篇第一〇节谓常人寿命是七十岁；"三分之一"，即二十三四岁。

[6] 圣洁的寺院：哈洛尔德的家宅原先是一座修道院。这和拜伦老家相似。

[7] 古老的传说：指关于英国古代有的僧侣沉迷酒色的传说。

[8] 玛蒙（Mammon）：财神；萨拉芙（Seraph），形体为美男子的天使。

[9] 白色的岩石：面临英吉利海峡的英国海岸多白垩岩。

[10] 害怕法国人：当时英法两国正处于交战状态中。

[11] 辛特拉的山峰、塔古斯河：辛特拉（Sintra）为离葡京里斯本约十五英里的一个小镇。以下第一八节提到"辛特拉美丽的伊甸园"，说到其风光之美，在本节中只是遥见其山峰而已。塔古斯河（Tagus），相传河床有金砂。

[12] 高卢军：即法军,高卢为法国的古称。拿破仑于 1807 年秋入侵葡萄牙。

[13] 握宝剑的手：指英国政府。

[14] 有位诗人：注家们认为可能指《失乐园》的作者弥尔顿,该诗中有天堂的描写;也可能指但丁,他的《神曲·天堂篇》中描述了天上景象。

[15] 灾难神母修道院：葡萄牙原名意为"山石神母修道院",拜伦不懂葡语,猜错了。但他发现错了,仍然不改。

[16] 翁诺流斯(Honorius)：著名的隐士,死于 1596 年,他苦修的地方就在上述修道院下方某处,名叫"软木树修道院"。

[17] 摄政王：当时已与他的母后一起逃往巴西的葡萄牙摄政王约翰处。

[18] 瓦德克(Vathek)：指英国作家威廉·贝克福(William Beckford, 1760–1844)。瓦德克是他写的一部东方传奇《瓦德克,一个阿拉伯故事》中的主角,这儿拜伦用来称呼贝克福。

[19] 你,仍指贝克福德。

[20] 集会的厅堂：《辛特拉条约》(*Convention of Sintra*)在

马利瓦(Marialva)侯爵府签署——作者原注。1808年英军在葡萄牙战胜法军,英国将军达尔林普尔(Dalrymple)与法方签订《辛特拉条约》,根据这个条约,濒于全军覆没的法军可以安然撤离葡萄牙,撤离时用的还是英国的船只。

[21] 魔王:即"外交之鬼怪"。注家托泽谓这是斯宾塞式的"拟人"笔法。拜伦在本诗一、二章中,常用拟人法来表述抽象的概念。底下一行所说丑角帽、羊皮纸袍,都是这个"鬼"的打扮;按,丑角帽的意义是双关的,它也是一种外交上所用的纸张的名称,原因是这种纸上常有"丑角帽"的水印。"羊皮纸袍"意义亦类似。作者是用这些话来讽刺当时的外交手段。

[22] 不驯的孩童:象征人民的抗议。

[23] "倒霉的战胜者":英国在军事上获胜后,外交上失利。

[24] 玛弗拉(Mafra):离辛特拉十英里左右,有葡萄牙皇后马利亚·法兰塞斯加(1777-1816)的官居,她就是在那儿发疯的;法军侵入时,她和儿子摄政王约翰相偕逃往巴西。

[25] "巴比伦娼妇":指罗马教会。典故出自《新约·启示

录》第十七章。罗马教会对多次宗教战争负有责任，此外，其所谓"宗教裁判"也是很残酷的，故本节最末两行说到"娼妇"所欠的血债和"罪孽"。

[26] 她的姐妹：即西班牙。下文"两个互相忌妒的女王"，指葡萄牙和西班牙。

[27] 山脉：指法国与西班牙之间的比利牛斯山。

[28] 《旧约·传道书》第九章第一一节："快跑的未必能赢，力战的未必得胜。"

[29] 摩尔人和骑士：指中世纪非洲的摩尔人（Moor，伊斯兰教徒）和欧洲基督徒的战争。

[30] 贝拉约（Pelagio）：古代北西班牙王，他打败了摩尔人。

[31] 卡瓦的卖国爸爸：即胡里安伯爵。他女儿卡瓦（Cava）是著名的美人。由于卡瓦受罗德列克王侮辱，胡里安为了报仇，竟招了摩尔人来侵犯西班牙。

[32] 哥特人（Goth）：当时统治西班牙的一个民族。此处泛指西班牙人。

[33] 新月：伊斯兰教的标记；十字：基督教的象征。

[34] 此处用女神形象代表古代的"骑士精神"，这个女神有猩红的翅膀，挥舞骑士的长矛。"不再"云云，表示当时的战争已不同于古代了。这个象征骑士精神的女

神，并非希腊的雅典娜，而是拜伦的幻想，可能受到格雷(Gray)诗的影响。

[35] 战歌，曾响彻……：指中世纪西班牙和摩尔人的战争。安达卢西亚(Andalusia)为西班牙南部一大区域，包括塞维利亚、格拉纳达、科尔多瓦等地方。

[36] "巨人"：即战神。

[37] 今晨：1809 年 7 月 26 日塔拉维拉(Talavera)之役。战争共进行三天，一方是英军和西军，另一方是法军。

[38] 拿破仑和威灵顿在塔拉维拉交战后回国都宣布自己在该地打了胜仗。

[39] 阿尔布埃拉(Albuera)：西班牙城名，1811 年 5 月，开赴巴达霍斯救援被围的本国军队的法军，在该城附近遭英西联军拦击，发生战争。

[40] 塞维利亚(Sevilla)：阿尔布埃拉以南的一个城。作者于 1809 下半年过此，1810 年 2 月法军就侵入塞维利亚。

[41] 伊利昂(Ilion)：即特洛伊；泰尔(Tyre)，又译太尔、提尔，古腓尼基的首都，重要贸易口岸。

[42] 爱情之星：金星。

[43] 愿皇上长寿：是忠于当时的西班牙王斐迪南七世的口

号,西班牙人都咒骂逊王卡洛斯四世(即下文所说的"卡洛斯这乌龟")及其王后,咒骂高多伊公爵。

[44] 高多伊(Godoy)是西班牙国王卡洛斯四世的首相,为王后所宠幸,下行所谓"黑眼珠的小鬼"就指他。他是卖国贼。

[45] 遗留的碉堡:安达卢西亚曾经是中世纪摩尔人对抗基督徒的最后阵地。

[46] 敌人:指法军。

[47] 红徽:表示忠于斐迪南七世。

[48] 莫雷纳(Morena)山脉:在西班牙南部。

[49] 魔王:拿破仑。下面诗节中的"癫狂的头子",也指拿破仑而言。

[50] 挂上柳树:《圣经·诗篇》第一三七篇第二节说:"我们把琴挂在柳树上",表示悲哀。从本节起以至第五六节都是歌颂西班牙女英雄奥古斯丁娜(Augustina),她就是有名的"萨拉戈萨的女郎",因战功而得到最高的褒奖。萨拉戈萨(Zaragoza)是西班牙东北部城名。

[51] 密涅瓦(Minerva):罗马神话中司战争的女神,相当于希腊神话中的雅典娜。

[52] 嚼舌出名的妇女:指英国妇女。

[53] 这两行诗是拟拉丁诗人奥鲁斯·格留斯(约 130 –
180)的诗句的。作者原注引有拉丁文原诗。

[54] 福玻斯(Phoebus):太阳神阿波罗(他也是司文学艺术
之神)的别名。

[55] 北方:指英国。

[56] 这一节诗是作者在土耳其时写的。

[57] 金屋藏娇:土耳其女人大都被关在家里;妻妾住的闺
阁叫作哈兰。

[58] 先知的天国:即穆罕默德所描述的天国。据《古兰
经》记载,那里有黑眼珠的美女。

[59] 从第六〇节起到第六四节都是作者在希腊写的。帕
纳萨斯山的今名是利阿库拉。

[60] 帕纳萨斯山是缪斯的住处,诗人们都想从那里取得
灵感。

[61] 淙琤的水面:帕纳萨斯山的卡斯塔里亚泉,缪斯女神
汲水处。

[62] 达芙妮不死树的一叶:达芙妮(Daphne)是希腊神话
中的女神,因被阿波罗追逐而化身为月桂树。"不死"
即常青。月桂树叶是诗的成就的象征,因为桂冠就是
用月桂树叶编成的。

[63] 女祭司：即毕西亚，德尔斐城阿波罗宫的女尼。

[64] 她的历史：塞维利亚是古罗马人的希斯巴里司城，历史上很有名。

[65] 加的斯（Cadiz）：西班牙滨海城市。

[66] 帕福斯（Paphos）：塞浦路斯岛的古城，原来有爱情之神的庙宇。爱情之女神即维纳斯，她是在该岛附近的海中出生的。下句征服一切的女皇，即维纳斯。

[67] 白墙中间：意为维纳斯神搬家到加的斯来了。

[68] 玫瑰的花冠：是荒淫的象征，正如"常春藤冠"是酗酒的象征一样。

[69] 森林之王：公牛。此处是说斗牛戏中的公牛。

[70] 地名，均为伦敦近郊乡镇。

[71] 里奇蒙山（Richmond-hill）、魏尔（Ware）、高门山（Highgate）等也都在伦敦附近。

[72] 彼阿提亚（Boeotian）的森林：作者写这节诗的时候恰好在希腊的底比斯。底比斯是古希腊彼阿提亚王国的都城。相传底比斯城旁一座山上住着狮身女面妖斯芬克司。她向每一个过路人提出疑难的谜语，谁猜不出她的谜就被她杀掉。但如果有谁猜中了她的谜，她就灭亡。后来王子俄狄浦斯猜中了她的谜，于是她

就自杀了。这是与彼阿提亚有关的著名传说。故而作者用一个难解的问题来问彼阿提亚的森林。

[73] 这儿说的是伦敦近郊高门山上的许多酒店所保存的一种风习,那就是客人们对着一双牛角起滑稽的誓言。如,自己有老婆时决不吻别的女郎,有白面包吃时,决不吃黑面包,等等。但所有这些誓言最后都加一句:"除非你爱得不得了。"

[74] 注家们认为拜伦在以下几节描绘西班牙斗牛的诗中,细节叙述方面有错误。例如,注家托泽指出,参加表演斗牛的人共有三种:"徒步者"(chulos),其任务是把带钩短矛刺入牛的肩头。"刺牛骑士"(picador),骑马,使长矛。最后屠牛者是"斗牛士"(matador),却是徒步不骑马的。拜伦没有分清两种徒步的斗士。如在第七四节中,就显然把"徒步刺牛者"误认为"斗牛士"了。

[75] 作者用这样一个"小村"来比喻西班牙这国家。

[76] 忘川(Lethe),冥府之河,饮其水,人就遗忘过去的一切。

[77] 这两行仿拉丁诗人卢克莱修(Titus Lucretius Carus,约公元前95 -约前55)的诗句"在智慧的泉水旁,毒液染

在花朵上"。

[78] 该隐：亚当和夏娃的长子,因杀害其弟披上帝责罚,永世流浪。上帝还在他额上烙了字句,叫一切人不要把他杀死。见《旧约·创世记》第四章。

[79] 卖国的内奸：指加的斯的市长苏兰诺(Solano)侯爵。

[80] 失去国王：拿破仑赶走了西班牙王斐迪南七世,叫自己的兄弟约瑟夫坐上西班牙的王位。

[81] "哪怕用刺刀来肉搏!"是萨拉戈萨被围时,西班牙抗法领袖帕拉福克斯(Palafox)回答法军招降的话。

[82] 法军还在源源开来。

[83] 皮萨罗(Pizarro)：西班牙殖民主义者,秘鲁的征服者。

[84] 哥伦比亚：指美洲。

[85] 基多(Quito)：皮萨罗征服秘鲁时的秘鲁首都。

[86] 巴洛萨(Barossa)：加的斯城附近的战场。

[87] 橄榄树：和平的象征。

[88] 朋友：作者之友约翰·温菲尔德(John Winfield),从军葡萄牙,1811年在科英布拉病死。

[89] 劫掠后的残迹：希腊曾先后遭罗马人、斯拉夫人和土耳其人的破坏。

CANTO
THE
SECOND

李西克拉特纪念碑

第二章

万神殿

一

请快降临吧,蓝眼珠的天仙![1]

(唉! 可惜你向来不激发人间的诗歌,)

智慧女神! 这儿还留存着你的神殿,

虽然经历了火灾,经历了战祸,

似水流年又断送了祭祀你的香火。

但比起刀兵、火灾以及流光匆匆,[2]

暴君和他的统治更要可恶得多;

你们神圣的学术,他们真是一窍不通,[3]

虽然这种神圣的光辉照亮过多少博雅的心胸。

二

亘古常在的上帝! 呵! 尊贵的雅典娜!

你的豪杰和圣贤,如今都在哪里?

全都逝去了;唯有透过往事的烟霞,

还能看到他们的影子,暗淡而迷离。

他们在荣誉的竞赛中曾居第一,

然后永不复返——就是这么简单？

像小学生听的故事，博得一时惊奇！

英雄的宝剑、哲人的长袍再不可见，

只有每座残破的建筑朦胧显出昔日的威严。

三

上前来吧！晨光之子，你们且听我讲！[4]

可别打扰那座残破的墓，它好不孤单；[5]

但看这地方——一个古国的墓葬！

过去是神的住处，现在断绝了香烟。

神道也须改朝换代——宗教要变换：

昔日的希腊教已经让位给伊斯兰教；

将来也会有别的种种教义相继出现，

除非人们明白了烧香和献祭全属徒劳——

疑虑和必死的人呀，你们的希望像芦苇般脆弱。

四

被束缚在地上，眼睛却望着天堂，

可怜虫呀！知道活着，你还不满足？

还想活第二次：当你在地上灭亡，

再去到那无法想象的杳冥天府。

让你活一次，难道真有这么幸福？

当真你还梦想来世的苦乐甘甜？

认真思量思量吧，对着那边的坟墓，

在它还没有变为尘埃飞散之前；

它告诉给你的道理要胜过倾听说教一千遍。

五

或者去挖开那英雄的高大的坟茔；[6]

他在那遥远的异乡海边孤寂地长睡；

但如今，再不见为他恸哭的人群，

想当年，陷于死地的将士围着他流泪，

有戎装的凭吊者在他的灵前守卫，

那儿曾出现许多半仙，历史上有记录。

试把髑髅捡出，从那腐朽的尸骨堆，

难道这就是"神殿"吗，神愿意居住？[7]

可是，现在连蛆虫也不愿意久留在这破屋！

六

请看这神殿多么荒芜,破壁断墙,
圆拱坍塌了,门户多污秽,厅室空空;
是的,它曾是"雄心"的壮丽殿堂,
曾是思想的巨厦,灵魂居住的华宫;
你看那两个没光采、没眼珠的窟窿,
里面住过千万种不受约束的感情,
也曾是学识和智慧盘桓的安乐洞。
有哪一位圣贤,哪一个著书的哲人,
能使这荒芜的场所重再变得热闹,面目一新?

七

你说得好,雅典娜最聪明的儿子![8]
"吾人唯一知识,即一切不可知晓。"
为什么要躲避我们不能躲避的事?
人谁无痛苦,但懦夫们呻吟哀号,
做着噩梦,全是自己的脑瓜所制造。

朱庇特神殿

应寻求命运所允许的最好的东西；

渡过阿刻戎河，只有安宁，没有苦恼：[9]

不会强迫已经吃饱了的人去赴酒席，

只有安静而柔软的床，欢迎你作永久的休憩！

八

如果阴惨的彼岸确乎存在地府阴曹，

那么事实竟同教士们的说法一致，

这样就把"最多克"派的教义驳倒，[10]

也驳斥那些诡辩家，以不可知论沾沾自喜；

宣扬冥府之说者减轻今世的苦味；

和他们抱同样信仰，可真是有幸！

多好呀！听到我们怕永远听不到的声息！

而且能看到许多伟大灵魂的原形，

巴克特里亚、萨摩斯的圣哲，所有教人真理的贤人！[11]

九

你也在那儿了！你的生命和爱情，

都消逝了，我的爱和生活也陷于绝望；

你的形影在我心头萦绕，记忆犹新，

教我怎么能承认你已经真的死亡？

好吧——我们会重逢，我将这样梦想，

用这个想象来填补我空虚的心底；

只要还留下丝毫记忆，在重逢的时光，

不论我的命运如何，只要你魂魄安谧，

这在我就等于得到莫大的幸福、莫大的慰藉！

一〇

现在让我坐在这一方巨石上边，

它依然把大理石柱牢牢地支撑着；[12]

萨吞之子！这里曾经是你喜爱的宫殿：[13]

最尊贵的宫殿！那么让我来探索

蕴藏着的庄严宝相，但也许一无所获。

幻想的眼睛也看不到当年的模样：

时间所冲洗掉的一切，是断难恢复。

然而傲岸的圆柱并不教行人悲伤，

伊斯兰教徒固然无动于衷，希腊人也边走边唱。

一一

许多人掠夺了那边高处的神殿;[14]
帕拉斯的神灵依依不舍地徘徊,
不愿离去她过去的统治仅存的纪念;
但最后一个、最可恶、最愚蠢的强盗是谁?
是你的居民,喀利多尼亚,你该羞愧![15]
不是你的儿子,英格兰! 我为你庆幸,
你爱自由的人不应把自由的遗物损毁;
然而他们也参与劫掠衰老的神明,
用船帆运走圣物,虽然连大海也反对这种行径。[16]

一二

那现代的皮特人无耻之极地吹嘘:[17]
要盗取这些幸存的遗迹和雕塑——
哥特人、土耳其人和时间的劫余。[18]
这家伙想搬走雅典娜可怜的遗物,
他的心同他家乡海边的岩石一般冷酷,

血液也跟那种岩石一样地冰冷。

雅典娜的儿女太弱，守不住神圣建筑，

但是也为母亲分担了一些苦痛，

而且开始感到暴君的锁链套在身上有多么沉重。[19]

一三

难道这样的话英国人真说得出口：

阿尔比恩高兴地看雅典娜流泪？

虽然暴徒们以你之名使她忧愁，

可别告诉欧罗巴，她听了会羞愧；

抢劫一个多难国家的最后一个盗贼，

竟是自由的不列颠，海上女皇所生；

有慷慨之名的她竟以禽兽的行为，

贪残地拆毁古代遗留下来的名胜，

这些连善妒的时光和暴虐的君王也不敢毁损。

一四

帕拉斯呀！你的羊皮胸铠在哪里？[20]

它曾吓退凶煞的阿拉列和毁灭神。

地狱拘禁不住的珀琉斯之子在何地？[21]

他离了冥府，在那个危急的时辰，

在光天化日之下出现，威风凛凛！

为什么阎王不能再放他还阳一趟，

来驱逐劫掠雅典的第二个强人？[22]

他正在斯堤克斯河畔无事闲逛，[23]

却不来保卫他曾经竭力把守过的城墙。

一五

美丽的希腊！冰冷的是人们的心，

倘看着你而没有在爱人灵前的感想；

麻木不仁的是那些不掉泪的眼睛。

看着英国人的手破坏你的城墙，

搬走你残破的神坛；英国人本来应当

保护你的古迹——永难恢复，一旦残破；

应诅咒他们离开岛国来到这地方，

又一次刺痛了你忧郁苦闷的心窝，

硬把你那些衰老神明送到不相称的北方岛国！

一六

但是哈洛尔德呢？难道我已忘记
催促那忧郁的旅人继续去漂泊？
别人会抱恨的事他都不介意；
再没有恋人值得咏叹，用虚假的悲歌；
当这位冷漠的旅人动身去他国，
也没有一个朋友来同他握手送行；
他的心僵硬了，美色也难以制约；
但哈洛尔德已没有往昔那些感情，
他飘然离去那战火和罪恶弥漫的国境。[24]

一七

如果你曾经航行在深蓝色的海上，
想必见到过那种很有趣的光景；
当海风很和顺，船只扯起了白帆，
威武的巡洋舰准备就绪，将要启碇，
然后是海滨的沙滩，教堂的尖顶，

停泊着的船只的桅杆，都退缩一边，

受护航的商船像成群的雁鹅般前进，

浩渺的大海在船头的前面展现，

海浪是多么愉快地欢迎着每艘疾驰的船舰。

一八

呵，军舰上的情景真像小小的战场：

半空张着网，绳索把大炮紧紧束缚，[25]

粗声大气的命令，大伙儿嗡嗡的声响，

号令一下，樯楼上立刻爬上水夫；

水夫长喊叫，水兵们高兴地应诺！

大家一齐动手，船上滑车辘辘转旋；

见习官站立一边，他是学生气十足，

用娘们腔的尖嗓子把好坏指点，

大伙儿都服从他的指挥，这很内行的少年。

一九

甲板打扫得一尘不染，亮得发光；

严肃的船长监督航行,铁板着脸,

他踱步来往,那神气是非常端庄,

在船尾,那片供他一人使用的地点。

人人所敬畏的他是沉默而寡言,

否则就难以维持那严格的条例,

胜利和荣誉会落空,如果纪律不严,

但英国的汉子决不随便违犯法纪,

因为那是他们力量的源泉,哪怕多么严厉。

二〇

吹吧,急急地吹,推送船儿的海风,

直到太阳收起它越来越暗淡的光芒!

那时旗舰必须卷起一张张的帆篷,

让受护航的船只慢慢地驶行在海上。

唉! 多么可怨,使人心烦的延宕,

把最好的风浪费,为了那些拖泥带水的船;

要耽误多少旅程,在拂晓前的时光;

在本来愿助我们飞驰的海波上流连,

把翩翩的帆收起,为了让那些船儿去拖延!

二一

呵,是多么可爱的夜!月儿已经升高,
向着舞蹈的波浪,倾泻下水似的柔辉;
也许姑娘们正为少年的情话颠倒,
至于我们呢,且等上岸再尝这种滋味!
眼前可来了个"阿里昂"似的谁,[26]
弹奏出水手们喜欢的轻快的乐曲;
兴高采烈的听众把他团团包围,
或者矫捷地跳舞,随着熟悉的音律,
好像不觉得还在海上颠簸,玩得无忧无虑。

二二

从卡尔比海峡眺望,两岸地势险阻;[27]
欧罗巴和阿非利加两洲彼此遥望!
黑眼珠女郎和褐皮肤姑娘的国土,[28]
都能看到,仗着海卡底的光芒;[29]
她柔和地把光辉投在西班牙身上,

直布罗陀

显露了它的岩石、丘冈和褐色的森林，

历历在目，虽然残缺的月轮渐渐暗淡；

但那庞大的毛里塔尼亚憧憧黑影，[30]

从山崖到海岸，笼罩着一片阴森而抑郁的气氛。

二三

我们会默默地追念，当夜深人静，

自己曾经爱过，尽管这爱情已一去不返；

心儿孤独地伤悼着受了打击的热情，

虽然形单影只，仍怀念着过去的侣伴。

少年的爱和欢欣已逝而青春未完，

人谁愿意就此平白地老去呢？唉，

倘使本是水乳交融的灵魂彼此离散，

在死来临之前，生也没有多大意味！

谁不愿重做少年呢？呵，快乐又幸福的年岁！

二四

似这般倚靠着被浪花泼溅的船栏，

低头看那月儿的倒影在海波上漂浮，

灵魂就抛却了希望和荣誉的打算，

茫茫然飞回每一个逝去了的年头。

不管一个人的心灵是如何孤独，

总不会没有比自身更可亲的对象，

曾经或还使他留恋，值得他洒下泪珠；

如火光一闪的痛苦！但那疲惫的胸膛，

纵使徒然，还想使那沉重的心摆脱这种哀伤。

二五

坐在山石上冥想，对着山峦与河流；

用缓缓的步子探访那阴暗的森林，

那里居住着不受人管辖的野兽，

人迹不至，或者是难得有人通行；

攀登那无人知晓、无路可循的山岭，

那上面有不需要人来饲养的兽类；

徘徊在悬崖和瀑布旁，独自一人；

这并不孤独，而是跟妩媚的自然相会，

她把丰富宝藏摊开在你眼前，让你细细玩味。

二六

但是在嘈杂和冲撞着的人群中间，
我们耳听，眼看，感触，占有，漂泊，
没有人来爱我们，也无人值得爱恋，
作为一个倦怠不堪的人世的过客。
趋炎附势的小人，只能同你共安乐！
在那些亦步亦趋、奉承拍马的人中，
没有一个心怀怜悯同类的美德，

等我们死时，会在脸上露出丝毫哀容：
这样才真是孤独；这种味道才算得惨痛！

二七

神仙般的隐士生活是多么幸福，
可以看到他们，在孤独的亚陀斯山上；[31]
傍晚时分在巍峨的山巅眺看远处，
碧蓝的是那海水，澄澈的是那穹苍；
无论谁在那样的时刻在那儿徜徉，

亚陀斯山

将会在那圣洁的地方陶醉沉思，

然后恋恋不舍地离去这迷人的地方，

惋惜着自己不能过这样的日子，

而重新怨恨那几乎已经被他遗忘的人世。

二八

不用赘述那漫长而单调的航行，

那过往频繁的海道，上面不留影踪；

不必说风平浪静、风暴、航线的变更，

抢风行驶、常有的风潮骤变和其他种种；

水手们蜷伏在有翅膀的海上堡垒中，[32]

他们的欢欣和悲哀之类也无须琐记；

晴朗或者坏天气，顺水或是逆风，

突然间波涛汹涌，海风时吹时息，

这些都不足为奇，且等一个可喜的清晨看到陆地。

二九

但不可忽略了卡吕普索的故乡，

那在地中海上并列的两个岛屿，[33]

今天依然是殷勤款待困倦旅人的地方；

虽然早已不再啼泣了，那美的神女，

也不再在她的崖上徒然盼望伴侣，

那个只爱他世俗妻子的薄幸人。[34]

他的儿子也是在这里跳下海去，

严厉的曼托逼着孩子从高山跳到海心，

一个也挽留不住，那仙女是加倍地忧郁伤神。

三〇

她的统治早已结束，她的声誉消亡，

但不要轻信这些，在她蛊惑的宝座，

又坐着位活的女皇，冒失的少年该提防！

你会碰上一位再世的卡吕普索。

弗洛伦斯！那颗心虽又放浪又冷酷，

如果再一次堕入情网，必然是为了您，

但也许我身上受着种种的束缚，

不敢在你跟前放下卑微的献品，

也不敢要你高贵的胸怀为我感到一点伤心。

三一

哈洛尔德这么想，同时他的眼睛

遇到了那妇人的眸子，但他胸中坦荡，

一种纯洁的赞美之心油然而生。

虽然离他不远，爱神并没有光降；

哈洛尔德老被他擒获，也一再漏网，

但哈洛尔德已不再是他的信徒儿曹，

那神婴也好久没有降临他身旁；[35]

现在即使再三怂恿也成了徒劳，

小小的爱神想对了：他过去的权威已经失效。

三二

美丽的弗洛伦斯当真有点儿吃惊：

竟有人冷淡地对待她两眼的光采，

原听说这是个见一个爱一个的少年人；

其他人却都或真或假地为她的双眸发呆，

说那是他们的希望、劫数、法律和宿债，

总之是美色能使奴隶们讲的一切谀言；

像这般初出茅庐的少年，她很奇怪，

既不感到也不假装燃起所谓情焰，

娘儿们不恼恨这种火焰，虽然有时觉得有点讨厌。

三三

她哪会知道那颗仿佛冰冷的心，

现在被骄矜所约束，或沉默所掩藏，

并非不精通那蛊惑女性的本领，

而且撒下过勾引许多娘们的罗网；

它也还没有戒绝卑鄙的追逐勾当，

如果出现了一个对象，值得去追逐。

但哈洛尔德不愿施展那种伎俩，

要是他迷恋了这一双蓝色的眼珠，

也决不加入那向着女人摇尾乞怜的队伍。

三四

依我看来，男子并不熟谙女人心意，

如果他认为须用叹息去博取欢心；

已被征服的心，她怎会放在眼里？

应对你的所爱表示适当的尊敬；

万不可显得卑微，否则她会看轻

你和你的殷勤，哪怕你话说得婉转。

甚至不要显出温柔，如果你还聪明；

充分的自信总是谈情时最灵的药丸；

你要有忽冷忽热的功夫，终能得到她的喜欢。

三五

下面说的是老教训，时间证明有理，

谁知之最深，为它流的眼泪也最多；

那人人艳羡的东西一旦全到了手里，

够不上所花的代价，那低微的收获：

青春浪费掉，荣誉丧失，心灵堕落，

如愿以偿的爱情啊，这些就是果实！

倘残酷又仁慈的命运把希望戳破，

失恋的心永远苦痛，这苦痛无法疗治，

即使到了爱情已经不能再使它感到欢乐之时。

伊大卡

三六

闲话少说！也不能慢条斯理地歌吟，
因为我们还要跋涉山路千百里，
并且要沿着各式各样的海岸航行，
不是幻想，而忧郁是旅行的动机。
我们将去的那些国土是多么美丽，
绝不逊于狭窄的头脑憧憬的画面，
或者似《乌托邦》的乌有之地；
这些书的宗旨是教人趋于尽善，
如果人类这腐败的东西真能受它们的感染。

三七

大自然始终是我们最仁爱的慈母，
虽然她温柔的面容总是变幻不定；
让我陶醉在她赤裸着的怀抱里头，
我是她不弃的儿子，虽然不受宠幸。
呵！粗犷的本色使她最显得迷人，

留卡地断崖

因为没有人工的痕迹把她亵渎；

不论日夜，她总是对我笑脸盈盈，

虽然只我一个向着她的形象注目；

我是越来越向往她，而且最爱她，当她发火恼怒。

三八

阿尔巴尼亚！伊斯坎德出生的所在，[36]

他是青年的话题，聪明人的榜样；

也崛起过与他同名的英雄，一生豪迈，[37]

敌人望风披靡，同他交战必吃败仗。

你强悍的人民的一位粗鲁的乳娘！

阿尔巴尼亚！让我来细细地看你，

十字架没落，你的清真寺塔尖闪光，

山谷里露出淡淡的新月的标记，

在每个城市的周围，都可以看到丝杉林丛稠密。[38]

三九

哈洛尔德航行着，经过那荒凉地，[39]

苏里的层峦

佩涅洛佩就在这儿盼望征夫归国。

往前能看到那片山崖，还未被人忘记：

那列斯保人的绝命地，爱的归宿；[40]

神秘的萨芙啊！为什么不朽的诗歌，

不能让那怀抱着诗的火焰者永生？

创造不朽诗歌的她，为何不能存活？

而只有诗歌才能保持永久的生命，

难道这就是地上人们祈求不朽的唯一途径？

四〇

这是希腊的一个温和的秋宵；

他早想访问这儿，离去觉得惆怅，

哈洛尔德向留卡地断崖遥遥凭吊。

他曾经看到过不少昔日的战场，

亚克兴、勒班陀、特拉法尔加那不吉的地方；[41]

但他却是诞生在邪恶星宿的光芒下，

在古战场上无动于衷，因为他不向往

什么英勇的战斗，什么流血厮杀，

而且厌恶刺客的勾当，也常常嘲笑那些丘八。

四一

可是,当他看到黄昏星高悬在天边,

照临留卡地岬的不幸的崖石,

凭吊了这位薄命女殉情的地点,

有了深刻的感想,至少他以为如此;

当那艘堂皇的帆船继续向前行驶,

缓缓地经过那古老的山崖的下方,

他向着悲凉地起伏着的海水注视,

虽然他像往常似的默默地遐想,

他的目光却显得更平静,苍白的脸也更安详。

四二

破晓了;阿尔巴尼亚峭峻的山岳,

幽暗的苏里的层峦,品都斯山的峰巅,[42]

都出现了,它们为薄雾所遮,隐隐约约,

黑一块,紫一块,浸润在白练之间;

待到它们周围的云雾豁然消散,

于是显露出了山民居住的小村：

这儿豺狼出没，也有觅食的鹰盘旋，

栖息着凶猛的禽兽和更凶猛的人；

酝酿中的暴风雨在震荡着已经老去的秋景。

四三

向基督教国家道了声长长的再见，

现在他感到自己终于独个儿在游遨；

他已踏进一个完全生疏的国家探险，

这国土，谁都向往，但大多不敢来到。

他什么也不忌惮，而且愿望很少；

他并不自找灾难，但遇到决不低头。

这儿的光景是粗野的，但又很奇妙；

如此就使劳苦跋涉成为愉快的巡游，

寒风和烈日也就不再使旅人感到难受。

四四

这儿居然遗留着红色的十字架，

虽然早已失去养尊处优的僧侣的骄气，

备受伊斯兰教徒们的百般辱骂；

基督教士和教徒在此同样受人鄙弃。

可恶的迷信呵！随你披上什么外衣，

新月、十字架、偶像、圣徒、圣母、先知，

随你挂出什么样的招牌或者标记，

无非是让僧侣走运，大众受到损失！

谁能分清什么是可贵的信仰和迷信的渣滓？

四五

请看安布拉西亚的海湾吧，就在这边，

有人抛却江山，只为了一个娇娘！[43]

在那波澜起伏的海湾，从前有一天，

许多个罗马的将军和亚洲的君王，[44]

开来大批舰队，胜败不明地杀戮一场。

请看恺撒第二纪功建筑的地点，[45]

它们，和兴建者一样，已经永远消亡。

称孤道寡的蟊贼呀！你们害人不浅！

上帝呵！你的地球难道必须做他们赌博的本钱？

四六

越过那山国的一重重苍郁的围屏，

这就到达伊利里亚群山的中央；

哈洛尔德一路上浏览着崇山峻岭，

经过了许多名不见经传的风光；

即使在有名的亚狄加,这样的地方,[46]

也不多见；即使那风光如画的腾皮,[47]

也拿不出如此美景；帕纳萨斯山，

　固然是名胜,是最受尊敬的圣地，

却无法和这阴霾之国隐藏的某些山水相比。

四七

经过荒凉的品都斯山和阿契鲁希湖,[48]

然后离开这山国首府的地方,[49]

哈洛尔德继续踏上了他的旅途，

要去朝见那位阿尔巴尼亚的君王——[50]

他专横地统治着,用血腥的铁掌；

尼古布利斯

没有法律,有之,就是他独断的命令。

　　然而有些勇敢的山民却要同他对抗,

　　他们公然捣乱,盘踞在隐蔽的山林,

而且无法使他们屈服投诚,除非使用黄金。[51]

四八

修道院所在的齐察! 从你蓊郁崖上,[52]

——你真是一块小巧而优美的圣地!

我们不论朝哪里眺看,上下四方,

啊,好一片锦绣风光,像发现了奇迹!

这儿山峦、流水、森林、岩石样样都齐,

而蔚蓝的穹苍使风景整个调和;

从山下远远传来了激流轰鸣的声息,

告诉人有巨大的瀑布从崖间冲落,

它虽然惊人,然而又使人的心灵感到快乐。

四九

在那被树木密密覆盖的山巅,

一座修道院的白墙显露在树丛中；

假如四周没有这么多嵯峨的高山，

而且一座比一座更奇峻，更高耸，

那么这山也可算作一座雄伟的高峰；

修道院里边住着一个希腊教修士，

他也不粗鲁，也不吝惜他的笑容，

游客到此皆受欢迎；谁爱大自然的丰姿，

谁就不会不感到留恋，就离开这幕景致。

五〇

让旅人在这儿休憩，于苦热的季候；

那些苍老的树木下铺着绿草如茵，

最柔和不过的风会吹拂他的胸口，

他能呼吸到清风，直接落自天心。

旅人呵！快别错过了这纯洁的欢欣；

充满着病毒的灼热日光如同烈火，

透不过浓浓绿荫。啊，这儿远离红尘，

让那个漂泊的旅人在这里祖卧，

悠闲地目送着拂晓、正午、黄昏相继地驶过。

五一

阴沉而巍峨的雄姿渐渐清晰、扩张,

左右横亘着的卡密拉山的巨峰;[53]

火山口像天然的古罗马圆形剧场。

底下的山谷好像是活了,快要蠕动;

羊群在嬉戏,树木摇摆,崖上的山松

在点头,溪水潺潺;瞧,黑色的河在远处,[54]

曾被人当作冥府之水的阿刻戎!

阎王爷! 倘使我看到的真是地府,

那么就请你关闭住相形见绌的天堂的门户。

五二

没有高楼大厦亵渎可爱的风景;

雅尼那虽然离此不远,却已看不到,

因为有屏障似的山峦把它遮隐;

这儿只有一个小小的村落,人烟稀少。

但从崖间俯视,便能看见羊儿在吃草;

腾皮

穿白色"卡波特"外套的牧羊小孩，

默默地守望着牲畜，散布在他周遭；

他小小的身躯倚靠着山下的石块；

或者让短促的暴风雨过去，他在山洞里等待。

五三

呵！多多那！你的古老的槲树林，[55]

预言的泉，指示迷津之所在哪里？

哪一个山谷回响过神指点吉凶的声音？

雷神宙斯的神殿还留下些什么遗迹？

这一切都已被遗忘——人应否惋惜，

他脆弱的绳索绑不住如矢的岁月？

不要抱怨，蠢材！神的命运也无异，

你难道想不像神殿或槲树似的凋谢？

在流光的催促下，都要衰亡：民族、语言和世界！

五四

山峦消失了，伊庇鲁斯的边界后退；

雅尼那

倦于仰望高峰,那疲乏了的两眼,

快意地眺望着平原,它是多么柔美,

春天已给它穿上了绿油油的衣衫;

虽说在原野上,那风光也不平淡,

一条雄壮的河流把辽阔的旷野划分,

河岸上高高的树木迎着风儿摇撼,

它们的倒影随着晶莹的水面跳动,

或者在静悄悄的深夜里,伴着月光一起入梦。

五五

太阳沉落到广袤的多马里特山后,[56]

旅途上习惯了的夜色又把大地笼罩,

宽阔而湍急的拉奥斯河水在奔流,

哈洛尔德留意地前行,沿着河岸陡峭,

他看见德巴兰尖塔上的明灯在闪耀,[57]

犹如茫茫夜空中一颗颗星星,

看到俯视着流水的德巴兰的城堡;

再走近去,他听到军人的嘈杂声音,

悠扬地随着河谷的清风传来,一阵又一阵。

五六

他跨进森严不可侵犯的哈兰的卫城，

从宽大的圆拱门下，打量着这处所，

这个有权有势的头儿所住的宫廷；

周围的一切都说明他是大权在握。

花团锦簇的陈设中间，那暴君安坐，

而整个宫中正忙碌得不可开交，

太监、卫兵、托钵僧、客卿伺候他一个。

内部是宫殿，从外表看来却是城堡；

在这里聚集着各种肤色的人，从各个地区来到。

五七

在这城堡里面的宽阔的广场上，

装着富丽的马具的战马准备出征，

还有大批的军需物资堆积成行；

走廊上聚集着奇形怪状的人群；

时时有头戴高帽子的骑马的鞑靼人，

穿过那回响着啼声的门洞奔跑；

土耳其、希腊、阿尔巴尼亚和摩尔人，

他们五颜六色的衣饰交相映照；

低沉的战鼓声传来，报告着黄昏时分已来到。

五八

剽悍的阿尔巴尼亚人穿着齐膝短裤，

好看的衣服，上面有绣金的花纹，

背着装饰华美的枪，头上裹着花布；

还有围着鲜红围巾的马其顿人；

头上戴着吓唬人的古怪皮帽的骑兵，

腰间挂着弯刀；黝黑的努比亚族太监；

希腊人虽然很活泼，但似乎太柔顺；

以及长胡须的土耳其人，沉默寡言，

他们既然是这儿的主子，相貌必须显得尊严。

五九

与众不同些：或侧靠卧着，三五成群，

阿里·帕夏

旁观这五光十色的景状,纷纷扰扰;

有个铁板着脸的穆斯林趴在地上祈神;

有的在抽抽烟,有的在玩乐和取闹;

阿尔巴尼亚人昂首阔步,好不骄傲,

希腊人不知喃喃地在说些什么话;

听哪! 从清真寺传来召唤夜祷的呼叫,

守役们的喊声震荡着清真寺的尖塔,

"没有别的神,只有一个安拉! 祈祷吧,安拉伟大!"[58]

六〇

恰好碰上教徒们斋月禁食的季节,[59]

长长一天为了忏悔而不进食物:

等着同那流连忘返的黄昏告别,

人们就重新尽情地饮宴作乐:

这时一片喧哗,成群结队的佣仆,

一面大摆筵席,一面赶紧把菜肴烹调;

外边的走廊再也没有人来涉足。

厅堂里传出混杂各种声音的喧嚣,

而仆役和奴隶们像穿梭似的进进出出奔跑。

六一

没有女性的声音，她们都在闺阁，

不得乱走，即使挂面幕或有人伴送；

她们各各把身心交给自己的丈夫，

安于牢笼里的生活，再也不想活动，

在夫君的眷爱下，她们没有苦痛；

抚养儿女就是她们最大的愉快，

其他一切感情都变得无足轻重！

她们甘愿一刻不离地厮守着婴孩；

心中没有任何邪恶的念头，只有慈母的爱。

六二

在那用大理石铺成的敞厅中心，

有一道活跃的泉水喷射水珠颗颗，

珠玑四溅，散发的气息凉爽而清新，

软绵绵的长榻勾引人去躺卧；

阿里斜靠着，这好战而凶狠的家伙；

可是从他那苍老而可敬的脸容上，

只见得他是宽厚、仁慈而且温和，

光凭其人的仪表，你决不敢猜想，

他老人家实际上干过许多可耻之极的勾当。

六三

一个人的颔下有了灰白的长须，

并不妨碍他心中有青年似的热忱；

爱能战胜老，哈菲兹说得有根据，[60]

阿纳开雍也这样歌颂，歌颂得很真；[61]

但是那种伤天害理的重大罪行，

却对谁也不相宜，那会在身上留下

血淋淋的痕迹，尤其上了年纪的人；

血债以血偿还，谁如果靠流血起家，

到头来，须在更凄惨的血泊里结束他的生涯。

六四

困倦的旅人暂且栖身在这地方，

许多东西在他是见所未见，闻所未闻；

浏览了伊斯兰教徒的奢侈和铺张，

他马上厌恶这财富和荒淫之境。

本来是为了躲避城中喧嚣的噪闹声，

才把这豪华的宫廷建筑在野外；

这儿实在很可爱，如果能简朴几分；

但宁静生活不能和物质享乐同在，

欢乐与奢侈相结合，反会使两者都遭到破坏。

六五

阿尔巴尼亚人虽然凶猛，却不缺乏

各种美德——也许比一般更加崇高。

有哪个敌人曾见过他们逃跑害怕？

谁能在战争的困苦中这样不屈不挠？

他们的意志跟他们的碉堡一样坚牢，

尽管在患难中，环境很不顺利；

为了恩义或荣誉，可以把头颅抛掉，

他们凶狠，但可靠的是他们的友谊，

在首领的指挥下，他们冲锋陷阵，从不迟疑。

六六

哈洛尔德在他们首领的城堡上，
看他们胜利地投入战争，威风凛凛；
后来当他自己遇到意外的灾殃，
在他们的手中，知道了他们的为人；
坏人会趁火打劫，在那灾难的时辰，
但他们款待他，在他们的屋顶下边；
换了更"文明"的人，决不会这么殷勤，
他的那些同胞们，就善于袖手旁观；
世态炎凉，能有几个人的良心经得起考验！

六七

事情的发生是因为船儿遇着逆风，
突然间触上了苏里岸边的暗礁，
周围是一片荒凉，时候又刚在夜中，
登陆固然危险，逗留下去就更糟；
担心那地方隐藏着歹徒，不太可靠。

船员们踌躇不决，待了好半天，

最后还是冒险上岸，尽管忐忑烦躁，

土著恨土耳其人，对西欧人也无好感，

说不定又干起杀人越货的勾当，像他们的祖先。

六八

真是白白担忧！苏里人热心招待，

领他们越过山冈，绕过危险的泥沼地；

他们没有卑微的奴才相，却那么和蔼，

生旺了炉火，为客人绞干潮湿的外衣，

斟酒劝饮，又把慰人的灯盏点起，

虽是家常便饭，却也尽他们所有；

让落难的受到安慰，劳苦的得休息，

真是些难得遇见的古道热肠的朋友，

他们使善人感动，或者至少使坏蛋害羞。

六九

当他终于准备启程，离别这山区，

踏上他的征途时，却遇到了麻烦，

原来有一帮强汉阻碍着他的行旅，

他们在远近一带打家劫舍，拿着刀剑；

他只好依靠一队可信赖的伙伴，

护送他穿越阿卡纳尼亚的大森林；

他们是劳动的壮汉，又经战争磨炼，

一直伴送他到阿契鲁希的白水之滨，

那伊托利亚的原野便出现在对岸，一望无垠。

七〇

孤独的幽垂基村坐落在小小湾边，[62]

那儿疲倦的海水已停止发出光芒，

山上林丛那么苍郁，在这夜半的时间，

似乎瞌睡在静寂的港湾的胸脯上，

风儿仿佛在低语，轻轻地来自西方，

不去打扰，而是吻着沉默的沧海；

哈洛尔德是受欢迎的客人，在这村庄；

他不能冷漠地离去这妩媚的所在，

因为从那温柔的夜色中，他能感到多少欢快。

希腊民兵跳舞

七一

在那平坦的岸上,烧起篝火熊熊,

人们迅速地传递着红酒,杯盘狼藉;

那客人莫名其妙地看着周围的活动,

他目瞪口呆地看得好不惊异:

军人们开始了他们的酒宴和游戏,

在夜深人静的时分过去以前,

大家围成一个圆圈,手和手相携,

每一个"巴里加"把腰刀抛在一边;[63]

高唱着粗野的山歌,短衣汉子们起舞翩翩。

七二

恰尔德·哈洛尔德站得并不远,

对这热闹的酒宴,他一点不憎恶,

他观看着这粗野而无害的狂欢。

他们的野蛮然而并不猥亵的行乐,

可真是很不平凡的画图一幅;

当人们的脸上映着火焰的光芒，

动作多矫捷，黑眼珠转动得灵活，

蓬松的长发一直披散到腰带上，

于是，他们便半像呐喊似的这样齐声歌唱：

1

你的警号，呵，鼓手，鼓手！

给好汉子带来希望，是胜利的兆头；

山地的男儿呀，快都来到，

卡密拉人、伊利里亚人和黑色的苏里佬！

2

呵！有谁比勇敢的苏里人更英豪？

他穿着雪白的短衫，头戴皮帽，

抛下了羊群，不顾狼和鹰，

像崖间的瀑布，他向平地飞奔。

3

连朋友的过错也不宽恕的卡密拉汉子，

岂肯让他们的仇敌不死？

难道百发百中的枪杆能放过可恶的敌人？
为什么不对他们的胸膛来瞄准？

4

马其顿人的子孙有着满腔热血，
他们暂且离开山洞，停止打猎：
他们血红的领巾要染得更红，
除非刀剑进了鞘，战事告终。

5

那住在海边的巴尔加的海盗，[64]
曾教欧洲人尝过做奴隶的味道；
他们将把船和橹留在海滩旁，
上岸去搜寻那隐匿俘虏的地方。

6

金银财宝，我都不要，
就凭一把钢刀，挣得糊口的面包；
还要博得一位长发新娘的欢心，
教很多姑娘情愿抛下娘亲。

温泉关

7

一个妙龄姑娘是多么可爱，
她的温存使我陶醉，歌声使我欢快；
让她从闺房里拿出七弦琴，
哀唱她父亲的不幸。

8

普累佛萨城攻克的情景难忘，[65]
胜者高呼，败的叫得悲伤；
我们尽情掠夺，放火来把房屋焚烧，
杀死那有钱人，而把美人儿都放跑。

9

我不讲慈悲，我也不讲害怕；
谁要讲这些，就做不得"维齐"的手下：[66]
从我们的圣穆罕默德到而今，
土耳其首领谁个有阿里般威风凛凛。

10

他儿子黑脸莫奇塔出征在多瑙河岸，

让黄毛异教徒一见马尾徽心惊胆战；[67]

当他的轻骑兵向他们冲锋奔跑，

有几个莫斯科佬能够逃掉！

11

卫士呵！快把首领的弯刀拔出鞘，

鼓手呵！你的警号是胜利的预兆。

山峰呀，看我们列队出发，

不战胜敌人，你们见不到我们回家！

七三

美丽的希腊！使人伤心的光荣残迹，

逝去了，但是不朽；伟大，虽已沉陷！

有谁来领导你一盘散沙似的后裔，

起来挣脱那久已习惯了的羁绊？

在过去，你的儿子却并不是这般，

他们是视死如归的勇敢的军人，

把守德摩比利，不怕尸体堆积如山。[68]

啊！有谁能够恢复那英勇的精神，

在欧罗塔斯河畔崛起，把你从坟墓里唤醒！[69]

七四

当年在伐埃尔崖上，自由之神![70]

你曾陪伴塞拉息布洛和他的部下，

那时候，你岂能预料到这种情形，

你雅典明媚的原野会弄得这般可怕？

现在不是三十个暴君在蹂躏它，

却是无论哪一个都能把它作践；

但你的子孙还不奋起，只空口咒骂，

他们在土耳其皮鞭下呻吟得可怜；

只好做一辈子的奴隶；无论言行都一样卑贱。

七五

除了那外表，真是什么都变了样！

谁看到依旧在闪光,他们的眼珠,

岂能不相信,在他们的胸膛,

失去的自由呀,你不灭的火已恢复!

许多人还在睡梦中昏迷不醒悟,

虽然那光复祖国的时辰已经接近,

他们巴望着外国的军器和救助,

却不敢独自去反抗异族的欺凌,

或者摆脱那可悲可耻的做奴隶的痛苦处境。

七六

世世代代做奴隶的人!你们知否,

谁要获得解放,必须自己起来抗争;

胜利的取得,必须依靠自己的手?

高卢人或莫斯科人岂会拯救你们?

不!他们也许会打败你们的暴君,

但你们仍然不会获得自由的神坛。

希洛人的魂呀!战胜你们的仇人![71]

希腊啊!你的主子变换,而山河依然;

逝去的是光荣的日子,但是耻辱的年头未完。

七七

从异教徒手中夺回给安拉的城,[72]

又可能被异教徒从奥托曼族手里抢掉;

那苏丹的森严不可侵犯的宫廷,

也许会迎接它的旧客,凶猛的西欧佬;

那些瓦哈比派的叛民,胆量也不弱,[73]

曾把先知陵墓上神圣战利品掠夺,

也许杀奔而来,到西方的土地上侵扰;

但自由永远不会光临这不幸的古国,[74]

人们世世代代做奴隶,年复一年地受折磨。

七八

但是请看他们在斋期以前怎样作乐。

一年一度的斋期是他们神圣的规条。

为的是洗清人们肉体的深重罪恶,

白天断绝伙食,昏夜里做祷告;

然而当这种忏悔的日期还未来到,

斯坦布尔

无论男女老少，先可以痛快几天，

人人都要尝一尝狂欢的味道，

穿红着绿地在假面舞会上起舞翩翩，

度过快乐的"嘉年华会"，在化装队伍中间。[75]

七九

何处的"嘉年华会"有你的欢乐热闹，

呵，斯坦布尔！希腊帝国的故都？[76]

虽然如今土耳其人污辱了索非亚神庙，[77]

希腊在伤心地遥望着她的神座，

（唉，她的苦痛还将贯穿我的歌！）

她的诗人曾经是愉快的，因为人民安康，

人人有自由，现在却必须假装快乐；

但是我却很少看到如此动人的盛况，

难得听到这样的歌声，它响彻博斯普鲁岸上。[78]

八〇

海岸上轰响着快乐的人声喧嚣，

音乐时时变换,然而总不肯停顿;

不断地传来橹桨有节拍的音调,

荡漾着的海水发出愉快的低吟;

月亮在夜空中露脸,她仿佛也高兴;

当一阵阵轻忽的风掠过海面上,

越发显得灿烂皎洁了,她的倒影,

似乎她已经从天上的宫阙下降,

而万条银蛇似的海波,把海岸映照得多辉煌。

八一

海面上飘驰过一叶叶轻捷的小舟,

女郎们正在海岸上尽情地舞蹈,

男男女女忘掉回家,再也不肯罢休,

懒洋洋的眼波互相瞟得心痒难熬,

或者用兴奋得发抖的手儿互相抓牢,

你温柔地捏我,我将你的手握得更紧,

让圣人或道学家尽管去胡说八道,

啊,唯有这种时辰,爱神,年轻的爱神!

被你的红丝绦缚住的时辰,才补偿了终年苦辛!

八二

然而在这快乐的化装跳舞者群里，
难道没有人心底怀着隐秘的伤感，
心底的痛苦透出他们贴身的衬衣？
对于这样的心灵，那海水之声喃喃，
好像响应着他们内心徒然的哀怨；
而那些兴高采烈的人们的欢乐，
引起忿懑，引起了深深的厌烦，
对这种喧嚣的欢狂，他们多么憎恶，
恨不能拿件尸衣来换掉身上的华丽衣服！

八三

希腊的好子孙应该有这种感触，
如果希腊还有一个真正的爱国汉；
绝不像这些说得勇敢，实际的懦夫，
安分守己的奴才，只会长吁短叹，
而又能够满脸堆笑，讨暴君的喜欢，

柯罗那海角

手里不拿弓剑,而拿着奴隶的镰刀。

啊,希腊! 蒙你之恩最深者,爱你最浅;

他们把自己的出身和身上的血液忘掉,

也忘了光荣的祖先;祖先却在地下又羞又恼!

八四

除非再出现一些斯巴达的勇士,

除非雅典的儿女们有了心肝,

除非底比斯再生一个意巴密嫩达斯,^[79]

除非希腊的母亲们生育出许多硬汉,

你才能够复兴,否则事情就烦难。

一个钟头就能把一个国家毁坏,

而建设一个国家的时间却需要千年,

几时呵,才能恢复你失去的光采,

战胜时间和命运,把往昔的荣誉召唤回来?

八五

然而你又何其可爱,在忧患之中;

失踪的神仙和神仙似的人们的家乡!

你常青的溪谷,积雪不化的山峰,

使你成为大自然所宠幸的地方;

都坍塌了,你的神殿,你的庙堂,

渐渐跟英雄的大地相混淆,变为泥土,

被每一个农夫的犁头辗烂成泥浆;

人工的纪念碑就这样逐一倾覆,

而且一切都是如此,除了历史上光荣的记录;

八六

除了几根孤零零的圆柱显得伤悲

还矗立在它们倒下的兄弟身旁;[80]

除了特里多尼亚巍峨的宝殿依然点缀[81]

柯罗那的海角,守望着大海的波浪;

除了还有几处冷落的英雄们的墓葬,

那些灰色的墓碑和蔓生着的杂草,

吃力地抵御着时间,却抵不住遗忘,

旅人几乎漠然走过,把它们忽略掉,

或许像我般驻足一看,"好不悲伤",这样叹道。

八七

然而你的天空还跟古时一般清澈，
那峰峦、树林和绿野也还是一样，
橄榄树跟密涅瓦在时一般生长果实，
海美德斯依然出产着蜜汁芬芳，[82]
快乐的蜜蜂还在那儿建造芳香的蜂房，
它们是在山间的自由自在的游客；
阿波罗还把你长长的夏日涂成金黄，[83]
曼德里的大理石在它的照耀下闪烁：
艺术、荣誉、自由消亡，大自然却依然婀娜。

八八

这儿无处不是英灵萦绕的圣地；
你的土地没有一寸显得凡庸，
真是千里方圆之内都值得惊奇，
缪斯的故事都像是真事，并非幻梦；
只是我们的两眼惊异地看得酸痛，

马拉松

我们少年时代的梦幻所系的胜景；

所有深深的幽谷、原野和山峰，

似乎在向那摧毁你庙堂的力量挑衅：

时光推倒雅典娜神殿，却让阴暗的马拉松留存。[84]

八九

人虽成了奴隶，太阳、大地还是一样；

什么都没有变，只多了异族的君主；

多少年以前，有一个光荣的早上，

波斯人第一次在希腊的剑下屈服，

马拉松三字变成一个神奇的名目，

今天那战场并没有多大的改变，

保持着山海围绕的界限和无限荣誉；

说出这三字，听的人眼前便会出现：

兵营、大军、战斗，战胜者向敌军猛烈追赶。

九〇

奔逃的米德人拿着没有箭的断弓；[85]

德尔斐

勇猛的希腊人握着猩红的长枪直追；

三面围绕着高山，一面是波涛汹涌：

往前去是死，后退又必然被击溃！

当年的情状如此，但现在可有一道丰碑，

或什么神圣纪念物，树立在这圣地，

铭志着自由的胜利与亚细亚的泪？[86]

我们只看到棺椁被挖走，坟冢被掘起，

还有你们的马蹄，鲁莽的异乡人，所扬起的沙泥！

九一

沉思而并不感到厌倦的巡礼者，

将会聚集在光荣往昔的残迹旁；

爱奥尼亚海风吹送来的航海客，

不断盛赞这战斗和歌的明媚之乡；

永远使许多国度的少年对你向往，

是你的不朽语言和你的史书；

你是老人爱说的话题，青年人的榜样！

为圣贤们所推崇，诗人们所钦服，

帕拉斯和缪斯展示的庄严的学术宝库。

九二

作客异域的胸怀渴念熟悉的家乡，

如果那欢迎他的炉边是亲切温和；

但孤独的人儿，不如漂流到这地方，

慰心地纵览这意气相投的异国。

希腊不是寻欢作乐的热闹处所，

唯有对自己的出身之地没有留恋，

而且爱好悲凉的人才会来此作客，

他爱徘徊在神圣的德尔斐的山边，

或者眺望着从前希腊人和波斯人战死的平原。

九三

让这样的旅人朝拜这神圣的国土，

静静地经过这可惊奇的废墟畔；

决不可触动那些古迹，不许好事之徒

破坏这儿的面貌，它已经遭够摧残！

这些神坛并非为受亵渎而兴建：

应尊重许多国家曾经尊重的庙堂；

那样我们祖国的名声不会再染上污点，

愿你在那抚育了你的故乡生活繁昌，

在因爱情和生活的欢欣而倍觉可爱的故乡！

九四

至于你，就这么唱着很啰唆的歌，

用俚俗的诗句解除了你的无聊，

但是你的歌声很快就会被淹没，

被摩登诗人们的尖嗓子所压倒。

随他们去争夺纸糊的桂冠也好，

这样的竞争已经打动不了那颗心，

它不在乎凶恶的责难和偏爱的称道，

因为能加以欣赏的知己都已经凋零，

再没有一人可爱，也再没有可以取悦的人。

九五

可爱的人儿呀，你也已经长逝！

青春和青春的热忱使得我们有缘；

超过其他人们，你对我的情谊；

你不厌弃我，虽然我并不值得你眷恋。

你离了人世，我的生命也就可厌！

你竟等不及欢迎那归来的旅人；

他现在为永不再回的时辰而哀叹。

倒不如从来没有过，或者还未来临！

倒不如不回来，现在他回来了，却又想远行！

九六

啊，你总是满怀着爱，可爱而且被爱！

哀伤的心多么自私地怀念旧情，

固执地怀着那些念头，虽然应该抛开！

但是，时间终将冲淡你的面影。

你能剥夺于我的，啊，苛刻的死神！

都剥夺了；母亲，朋友，又加上知己；[87]

你对谁也未曾如此毒辣，如此残忍，

真是祸不单行，使人忧伤的事相继

夺去了生活将赐予我们的一切小小的欣喜。

九七

那么，我必须重新投身到人群，
让那损害宁静的一切涌入心坎？
那里有放纵的欢乐，虚伪的笑声，
只是使那瘦削不堪的双颊强露欢颜，
让那脆弱无力的精神加倍地疲倦；
我们的脸上，即使是被人强加逗引，
也须假装欢乐，或者隐藏愤怨？
欢笑时，其实是含着眼泪盈盈，
或者只好紧紧闭住那想要冷笑的嘴唇。

九八

一个人老去时最大的苦痛是什么？
什么东西使他额上的皱纹加深？
眼看着所爱的人儿相继进入坟墓，
就像我现在这般，成为孤独的人。
让我在神明跟前垂头，怀着卑恭的心，

悼念我毁了的希望,死了的亲友;

啊,绝望的日子! 尽管无情地流奔,

因为时间把我所珍贵的一切夺走,

并且伤害了我的青春,用了那迟暮的哀愁。

注解

[1] 蓝眼珠的天仙:即古希腊神话中雅典娜,司智慧和战争,希腊主神宙斯的女儿,雅典的守护神。雅典卫城的帕台农神庙,是专为祀奉雅典娜的,至今犹在。雅典娜不是缪斯,所以下文说她不会激发"人间的诗歌"。

[2] 火灾:1687 年威尼斯军队围攻雅典,由于一个火药库的爆炸,雅典卫城的一部分遭到破坏。

[3] 他们,指暴君和他的爪牙;作者访希腊时(1809-1811),土耳其人正统治着希腊。

[4] "晨光之子":意义不明确;托泽认为指当时占有这块神圣国土的东方人,即土耳其人。

[5] 为了读下面几节诗,有一个大体连贯的理解,注家托泽提出了他的解释:这时诗人设想他正站在宙斯神庙(参见以下第一○节)废墟间,遥望卫城全景;在他近前又有一座破败的古墓,在不远处地面上,则有一个骷髅

（可能从附近坟场中挖出，抛在这儿）。于是诗人召唤一个当地人（站在他近旁的"晨光之子"）过来，听诗人吟咏和发议论。

[6] 从眼前的颓败古墓和骷髅，诗人的笔锋一转，到了远在特洛伊平原上古希腊英雄阿雅克斯（Ajax）和阿喀琉斯（Achilles）的墓。这些墓离雅典很远，所以说"在那遥远的异乡海边"。以下几行是关于阿雅克斯当年牺牲后的一些情况，荷马《伊利亚特》中均有描述，所以说"历史上有记录"。

[7] 诗人的思想从阿雅克斯墓又飞回眼前，对一个骷髅发感慨和议论了。"神殿"，即骷髅，典出《圣经·哥林多后书》第六章第一六节。

[8] 最聪明的儿子：指苏格拉底。

[9] 阿刻戎河（Acheron）：冥府河流之一。

[10] "最多克"（Zadok），又译"撒督""佐多克""扎多克"，为犹太教的一派，不相信复活、灵魂、天使等等。

[11] 巴克特里亚、萨摩斯的圣哲：琐罗亚斯德（Zarathushtra），生于巴克特里亚（Bactrian）的古波斯琐罗亚斯德教（Zoroastrianism）创建者；毕达哥拉斯（Pythagoras），著名古希腊哲学家和数学家，生于萨摩斯（Samos）。

［12］拜伦这时在宙斯神殿废墟,该处还保留十六根圆柱。

［13］萨吞之子,指朱庇特(即宙斯)。萨吞(Saturn)是古罗马的农神。罗马人管宙斯叫朱庇特(Jupiter)。但朱庇特该是克罗诺斯(Kronos)之子。雅典宙斯大神的神殿的建造是在罗马皇帝哈德良(Hadrian,76-138)统治时期才最后完成的。故此殿亦称朱庇特神殿。

［14］神殿:拜伦的笔又转向雅典娜的帕台农神庙。下文"帕拉斯"是雅典娜的别名。

［15］喀利多尼亚(Caledonia):苏格兰的古称。"你的居民",指苏格兰贵族埃尔金勋爵(Lord Elgin),他收买帕台农神庙的遗物。

［16］大海也反对:装运希腊大理石古物的船只曾被风暴所阻。

［17］皮特人(Pict):苏格兰人的古称。

［18］哥特人:有西哥特和东哥特两种;前者侵入西班牙等地,后者征服巴尔干一带。

［19］作者在原注中举的例子是在拆卸帕台农神庙的大理石雕片时希腊人看着掉泪。

［20］据希腊神话,雅典娜有一块羊皮的胸铠,上面饰以女妖美杜莎的头,谁看到了立即变成石块。作者原注:

据说,雅典娜(帕拉斯)在雅典卫城上吓退了阿拉列(Alaric);这位哥特王差不多跟那位苏格兰后辈一样厉害。哥特王阿拉列侵犯希腊是在五世纪时。吓退毁灭神(Havoc),意思就是使希腊的都城不受破坏。

[21] 珀琉斯(Peleus)之子:即阿喀琉斯,希腊神话中的名将,此处指他的幽灵曾从冥府出来和雅典娜一起保护雅典。

[22] 第二个强人,即埃尔金勋爵。

[23] 斯堤克斯(Stygian;Styx):冥府河名。

[24] 指西班牙。

[25] 半空张着网:以防在作战时有木片等东西掉下甲板。

[26] 阿里昂(Arion):又译阿赖温,希腊诗人及音乐家,约生存于公元前七百年,以善弹七弦琴著名。据传说,阿里昂在西西里岛的一次音乐竞赛中获胜后回家途中在船上奏"天鹅曲",海豚都集于舟旁倾听他奏琴。船上水手贪图他的财物把他投入海中,但海豚把他救往泰那鲁斯。此处是用来称呼水手中能奏乐器的。

[27] 卡尔比海峡(Calpe):即直布罗陀海峡。

[28] 黑眼珠女郎即西班牙女郎;褐皮肤姑娘即摩洛哥姑娘。

[29] 海卡底（Hecate）：又译赫卡忒、赫卡特。月亮的别名。

[30] 毛里塔尼亚（Mauritania）：摩洛哥的拉丁名，古称。拜
伦此处是指摩洛哥。不是今天的毛里塔尼亚共和国。

[31] 亚陀斯山（Athos）：爱琴海边的高山，现译"圣山"，海
拔六千四百英尺，曾是僧道修行之处。

[32] 有翅膀的海上堡垒：即扬帆的战舰。

[33] 卡吕普索的故乡：荷马《奥德赛》中的故事，尤利西斯
归国途中在奥杰吉厄岛上停留很久，岛上的女妖卡吕
普索百般勾引他，没有成功。作者以为马耳他岛西北
四海里的戈佐岛就是奥杰吉厄岛。两个岛屿，即指马
耳他和戈佐。拜伦把二者混称卡吕普索的"故乡"，其
用意是要把卡吕普索"请到"马耳他。读下节"再世的
卡吕普索"一句，就明白其用意了。

[34] 薄幸人：指忠于妻子的尤利西斯。他的儿子塔林马卡
斯去岛上找寻父亲，但他的教师曼托怕他被卡吕普索
所引诱，把他从高山上推落大海，叫他逃走。

[35] 神婴：即爱神。又，第三〇至三三节，出现的那个叫作
"弗洛伦斯"的女人，据注家说，是指拜伦在马耳他遇
见的斯宾塞·斯密太太。

[36] 伊斯坎德（Iskander）：亚历山大大帝的土耳其语叫法。

拜伦以为他的出生地就在现今的阿尔巴尼亚。阿尔巴尼亚就是古代的伊庇鲁斯（Epirus）和伊利里亚（Illyria）一带。

[37] 同名的英雄：为斯坎德贝（Skanderbeg, 1405-1468），又译斯坎德培、史坎德贝、斯坎德尔贝，阿尔巴尼亚的民族英雄，在阿尔巴尼亚组织游击队抵抗土耳其人达二十五年之久。

[38] 清真寺周围都种植丝杉。

[39] 荒凉地：爱奥尼亚海上的伊大卡岛（现译为伊萨卡岛），尤利西斯的故国。尤利西斯的妻子佩涅洛佩在此盼望丈夫足足十年。

[40] 列斯保人（Lesbian）：即最有名的希腊女诗人萨芙，公元前七世纪生于列斯保岛上，该岛即今之米蒂利尼岛。此处所说的山崖在留卡地岛（Leucadia，即今之圣塔莫拉岛）上。据说她是因单相思而从这个崖上投海自杀的。

[41] 亚克兴（Actium），公元前31年奥古斯都军破安东尼军之处。勒班陀（Lepanto），1571年威尼斯、西班牙等国海军击溃土耳其海军之处。特拉法尔加（Trafalgar），1805年英将纳尔逊和西班牙、法国联合舰队作战之处。"不吉"

是说纳尔逊死于这次战役中。

[42] 苏里（Suli），阿尔巴尼亚的一个山区名。品都斯山（Pindus），北希腊腹地的山脉。

[43] 抛却江山：指安东尼在公元前 31 年被奥古斯都战败的事。女人即埃及女皇克娄巴特拉（又译克丽奥帕特拉、克利欧佩特拉）。安布拉西亚（Ambracia）的海湾即前面提到的亚克兴。

[44] 许多个罗马将军指奥古斯都一方；许多个亚洲君王指安东尼和克娄巴特拉一方。据说安东尼手下有十三个亚洲国王。

[45] 恺撒第二：即奥古斯都。他在亚克兴附近建造了一个城——尼古布利斯，来纪念这次胜利。

[46] 亚狄加（Attica）：古希腊地名，其首府即为雅典。

[47] 腾皮（Tempe）：是色萨利（Thessalia）的美丽山谷，为希腊和拉丁诗人所赞美。

[48] 阿契鲁希湖（Acherusia）：在苏里附近。

[49] 山国首府：伊庇鲁斯的首府雅尼那（Ioannina）。

[50] 君王：即阿里·帕夏。"帕夏"为将军或首领之意。他是当时阿尔巴尼亚的独裁者。

[51] 除非使用黄金：五千名苏里人在苏里的山地堡垒和三

万阿尔巴尼亚官兵相持十八年之久。最后敌方用贿赂手段把堡垒攻破。——作者原注

[52] 齐察(Zitza)：离雅尼那四小时路程的一个小村,有修道院、瀑布等。

[53] 卡密拉山(Chimæra)：品都斯山脉的支峰。

[54] 黑色的河：即卡拉玛斯河,曾被人当作地狱中的河流阿刻戎。

[55] 多多那(Dodona)：古代北希腊伊庇鲁斯的首府,以其神谕所著名,附近有一棵槲树,从它的枝叶沙沙作响中可以听出主神宙斯的旨意。另外还有倾听附近的泉水声音等等的求谕方法。

[56] 多马里特山(Tomerit)：在雅尼那附近;拉奥斯河(Laos)即今之维奥萨河,从山上流下,很宽阔。

[57] 德巴兰(Tepalen)：在雅尼那西北,为当时阿尔巴尼亚的统治者阿里·帕夏出生和居住之地。第五六诗节中的"暴君"即指他而言。

[58] "……安拉伟大"：伊斯兰教称宇宙独一存在的最高主宰为"安拉",或"真主"。清真寺的守役,在一定时刻到尖塔上高呼,叫人们来祈祷。

[59] 指九月斋,伊斯兰教徒每年吃一个月斋,时候是在伊

斯兰历九月,斋期内从拂晓到黄昏不许饮食。

[60] 哈菲兹(Hafiz, 1320-1389):十四世纪的波斯诗人,以抒情诗、恋歌出名。拜伦说过:"哈菲兹是不朽的。"

[61] 阿纳开雍:公元前六世纪希腊诗人,生于小亚细亚海岸的古希腊城市岱奥斯。

[62] 幽垂基(Utraikey):阿尔塔湾上一小村。

[63] 巴里加(Palikar):现代希腊语,意为"小伙子"或"有胆量的",也用来称呼兵士。

[64] 巴尔加(Parga):苏里附近的海港。

[65] 普累佛萨(Previsa):希腊的城市,1797年被法国人占领,而阿里·帕夏则于次年掠夺这个城市。

[66] 维齐(Vizier):长官。土耳其某些最高级官员的称呼。

[67] 黄毛异教徒:指俄国人。马尾徽,土耳其军中以马尾的多少作为等级的标记。

[68] 德摩比利(Thermopylae):即温泉关,北希腊和中希腊的交通要道。它是高山和海岸之间的险峻的羊肠小径。希波战争中(公元前481年)当波斯军从北希腊南下时,三百名斯巴达人死守这个关口,全体壮烈牺牲。

[69] 欧罗塔斯河(Eurotas):斯巴达的主要河流。这里表示

希望再出现和古斯巴达军人一样英勇的人物来拯救希腊。

[70] 伐埃尔崖上：公元前403年，雅典的逃亡者在塞拉息布洛（Thrasybulus）领导下进军雅典，推翻了三十寡头暴政。伐埃尔崖（Phyle）在雅典附近，塞拉息布洛率领的军队在进入雅典之前先占领这个地方。

[71] 希洛人（Helot）：古代斯巴达的奴隶，受斯巴达的统治阶级的残酷压迫；他们时常起义。

[72] 夺回给安拉的城：指君士坦丁堡，十字军时代曾一度为基督教徒（即此处所谓异教徒）所占领，后被土耳其人（即所谓奥托曼族，也译作奥斯曼族）夺回。"夺回给安拉"，意思就是回到伊斯兰教徒手里。

[73] 瓦哈比派，即伊斯兰教中的清净派，因伊斯兰教改革家瓦哈卜（Wahab）得名。这处指的是阿拉伯清净派叛变事。他们占领过圣城麦加和麦地那。先知指穆罕默德，他的陵墓上有和基督教军队作战时获得的战利品。

[74] 不幸的古国：指希腊。

[75] 嘉年华会：斋期前的狂欢节；谢肉祭。

[76] 斯坦布尔（Stamboul）：即君士坦丁堡，今名伊斯坦布尔。

[77] 索非亚神庙：即君士坦丁堡的圣索非亚清真寺，本来是基督教堂，所以说"污辱"。

[78] 博斯普鲁（Bosphorus）：一般译为博斯普鲁斯，黑海和马摩拉海中间的海峡，伊斯坦布尔城即在海峡的西岸。

[79] 意巴密嫩达斯（Epaminondas），约生于公元前418年，死于公元前362年，著名的民主政治家和将领。

[80] 倒下的兄弟：雅典的古代建筑物所用的大理石都产自班蒂利古斯山（今名曼德里）。倒下的兄弟指已经倒塌的一些圆柱，因其石从同一山上采来，故称"兄弟"。

[81] 特里多尼亚（Tritonia）的宝殿：即密涅瓦庙，在雅典港口之东。

[82] 海美德斯（Hymettus）：亚狄加的山，近雅典，以产蜂蜜和大理石著名。

[83] 阿波罗：此处指太阳。

[84] 马拉松：古战场，离雅典不远。公元前490年，希腊人在此大败入侵的波斯军。第八九节："波斯人第一次在希腊的剑下屈服"，即指此而言。

[85] 米德人（Mede）：即波斯人。

[86] 亚细亚的泪：指波斯军队大败。

[87] 母亲,朋友,又加上知己:作者回国时,他的母亲已经去世,他的友人朗格(Long)、温菲尔德、艾德尔斯东(Edleston)、玛修斯(Matthews)也相继死亡。"知己"一语原文的直译应该是"比朋友更亲的人",单数。

莱蒙湖

第三章

那么这种办法就是让你去想别的事;除了这个办法和时间以外,也确乎没有其他良药了。

——普鲁士王给达朗贝尔的信[*]

1776 年 9 月 7 日

---

[*] 法国数学家达朗贝尔死了好友,普鲁士王腓特烈二世去信慰问,劝他思考一个不易解决的难题,以便忘却丧友的痛苦。诗人所引的是法文原文。

艾达像

一

可爱的孩子,你的脸可像你妈妈?

上次相见,你天真的蓝眼珠含着笑,

我的家庭和心灵的独养女儿,艾达!

然后分手了,——可不像这一遭,

那时还有希望。——[1]

　　　　　　猛然间我才惊觉:

周围已是起伏的波浪,风在唏嘘;

我走了;漂泊到哪儿,自己也不知道;

但是那海岸已经在我眼前隐去,

阿尔比恩是再也不能使我欢欣,或者使我忧郁。

二

又到了海上! 又一次以海为家!

我欢迎你,欢迎你,吼叫的波浪!

我身下汹涌的海潮像识主的骏马;

快把我送走,不论送往什么地方,

虽然那紧张的桅杆要像芦苇般摇晃，

虽然破裂的帆篷会在大风中乱飘，

然而我还是不得不流浪去他乡，

因为我像从岩石上掉下的一棵草，

将在海洋上漂泊，不管风暴多么凶，浪头多么高。

三

在青春的黄金时代，我曾歌咏一人，

那反抗自己抑郁心灵的漂泊的叛逆[2]；

现在来重提过去说开头的事情，

像疾风推浮云前进，让我把它说到底。

从这故事，我发现往昔思想的痕迹，

还有干了的眼泪，它们逐渐地湮灭，

但留下一条荒凉的小径，就从这里，

以沉重的脚步，踏着生命的沙土，岁月

逝去了；这生命的最后的沙土上，没有一花一叶。

四

也许因年轻时欢乐和苦痛的激情，

我的心、我的琴都折断了一根弦，

它们都会发出刺耳的嘈杂声音，

现在来重弹旧调，怕也难以改善；

虽然我的曲调是沉闷的，抑郁不欢，

然而为着这歌儿能帮助我脱离

自私的悲欢梦境——那是多么可厌，

而使我陶醉于忘掉一切的境界里，

它至少对于我（也只对我）不算是无益的主题。

五

谁要是凭着经历而不是靠年岁，

熟知这悲惨世界，看透了人生，

那么他就会把一切看得无所谓；

尘世上的荣誉、野心、悲哀、斗争、爱情，

都再也不能用那尖刀刺痛他的心，

留下无声而剧烈的痛苦，在他心坎上；

他知道何以思想要到寂寞的洞穴里退隐，

而那洞穴里，却充满着活泼的幻想，

在拥挤的脑海里还留着陈旧而完好的形象。

六

为了创造并在创造中生活得更活泼，

我们把种种幻想变成具体的形象，

同时照着我们幻想的生活而生活，

简而言之，就像我如今写着诗行。

我是什么？空空如也。你却不一样，

我思想之魂！我和你一起漂泊各地，

虽然不可见，却总凝视着万象，

我已经和你变成了浑然的一体，

你总是在我身边，即使在我情感枯竭之际。

七

但是我不应该想得这么热狂、杂乱，

我已经想得太阴郁，而且也太多，

我的头脑在动荡中沸腾，过分疲倦，

变成一团狂热和火焰急转着的漩涡。

从青年时代起，我的心就不受束缚，

所以我的生命之泉已经受了毒害。

已经太迟了！然而我已非故我，

虽然时间治不好的痛苦，我仍能忍耐；

虽然依旧吃得下苦果，而不责怪命运，自怨自艾。

八

这一套说得太多啦，但已经说完；

诅咒总以缄默的盖印作为结束。

阔别已久的哈洛尔德终于又出现，

心里满是创伤，纵不致命，也难平复，

他再也不像从前似的有太多感触。

改变着世上万物的时光，也使他变化，

年事既长，他的灵魂和容颜已不如故，

流光窃走他手脚的力量、心的火花；

生命的魔杯也只在盛满美酒时才光采焕发。

九

他把生命的酒一饮而尽，喝得太快，
剩下的尽是苦艾，但又满斟一盏，
那是从更圣洁之地的更纯净之泉汲来，
满心以为这源头永不枯干；其实不然！
他身上依旧挂着一条无形的锁链，
它是沉重异常，虽然不闻银铛之声，
永远折磨他，束缚他。虽然看不见，
那苦痛难言，它不声不响地折磨人，
每走一步，这条铁链就勒得更凶，缚得更紧。

一〇

他以冷漠自卫，又去跟人们周旋，
如此颇为安全，他自己这样思忖；
他认为自己的灵魂已变得非常稳健，
已经安妥地在牢固的心房居停，
悲哀不会潜伏，即使不感到欢欣；

他想在人群中不露头角，不为人注意，

　　而在那里寻找宜于思索的事情，

　　就像他在陌生的国土浪游的时期，

欣赏着上帝和大自然的手腕所创造的奇迹。

一一

然而谁能够看着盛开的芬芳玫瑰，

　　而不想采摘下来戴到自己胸前？

　　谁端详了美人儿闭月羞花的妩媚，

不感到心不会完全衰老，虽在老年？

　　谁又不会去攀登那高高的山巅，

　　当那荣誉之星在云端里闪烁？

哈洛尔德，他又跌进了漩涡里边，

　　随着旋转着的激流，把时光消磨，

然而他的志趣要比荒唐的早年高洁得多。

一二

可是不久他就醒悟，知道他自己

最不适合与人们为伍，在人群中厮混；

他同人们格格不入，志趣迥异；

岂肯随声附和，虽然他的灵魂，

在年轻时，曾被自己的思想所战胜；

他特立独行，怎肯把心的主权

割让给心灵所反对的那些庸人；

在孤独中感到骄傲，因为即使孤单，

人在离群索居时，别有一种生活，会被发现。

一三

起伏的山峦都像是他知心的朋友，

波涛翻腾着的大海是他的家乡；

他有力量而且也有热情去浪游，

只要那里有蔚蓝的天和明媚风光；

沙漠、森林、洞窟以及海上的白浪，

这些都是他的伴侣，都使他留恋；

它们有着共通的语言，明白流畅，

胜过他本国的典籍——他常抛开一边，

而宁肯阅读阳光写在湖面上的造化的诗篇。

一四

他曾像迦勒底人般观望星宿，[3]

幻想那里住着和星星一样光辉的人；

于是他把尘世、尘世上的吵闹不休，

以及人类的弱点一齐忘记得干净；

倘使能够保持着这种超然的心境，

他也就会快乐了，但是这个躯壳，

忌妒着灵魂所渴望和追求的光明，

硬要把灵魂拖住，让它沉落；

肉体偏要割断灵魂用来攀登天堂的绳索。

一五

但是当他停留在人类的住处，

就萎靡得像一只被剪掉翅翼的大鹏，

变得多不安、疲乏、焦灼而且粗鲁，

因为它习惯翱翔于无涯的苍穹；

于是它大发脾气，不能让自己顺从，

只好用喙和胸,像那被囚禁的鸟,

不顾死活地在铁丝笼里猛撞猛冲,

直到鲜血染红了它全身的羽毛,

那闷塞在心头的火焰才能穿透胸脯往外烧。

一六

自行放逐的哈洛尔德又开始流浪,

他已毫无希望,但也不再那么阴郁;

坟墓外边的苦难都已经备尝,

他更明白了自己生活的完全空虚,

所以他不再因失望而多去忧虑,

虽然好像太荒唐了,这样的心情:

甚至感到一种欣喜,在失望之余,

就如在遭劫的船上,船夫听天由命,

被凿穿的船儿虽将沉没,他们还是举杯痛饮。

一七

停下吧,你已踏上一个帝国的墓地![4]

霍高蒙特

大地震所毁坏的一切就在这里掩埋！

这地方有没有巨大的塑像矗立？

也没有建造那铭志胜利的记功牌？[5]

都没有；那还是让其保持原来状态，

因为惨痛的教训是明了而且简单：

长出什么庄稼呢，用了血雨的灌溉？

这就是全世界因你而获得的报偿？

你是巩固王权的一次胜利，空前绝后的战场！[6]

一八

哈洛尔德停留在这白骨堆积之地，

要命的滑铁卢，法兰西的坟墓；

命运之神索回礼物，在一个钟点里，

也把赫赫威名变成烟云般虚无！

雄鹰在这儿翱翔到"荣誉的最高处"，

但随即被同盟国的箭射穿了前胸，

它用血淋淋的爪乱抓地上的泥土，

野心勃勃的一生雄图全部落空，

世界挣脱了枷锁，由他顶替，被套在其中。

一九

恰当的报应！高卢也许被缚上缰绳，

衔上马衔；但世界岂能自由幸福？

究竟是各国联合讨伐那一个人，

还是合力教训所有帝王不再跋扈？

啊，难道那正在复活的奴隶制度，

又成为开明时代的偶像，那丑恶东西？

难道我们，打倒了狮子，却向狼拜服？

奴才相地在皇座前屈膝，低声下气？

不，应先把效果估计，然后再来颂赞这场胜利！

二〇

否则莫为一个暴君的推翻而得意！

美丽的两颊白白挂上热泪两行，

为了欧洲的花朵：几年来被连根拔起，[7]

在那莽汉的摧残下；恐怖、束缚、死亡，

和人口锐减等等痛苦虽已备尝，

而且被觉醒了的大众协力地制止，

　　但也是枉然；最使人感到慷慨激昂，

　　莫过于在锋利的宝剑上，盖以月桂枝，

像哈摩狄乌斯似的把雅典的暴君们刺死。[8]

二一

　　那晚上可听到盛大酒宴的喧哗声，

　　比利时京城里军官和闺秀相逢；[9]

　　灿烂的灯火照映着英雄和美人，

　　他们一个个都容光焕发，满面春风，

　　成千颗心儿在兴高采烈地跳动；

　　脉脉含情的眼互送着恋慕的情意，

　　乐声响起了，悠扬的曲调荡人心魂，

　　这一切犹如婚礼的钟声，喜气洋溢，

但是，听呀，那声如丧钟的，可是什么东西！

二二

　　你们听见了吗？——没有；那是风，

是车辆把石铺的街道震动,也许;

还是跳舞吧!乐它一个无穷;

用舞步驱走良夜,年少怎不欢娱,

不跳到天亮时分,岂可倒头睡去;

可是,听呀!那沉重的声响,又一阵,

轰隆隆地,仿佛快降下大雷雨;

越来越近了,听得更清楚,更吓人!

拿枪吧!拿枪吧!这不是,这不是,大炮的吼声?

二三

在那大厅里,坐在一个凸窗下方,

是那位命运已定的不伦瑞克公爵;[10]

他是宴会上第一个听到那声音轰响,

死神预感的耳朵使他听得真确;

他说敌人来近,宾客们却报之以笑谑,

但他的心实在比大家更熟识这声音,

因为它曾使他的父亲在炮火中殒灭,

那杀父之仇只有鲜血才能偿清,

他向战场奔去,迎头抗敌,首当其冲地丧了命。

二四

啊！人们是乱纷纷地东奔西窜，

泪水盈眶，惊吓得浑身哆嗦、颤动；

美人们脸如土色，弄得慌慌乱乱，

一小时前还被赞美得两颊绯红。

刹那间便只好劳燕分飞各自西东。

仿佛要从这些年轻的心中压去生命：

相看泪眼，叹这辈子难再相逢！

更难卜何日再能这样眉目传情；

唉，夜晚是多么甜蜜，为什么早晨却如此可惊！

二五

于是军士们跨上战马，多么匆匆，

骑兵在集合起来，炮车轮声辘辘，

这一切，都排山倒海似的往前涌，

转眼间已排列成了作战的队伍；

近处已经蓬蓬敲起报警的战鼓，

布鲁塞尔

远远地传来了一阵又一阵的炮声，

催士兵们赶快起身，虽然晨星未露；

群集的老百姓吓得张着嘴巴发怔，

然后用惨白的嘴唇低语："来了，来了，敌人！"

二六

"卡梅伦人的集合"声响起，粗野、高亢，

不论撒克逊人或者艾尔宾的山岭，

都熟悉的这拉基尔的战叫嘹亮！[11]

风笛奏出的乐曲，尤其在夜深人静，[12]

听得人毛骨悚然，好不尖厉凶狠！

但随着这些笛管的声音一阵阵鸣叫，

乡土的剽悍劲儿在山民胸中沸腾，

一千年的赫赫历史所灌溉的勇骁；

伊文、唐纳德的英名在每一个本族子孙耳边缭绕！[13]

二七

他们穿过葱绿的阿登尼斯森林，[14]

瑟缩的树叶上沾着大自然的眼泪，

为这些一去不复返的壮士们伤心，

假如无知的东西也会感到伤悲！

他们将如野草般遭践踏，不到天黑；

而现在他们脚底下的野草野花，

明春将成为盖在他们身上的衾被，

这些雄赳赳、气昂昂去杀敌的人马，

早已腐烂了，早已冷冰冰地深深埋在黄土之下。

二八

昨天中午，他们还都是能蹦能跳；

昨天晚间，在美人堆里快乐放肆；

半夜里传来了战争爆发的信号；

全副武装的队伍集合，刚破晓时；

白天就布成了威武的开战阵势！

炮火的硝烟像云雾似的盖住了沙场，

烟消云散，地上已铺了厚厚一层死尸，

横七竖八，等待底下的泥土把他们掩藏，

不论骑士或战马，友与仇——一股脑儿埋葬！

二九

比我高明的诗人歌颂了他们的勇气；[15]

但我要从骄傲的死者中选出一人，

一则是我和他据说有亲戚的关系，

二则是我曾经冒犯过他的父亲，

也因为这些英名会使我的歌神圣，

而且他又是最英勇的战士，在沙场上，

当你的队伍中已没有几个人生存，

你还战斗在炮火最密集的地方，

年轻而勇敢的霍华德，谁也没有你死得雄壮！[16]

三〇

人们已经为你流泪，为你断肠，

要是我能如此，那又有什么用，

但是我伫立在你丧生的绿荫旁，

那蓊郁的树木依旧迎着风儿摆动，

望着我周围的已经复苏的原野丘垄，

阿登森林

果实遍野,预告着收获将多么丰盛,

春已来到了,她要使万物欣欣向荣,

无忧无虑的鸟雀都在展翅飞行,

我却抛开复苏的一切,而悼念不能复苏的人们。

三一

我想到你,想到千万阵亡的人们,

你们一个个使你们的亲友和同类

心头留下一道可怕而惨痛的裂痕,

唯有遗忘才能使亲友得到安慰。

世界末日的号角,而不是军号声声吹,

才能把他们所渴念的人从坟墓唤起;[17]

荣誉虽能一时减轻他们的伤悲,

却无法医治那徒然期待的心的哀戚,

受颂扬的名字只引起更强烈、更痛苦的回忆。

三二

他们哀悼着,但是终于露出微笑;

而微笑的时候,却又免不了哀伤:

一棵树要凋谢好久,才会倒掉,

没有桅杆和帆篷,船儿还能驶航,

大厦总是慢慢破败,虽已弯了栋梁;

残破的城墙屹立,虽然城垛已不见,

囚徒死了,依然存在的是牢狱的铁窗,

虽然乌云遮住阳光,白天还是白天,

人也须怀着破碎的心活下去,直到度完残年。

三三

宛如一面裂成许多碎块的破镜,

变为许多小小的镜子,一面一面;

越是破碎,就会映出越多的人影。

会把同一个人的影子化作几千;

而那忘不掉往事的心何独不然,

破碎地活着;它冰冷、憔悴而孤独,

在漫漫长夜里悲痛得不能成眠,

躯壳不死,它的愁苦总难以消除,

那种苦痛深藏不露,因为是言语无法倾诉。

三四

甚至依然有一种生命，在绝望中，

那就是毒药的活力；活的树根，

供养垂死的枝干；死去一切成空，

对我们何损？然而生命能够适应

悲哀所造成的最难尝不过的苦辛，

就像那死海之滨生长的苹果，

其味苦涩。假如我们认为人的寿命，

只能计算他一生中欢乐的时刻，

人生一世有六十年么，我们难道能这样说？

三五

《诗篇》的作者确定了人的寿数，[18]

定得够长了；如果以你的算法为准，

你不愿意让人们，残酷的滑铁卢！

活满这短促的期限，七十年就太宽仁。

千万人谈论你，你的事迹不会消隐，

220

他们的子子孙孙会重提，会这样讲：

"那一天，同盟国拔出宝剑来斗争，

我们的同胞就在这儿上阵打仗！"

而保留在后人记忆之中的，不过就是这样。

三六

一个最伟大而不是最坏的人物，[19]

在这里沉没；他那矛盾的心胸，

有时最雄伟，有时抓住细小的事故，

凭了同样固执的意志，不肯放松。

偏激的人呵！要是你能稍加折中，

你就能保住或者永不会登上皇位；

你的果断使你显赫，也把你断送，

到如今你还想恢复帝皇的权威，

再一次震动全世界，像雷神般令人生畏！

三七

你是世界的征服者，又是它的俘虏！

世界还在因你而发抖；你的威名，

正在空前地震撼着人们的心窝，

虽然你仅仅做了荣誉的牺牲品；

荣誉曾经像奴仆似的向你献殷勤，

赞美过你的残暴，使得你把自己

当作神明；而且也的确是个神明，

在不敢动弹的帝王眼中；有一时期，

你愿意自称为什么，他们就以什么来看待你。

三八

啊，你有时候是超人，有时多愚蠢，

有时候趾高气扬，有时处境窘迫，

跟许多国家交战，或者大败逃奔；

一时乖乖听命，一时把脚往帝皇颈上搁，

你能倾覆、统治和重建一个帝国，

却管束不住你自己最卑微的情感，

虽然人类的心灵，你是能够掌握，

却无自知之明，好战的欲壑填不满，

你不知命运一受诱惑，会从天心掉落深渊。

222

滑铁卢

三九

可是你的灵魂能坦然忍受逆境，

依靠你那套无人传授的天赋的哲学；

这套哲学不论是智慧或是冷静，

还是深深的自傲，使敌人叫苦不迭；

恶狠狠的大群死敌对你表示轻蔑，

站在你面前，看你，嘲笑你遭到失败，

你却莞尔一笑，眼光镇静、忍耐、坚决，

当幸运之神遗弃了你，她的宠孩，

厄运像巨石般压在你背上，而你勇气并不稍衰。

四〇

你在困境中比得意时聪明；一旦显要，

野心使你刚愎自用，太狂放不羁，

再不露出那蔑视人们的公正的嘲笑，

虽然这已经习惯成自然，在你心里。

要嘲笑，最好还是暗藏在深深心底，

也不能任性地侮弄和作践你的臣属，

逼得他们终于倒戈了，把你抛弃；

但这世界总是一钱不值，不论赢或输，

对于你和所有抱这种看法的人，还不清楚？

四一

如果说你好像高高山上一座塔，

人们建造你，让你独自矗立或倾覆，

对世人的藐视使你受得住攻打；

但靠了人民的意志你才登上皇座，

你最好的武器，是他们对你的钦慕；

你扮演的角色和腓力之子不差多少，[20]

不该像嘲笑世人的第欧根尼那样冷酷，[21]

除非你早抛弃你那紫红的皇袍；

戴皇冠的犬儒用不着偌大一个世界作他的巢。

四二

那活跃的心胸最害怕的是安闲，

而这正是埋藏在你一生中的祸根；

有一种人的灵魂动荡而且燃着火焰，

它不愿在自己狭隘的躯壳里居停，

却总喜欢作非分的幻想和憧憬；

永远难以熄灭，一旦它的火势高涨；

它嗜好冒险，除了厌倦休息的安宁，

不知厌倦；这种心灵深处的热狂，

正是他和他的同病者们不可救药的致命伤。

四三

于是出了些狂人，他们又使别人疯狂，

他们的病毒传染很广，酿成大祸；

著书立说之人，征服者和帝皇，

再加上诡辩家、诗人，以及政客，

都不安分守己，煽动着灵魂的秘火，

他们愚弄世人，世人也目他们为痴疯，

他们受人羡慕，但又多不值得羡慕！

他们的痛苦深重！剖开一人的心胸，

对于渴望权势和威誉的人，将是多深的教训；

四四

他们有狂飙的呼吸，风暴的生命；

他们驾着风暴，终于被风暴所倾覆；

但他们又如此习惯于、执迷于斗争，

当他们死里逃生，进入平静的迟暮，

就会感到乏味，而且一肚子愁苦，

无聊而凄凉地死去，晚景多么可怜；

摇摇晃晃，就像一支风中的残烛，

自己熄灭，或者像一把被弃置的剑，

自己侵蚀自己，耻辱地生锈，失去原来的体面。

四五

谁如果向着山巅攀登，将会发现：

最高峰多被云雾和白雪所遮盖；

谁要是胜过人类或者征服了人间，

那他必然会藐视下界的愤慨，

虽然他头上荣誉的太阳闪发光采，

俯伏在他脚下的是大地和海洋，

但是他周遭却是些冰冻的石块，

怒吼着的狂风吹在他赤裸的头上；

费尽了力气爬上山顶，收获呀，却不过这样。

四六

这些话且别说啦！真正的智慧，

只沉醉于自己的创造，或者你的创造，

慈母般的大自然啊！因为还有谁，

像瑰丽的莱茵河畔的你这么丰饶？

哈洛尔德凝视着你神工的奇妙，

一切美的混合：山峦、幽谷，清溪、

麦田、果实，树荫、岩石、丛薮、葡萄，

一座座无主的城堡似说"别矣，别矣"，

颓败的城墙半掩着脸，废墟隐藏在绿荫里。

四七

它们矗立着，仿佛是孤高的心灵，

虽然憔悴,但是又决不向庸众折腰,

里面空无一人,唯有风从隙缝吹进;

只能跟浮云暗暗地交谈,这些古堡;

曾经有一天,它们是年轻而骄傲,

下方进行着战争,旗帜飘扬在上空;

但如今那些战斗的,早已魄散魂消,

那些飘扬的,连灰烬也无影无踪,

留下荒凉的城垛,也永不会再遭炮火进攻。

四八

在这些雉堞下边,在那些城墙中,

耀武扬威的绿林好汉曾招兵买马,

尚武女神和七情六欲——她的随从,

曾经居住;这些好汉们横行不法,

简直同真命天子一样称孤道寡,

除了被收买的史家不称他们豪杰,

除了没有豪华的陵墓,地盘不大,

这些草莽英雄和帝王有何区别?

他们的野心不比帝王小,胆魄也不见得差些。

四九

他们的爵位之争和单枪匹马的决斗：
多少武功在青史上不留下踪影！
而爱情却能打动他们铁石的心头，
盾牌的模样成了他们爱的象征，
骄傲的痴情在上面画了奥妙的图纹；
但他们的情火也像恶焰似的燃烧，
剧斗和灭亡伴随着这种火焰紧紧；
就为着博取祸水似的美人的一笑，
被攻取的城堡俯视着变色的莱茵河水奔跑。

五〇

然而你呵，欢乐而且丰饶的莱茵！
你的水是幸福的，当它们流过
有着千古不朽的美景的河滨：
只要人类不让你璀璨的创造遭灾祸，
斗争的镰刀不删刈丰富的收获；

那么看着你的清流所灌溉的地方，

人们一定以为地上风光不逊天国，

我不是已感到仿佛身在天堂一样？

只可惜你不能像忘川般使我把旧事遗忘。

五一

成千次的战役蹂躏过你的两岸。

但战争和胜利者的荣誉已如烟云，

当年血腥的尸体在这儿堆积如山，

现在是连他们的坟冢也没法找寻。

你的潮水已冲洗掉昨日的血痕，

从这儿的一切，再看不到什么遗迹，

阳光映出你澄澈流水的闪烁波纹；

虽然你的流水似能把一切冲洗，

却不能冲淡梦魇般折磨着我的黯淡的记忆。

五二

哈洛尔德就这样边走边思索，

然而他并非对周围的景色毫不动情，

这一切唤醒快乐的小鸟唱起晨歌，

在这样的溪谷，即使流亡者也会甘心；

虽然他额上已刻下深深的皱纹，

那默默无言的神色呆板而阴郁，

代替了从前活泼热烈得多的感情，

但他脸上还时时露出快乐的心绪，

只是在不知不觉间又会从他的眉头黯然退去。

五三

但是爱并没有完全同他绝缘，

虽然热情的年岁已经焚烧成灰烬。

我们总不能用冷酷无情的眼，

回答向我们微笑的人；我们的心灵，

须用好意报答好意，虽然一种厌恨

使他对所有的俗物再不怀好意；

他这样想，因为他的心头还依旧留存

对一个人的信赖和温暖的记忆；

他的心就变得温柔，当他们俩亲密地相依。

232

德勒根菲尔斯峰

五四

究竟起于什么原因，我不能深知：

他最疼爱婴儿的依依可怜模样，

即使还未脱襁褓之中的幼稚；

他这样的人而有这样的心情，似乎异常。

这颗蔑视人类的心被什么力量

所折服，以致会变得如此慈厚；

却不必细究，因为它确是这样，

虽然在孤寂中，被摧残的精神脆弱，

一切感情变得淡薄，而这种爱还在他心头闪耀。

五五

就像刚才已说，有一颗温柔的心，

紧紧地和他的缚结在一起；

虽非鱼水情，但那爱的纯洁和真诚，

远胜似教堂里虚伪仪式的结缡，

在死敌的攻击下，它能始终如一，

危难使它更执着，无人得以离间，

虽然妇女最害怕受到这种打击；

但纯洁之爱却金石般永远不变。

即使身在异邦，他还向那颗心倾吐他的牵念！

1

古堡在德勒根菲尔斯峰上，[22]

怒视曲折的莱茵河的波浪，

莱茵河挺起它宽阔的胸膛，

两岸边有紫色的葡萄生长；

山上的树木枝头花朵盛放，

田野间闪耀着丰收的希望；

一个个城市环绕原野四方，

遥遥闪光的是它们的白墙；

如果你这时站在我的身旁，

我会更喜爱这锦绣的风光。

2

蓝眼珠的农女盈盈地微笑，

送我花朵儿开得多么姣好，

她们就在这人间天堂逍遥。
抬头可以看见诸侯的楼堡，
绿荫里露出那古老的面貌；
险峻的崖石似在垂头俯眺，
高贵的拱门虽破而犹骄傲，
望着这幽谷里成荫的葡萄；
莱茵河两岸还有什么短少？
不能同你手挽手，我心寂寥！

3

我把刚得的百合花瓣寄你，
虽然我知道在你收到之际，
它们的姿色早就憔悴无疑，
但还请你不要把它们厌弃；
我还是同样地把它们珍惜，
因为它们总会传到你手里，
而你看着手边枯萎的花儿，
知道这是从莱茵河畔遥寄，
代表我挂念你的一片心意，
就好比看见我漂泊在远地！

4

滔滔奔泻的河水泛起波澜，

这一带的风光是秀色可餐，

随着河水的流泻曲曲弯弯，

变化无穷的景色多么秀艳。

让最孤高的人居住在此间，

他的欲望也会充分地餍满；

世界上是再没有别的地点，

更使人向往，较这儿更自然；

如果我与你能够一起观看，

那就变得更美，莱茵河两岸！

五六

在科布伦茨附近有一个低低丘冈，[23]

一座小小的、很简朴的金字塔，

覆盖在这座葱绿土山的顶尖上，

英雄们的遗骸就埋葬在塔的底下；

这是我们敌人的墓，但是应当向他，

向玛索致敬！对着他早殇的墓，[24]

泪珠，大颗的泪珠，从军人眼中直洒，

他们为他的命运伤心，而又羡慕：

他的死是为了法兰西，为了她的权利的恢复。

五七

他年轻的一生是勇敢、光荣、短促；

一齐悲悼他，不论他的敌人和同志。

旅人该当在此徘徊，在他墓前停步，

祷祝他的英灵永远恬静而安适；

因为他是自由之神的一个卫士，

而且他，就像为数不多的一些英雄，

拿着自由之神的武器，却不滥施

她授给他们的惩罚之权；他能始终

保持灵魂的洁白，所以人们为他掉泪，为他伤痛。

五八

这是艾伦勃莱茨坦，她的城墙破残，[25]

艾伦勃莱茨坦

被地雷爆炸时的硝烟熏得乌焦。

她居高临下的姿态却使人回想当年，

她的城堡多少炮弹轰不破，好不坚牢；

胜利的堡垒！从这儿，人们曾经远眺

打败的敌军在原野上狼狈逃去，

但和平毁坏了战争攻不破的城堡，

掀去了她骄傲的屋顶，让她淋夏天的雨，

虽然连年弹雨的攻击，她曾经坚强地抵御。

五九

向你说声再见，美丽的莱茵河！

他愿长久欣喜地徘徊在你河滨，

你的风景宜于孤独的旅人默默思索，

宜于知心的好朋友一起款步而行；

假使没有那头盘旋不肯离去的兀鹰

来蹂躏自怨自艾的心灵，这一片风光，

既不算太萧索，也不太快活轻盈，

旷阔而不粗野，不严峻，然而雄壮，

是成熟大地上的佳境，像秋是一年最佳的时光。

六〇

再说声再见！一声伤心的再见！

像这儿的风光怎能教人不依依；

心灵已为你每一片色彩所渲染；

旅人的眼睛虽恋恋不舍地离开你，

呵,可爱的莱茵河！然而他深心里

在赞美着你,感谢你安慰了他；

世上也许有更雄伟、更瑰丽之地,

但哪儿也没有像你这般能够溶化

辉煌、优美而柔和的一切：——往昔的豪华,

六一

奔放的气象,花朵盛开在果树枝头,

预告着丰富的收获,悬崖的幽影；

白色的城远远闪烁,滔滔的河流,

哥特式的城垣,茂密的丛林；

奇异的石块有着堡垒似的外形,

使得人类的匠心也会自叹不如；

居民有着同风光一样明朗的表情，

人人蒙受着肥沃的大自然的眷顾，

果实在两岸生长，虽然近旁的帝国一个个倾覆。

六二

这些都已逝去。我到了阿尔卑斯山脚：

它好比造化的一座座的伟宫，

巨大的墙把雪白的峰顶托上云霄，

让"永恒"坐镇寒冷庄严的冰宫之中；

在那里，雪山凝成，而又突然裂崩，

冰雪的巨雷！这许多高峰的周围，

聚集着壮阔而险恶的气象无穷，

似向我们表白：大地能戳穿天的幕帷，

而把我们留在底层，我们这些无能为力的人类。

六三

但在还未细看这些无比的高峰时，

亚凡谛根城的石柱

必须略表一个值得纪念的地点——

莫拉！豪壮的卫国战古战场遗址！[26]

虽然战败者的遗骸可怕而又可怜，

但不必为那平原上的战胜者赧颜；

勃艮第公爵不把他大军的尸骸埋葬，

死者的白骨就是对死者的永久纪念，

未曾入土的亡灵在黄泉路上游荡，

他们一个个都是无处栖息的怨魂，叫声凄怆。

六四

滑铁卢的残杀类似坎尼的战役；[27]

而莫拉之战却可与马拉松齐名，

它们是真正光荣而没有污点的胜利，

战胜者是兄弟般的、平凡而自豪的人，

他们不是被收买的爪牙，也没野心，

干的不是历来王侯们的罪恶征战，

他们决不想使任何国土蒙受不幸，

在渎神的法律重压下呻吟悲叹；

那法典的苛刻条文说，王权神圣不可侵犯。

六五

孤单的墙边有一根更孤单的圆柱，[28]

它带着饱经忧患的苍老的表情；

它是岁月的浪潮下最后的遗物，

像一个被吓得变成了石块的人，

然而还有知觉，张着痴呆的眼睛；

它屹立着，它的不朽是一个奇迹，

因为那座化为平地的亚凡谛根城，

人类的骄傲成绩，创建在同一时期，

却已无影无踪，早变为它周围属地上的沙泥。[29]

六六

这儿，啊！记起那流芳百世的姑娘！

孝女朱丽叶，把自己的青春交给神明；[30]

她的一片孝心，几乎像日月之光；

在她父亲的坟头，她的芳心碎进。

法律与泪珠不相容；法官只讲法令，

岂问她为父亲的生命而洒的泪珠；

她只好为她无法挽救的人绝命。

他们有一座素朴的、没有雕像的墓，

里面埋葬着一个灵魂、一颗心、一具尸骨。

六七

但是这样的事迹都不应该泯没，

这些名字也都不应该被人忘记，

虽然大地遗忘她的理应衰亡的帝国，

包括奴役人的和被奴役的在一起，

他们的出生和死亡，都不留痕迹。

但那些崇高的、山岳般崇高的德行，

却必然在灾难过去后仍巍然屹立，

正视太阳的光辉，像阿尔卑斯的雪峰，

它永不衰朽，纯洁地凌驾一切地高耸入云。

六八

莱蒙湖露着晶莹的脸庞和我谈情，[31]

从莫拉看到的勃朗峰

她好像是一面镜子，星星和山脉

都照看着它们自己静止不动的影，

它们高远的容颜在镜面上映得多绰约。

我没有适切的心情，因为这儿人太多，

来细细观览我眼前奇伟的大自然。

但孤寂感又会复活那虽已埋没

而我仍和很久前一样怀抱着的观念；

很久以前了，那时我还未被关进庸众的羊圈。

六九

远避人类，不一定就是憎恨人类：

同他们一起纠缠和厮混简直是受苦。

倒也并不是由于有所不满和恨恚，

才把心儿沉入它自己的源泉深处，

而是唯恐它在热狂的人群中被煮熟，

成为传染病的牺牲者，直到太晚，

我们才怨恨和反抗身上的束缚；

置身于无一非弱者的纷争的世间，

用错误的手段来对付错误，多么可悲可叹！

七〇

在那里，不消多久，就会深深懊悔；

由于摧残了我们自己的灵魂，

使得浑身的血液都变成辛酸眼泪，

把未来看得跟漆黑的夜一般阴沉；

人生的竞争只是一种绝望的逃奔，

对于黑暗中踯躅的人；最勇敢的水手，

也必须有自己的目的地才能航行，

但是也有些人在永恒之海上漂流，

他们的船不停地驶航，却永没有下锚的港口。

七一

那么，让我们离开红尘，保持孤独，

而只为大自然而爱大自然，岂不更相宜？

在急流如矢的蓝色罗讷河边漫步，

或者泛舟在养育它的湖泊的怀抱里；[32]

湖水像一位母亲似的抚育着罗讷，

罗讷河却像任性而可爱的婴孩，

湖像慈母般用亲吻来止住河的娇啼；

似这般消磨我们的岁月岂不愉快，

胜过在争吵不休的人群中，注定要害人或受害？

七二

我已经和周遭的大自然连在一起，

我好像已经不再是原来的自我；

在喧嚣的城市里，我总觉得厌腻，

高山却始终会使我感到兴奋快活；

大自然的一切都不会令人厌恶，

只怨难以摆脱这讨厌的臭皮囊，

它把我列进了那芸芸众生的队伍，

虽然我的灵魂却能够悠然飞翔，

自由地融入天空、山峰、星辰和起伏的海洋。

七三

我尝到生之真味，在大自然的胸怀；

瞿丽的丛林

我是那沙漠似的人群中的过来人，

回顾那儿，真是伤痛和纷争的苦海，

由于一点罪孽，我曾在那儿陷入愁城，

在那儿行动，那种苦痛可真难忍；

但终于摆脱了，靠着双新生的翅膀；

我感到这翅膀成长，虽然还稚嫩，

但越来越茁壮，将惯于迎风飞翔，

欢愉地鼓动着，直到抛开那拖累我们的臭皮囊。

七四

总会有一天，我的心灵能彻底摆脱

这丑陋肉体中它所憎恶的成分，

脱离了这种充满肉欲的生活，

而只保留鸟雀似的轻灵的机能；

总会有一天，灵魂和渣滓截然分清，

难道我还不行，到了那样的境地？

还是格格不入，不能和自然交融？

难道我还不能领悟造化的奥秘？

深通那我已浅尝过的大自然永生的真谛？

七五

山峰、湖波以及蓝天难道不属于我

和我的灵魂，如同我是它们的一部分？

我对它们的眷爱，在我深深的心窝，

是否真诚纯洁？教我怎能不看轻

其他一切，假使同山水和苍穹比并？

我又怎能不抵抗那恼人的浊浪，

而抛弃这些感情，学那些庸碌之人，

换上一副麻木而世俗的冰冷心肠？

庸人的眼只注视泥坑，他们的思想怎敢发光。

七六

但是这些话，不过是题外的议论，

现在还是回返到我们眼前的话题，

要请善于缅怀古人的读者诸君，

回想一个人，我路过他诞生之地，[33]

在那个地方，呼吸了清新的空气；

已在地下的他，曾像火焰似的燃烧，

他追求的是荣誉：这是愚蠢的目的；

为了获得荣誉，并且把它保持牢，

他的一生中，就没有一天的日子过得逍遥。

七七

狂放的卢梭，那作茧自缚的哲人，

就从这地方开始他那不幸的生涯；

他用魔力美化了那种痛苦的热情，

从悲苦中涌迸出无敌的辩才，

他为之说教的是世人的悲哀。

他能把疯狂的性格描述得美丽异常，

把不规的行为和思想涂上绚烂色彩，

他所用的语言就好像炫眼的日光，

人的眼睛立刻流下同情的泪，一读他的文章。

七八

他的爱是一种最热烈不过的爱：

仿佛被雷电击中起火的一株树；

那无形的火焰把他烧成了炭块；

他认为非如此不能算真正的恋慕。

但他为之倾倒的并非世间的美妇，

也不是逝者：他们萦绕我们的梦魂；

却是理想的美人，实际是世间所无；

他的著作中满布这种理想的幻影。

他写的似乎失之狂暴，却燃着火焰般的热情。

七九

瞿丽便是这种理想之美的化身，[34]

所以她的性格好不热情奔放；

这理想也圣洁化了那难忘的吻，[35]

每个早晨落到他发烧的嘴唇上，

虽然在女郎这不过是友情的征象；

但照亮了头脑和心灵，那炎炎情火；

温柔的接触引起了灵魂的激荡。

沉醉在这烈焰般的爱情中的生活，

也许要胜过庸人们欲望完全餍足时的快乐。

八〇

他的一生是跟自己造成的敌人作战，
也跟被他排斥的朋友不休地斗争，
因为他的心变成了怀疑之神的祭坛。
残酷地把人类当作献祭的牺牲，
对人类抱着奇怪而盲目的仇恨。
然而他是疯狂的，其原因很模糊，
因为那病根是医学所没法究寻；
但他确是发疯，由于病毒或是悲苦，
那理智的清醒证明病情到了最严重的程度。

八一

可是他却大彻大悟了，他的预言，
像古代神秘的毕西亚山洞的神谕，[36]
让全世界燃起了熊熊的火焰，
直到所有的王国全都化为灰烬。
他这么做，还不是为了法兰西的新生？

她受了自身的暴君多少年的屈辱？

她在那锁链的束缚中抖颤呻吟。

直到他和他的同道振臂高呼，[37]

唤醒了她；在极度的恐怖之后，她分外地愤怒！

八二

法国人给自己造了座可怕的纪念碑！

他们摧毁了所有陈腐的观念，

那些从开天辟地以来就有的成规；

他们将幕后真相暴露在万众眼前；

然而他们一概扫荡，不论恶与善，

只留下废墟；又在原来的基础上，

用这些废墟里的瓦砾断砖来重建，

恢复了跟先前无异的皇座和牢房，

因为野心这东西实在是太任性，而且倔强。

八三

但这情况不能长久，不能被容忍！

人类自觉到自己的力量,并表现了它。

他们本可更好地使用它,但是不幸,

为自己的新力量所迷惑,竟自相残杀;

人们不再慈悲,怜悯之心变得缺乏。

但他们曾在压迫者的暗窟里禁锢,

他们不是鹰隼,在光明的天空长大;

如果他们在有些时候,把对象误捕,

那么,这又何足为奇,难道还值得惊呼?

八四

哪有深深的创伤愈合而不留疤痕?

心灵上的创伤流血的时间最长,

要留下刀疤;跟自己的希望斗争的人,

不幸而遭到失败,一时无法可想,

就会闭口缄默,却不会屈服投降;

蛰居洞穴,坚定的感情教他沉得住气,

等时机来临,这些岁月就得到报偿;

时机来过、在来、会来,不须悲观消极,

一朝生杀大权操诸我手,就不随便宽恕仇敌。

八五

澄澈,透明、镜面似的莱蒙湖!
你同我曾居住的茫茫人世相异迥然,
你似乎在静静地告诫我,向我叮嘱:
应抛弃尘世的烦恼水,寻求纯洁的泉。
好像无声的翅翼,这小船儿的白帆,
要把我带离惶惑心境;我曾经爱过,
曾经爱过那翻腾吼啸着的波澜,
但湖水的温柔耳语像姐姐在责怪我:
究竟是为了什么要那样喜爱危险的风波。

八六

是静悄悄的夕暮。四周围的山岳
和你边缘间的一切显得朦胧而柔软;
景色虽蒙上一层暮霭,仍然看得明确,
除了那苍茫的侏罗山,它的顶尖,[38]
被云块所围绕着,看去多么峭崄;

当船儿靠岸时，一阵阵浓郁的芳馨，

从稚嫩的花丛传来；我们只听见

收起的橹桨上轻轻滴下水珠的声音，

或者是蚱蜢又唱起一曲晚安歌，打破了寂静；

八七

他爱在晚间狂欢，和小孩子一样，

纵情地直着嗓子唱歌，永不知足，

时时刻刻，也有几只小鸟飞出林莽，

啼叫几声，又不知飞向了何处。

山上似有断断续续的耳语低诉，

但那是幻想，因为星光洒落露珠晶莹，

正悄悄把它们的爱之泪润泽着草木；

露珠在不停地啜泣，直到它们深深

灌输进了大自然的胸怀那树木花卉的精魂。

八八

繁星呀！你们便是太空中的诗章！

如果说我们从你们辉煌的篇幅里，

推测人们和帝国的命运，那请原谅，

我们总希望自身变得伟大无比，

把自己的命运看得远超过七尺躯体，

甚且拿命运来和你们相提并论；

因为你们太美妙，而又太神秘，

勾起我们遥遥的爱慕和敬仰之情，

而把这些都说成是星星：生命，权力，名誉，幸运。

八九

天地寂然，虽则并没有沉沉酣睡，

但忘了呼吸，像人在感触最深时一般；

静静地，正如人思索得如痴如醉：

天地寂然，从高远的星空灿烂，

到平静安宁的湖水和环抱的群山，

一切的一切集中于一个实在的生命，

无论是一线光、一阵风、一张叶瓣，

都不遗失，而成了存在的一部分，

各各感到了万物的创造者和卫护者的真存。

九〇

于是深深激起宇宙无穷的感慨，

尤其在孤寂中——其实是最不寂寥；

这种感触是真理，它通过我们的存在，

又渗透而摆脱了自我；它是一种音调，

成为音乐的灵魂和源泉，使人明了

永恒的谐和；好像西塞里亚的腰带，[39]

它复有着一种魔力，能够产生奇效，

一切东西缚上了它，就美得勾人喜爱，

它使得死之魔影也再不能对我们有所损害。

九一

古波斯人的做法并非没有道理，

他们用作祭坛的就是山丘和峰顶，

那些巍峨的山峰，俯瞰着大地，

这种非人工的庙宇祭神最相称，

要是在人手所兴建的寺院中祈神，

梅勒里山岩

那可难以表达我们对他的敬意，

供奉偶像的庙，不论哥特式或希腊型，

岂能跟大自然的礼拜堂相比拟？

所以我们何必到狭窄的寺院中去祷告上帝！

九二

天色骤变了！多么剧烈的转变！

夜、雷雨和黑暗呵！你们惊人地雄壮，

然而你们的力量又值得人爱恋，

好比一个妇人的黑眼珠闪射光芒！

从这峰到那峰，在喧嚣的崖石上，

活的雷电跳纵着！并非出自一片云后，

却是每一座山都张大喉咙在叫嚷，

侏罗山透过那云雾的帷幕，在她四周，

答应着大声呼唤她的欢腾的阿尔卑斯山头！

九三

现在正是夜里，这一夜最辉煌！

圣莫里斯

让我分享一些你酷烈而宏伟的欢欣，

你不是为了让我们呼呼进入睡乡！

呵，让我成为雷雨和你的一部分！

闪电下的湖像磷火之海般光明，

黄豆般的雨点跳舞似的落到地面！

啊，一会儿，天空又是一片黑沉沉，

一会儿，欢欣鼓舞的群山摇震复呐喊，

它们仿佛在庆祝着一次新地震的诞生一般。

九四

湍急的罗讷河流过两座高山中间，

两座山之间的鸿沟不可能跨逾。

它们好像是一对爱人闹翻了脸，

尽管伤心惋惜，再也不可能相遇；

虽然它们的灵魂间发生了龃龉，

愚蠢地翻脸的根源却是为了爱情，

爱情摧残了他们生命的青春而离去，

然后连它自己也死掉，却留下它们，

过着漫长的冬日般岁月，内心不安而苦闷。

九五

现在,这被湍急的罗讷河冲破的山峡,

由一个最猛烈的暴风雨把守起来,

因为有许多位雷神在这里一起嬉耍,

他们玩着掷接霹雳火球的竞赛,

火花四射,迸散;而他们之中最厉害,

又最辉煌的一位,竟把他的闪电之火,

投过山峡的中间,他似乎很明白,

凡是被"破坏者"造成裂缝的处所,

雷电也非得爆炸不可,不管里面蕴藏些什么。

九六

你们呵!用夜、云、雷和一个灵魂,

要使闪电、天空、山岳、河流、风、湖,

为人觉知,并让它们也产生感情;

而很可能是你们自己引起我注目。

你们终于逝去了,隆隆轰鸣着远去,

却像阵阵钟声，唤醒了我不眠的思潮。

然而大雷雨呀，你们的目标是何物？

你们是否也像人类心胸中的风暴？

或者你们要像鹰隼似的在高空找一个巢？

九七

要是现在我能确切地抓住和倾吐

我心坎上那一种最强烈的素质；

要是我的思想能言简意赅地流露；

把强弱的一切：灵魂、心灵、情感、意志，

把我可能追求，正在追求，感受、认识，

而仍未把我毒死的一切压缩成一个字眼，

那么，我就说，"闪电"这词儿便是；

就如闪电无声，我活着，死去，默默无言；

怀着最无声息的思想，我像一把套在鞘中的剑。

九八

又破晓了，沾满朝霞的清晨到来，

克拉伦斯

微风吐着芳香,景色如童颜之欣欣,

晨光含着戏谑的讥讽驱走了云块,

生气勃勃,犹如世间没有墓和坟;

接着又是光天化日,我们都重新

踏上我们的生之旅程,那么我也可以,

美丽的莱蒙湖呵! 就在你的湖滨,

找到为沉思所需的养料和空气,

要好好思索,凡是值得深思的事,都不轻易抛弃。

九九

可爱的克拉伦斯! 痴情的诞生处![40]

你的空中飘动着青春热情的气息,

你的所有树木都生根于爱的沃土,

远峰上的冰河捉住了爱神的容姿,

夕阳向着玫瑰色的积雪凝视,

它的光辉已可爱地眠卧白雪之上。

峰峦和古老的岩石诉说爱神的故事,

他曾到这儿避难,躲避人海的激荡,

激荡使灵魂产生希望:诱惑人,但又嘲弄人的希望。

一〇〇

克拉伦斯,神的脚步曾踏过你的幽径,

永生的爱神的脚步;他在此登上宝座,

山峦是宝座下的阶石;这位神明,

他就是万物的生命和光;能这么说!

请看那寂静的岩洞、森林,和山峰峨峨,

他还向花朵儿喷吐他的温馨气息,

每朵花上可以看到他的眸子在闪烁,

他吐露的气息具有多慈惠的神力,

超过狂风暴雨,哪怕在暴风雨大发雷霆之际。

一〇一

这儿一切都属于他;黑色的古松,[41]

像在高处给他撑伞,湍流之声滔滔,

像是他倾听着的音乐,葡萄丛,

为他掩盖走下湖畔去的绿荫小道,

崇拜他的湖水向他鞠躬,欢迎他来到。

喃喃地吻着他的脚;还有那森林

（那么多古树,灰白的树干已经苍老,

绿油油的树叶却年轻而欢欣）,

永远奉献给他和他的亲族那种热闹的寂静。

一〇二

蜜蜂和鸟雀的住处的众生的静寂;

还有妖仙似的、五色缤纷的精灵:

它们崇拜他,用比言语更甜的标记;

它们张开翅翼,快乐而又天真,

没有恐惧,而生气勃勃。泉水涌喷,

山上落下瀑布,摇摆着的树枝弯弯,

花蕾比别的更快地把美感输入人心,

这一切都融合起来,各各在此伸展,

并且被爱神凝结成为一个完整而有力的至善。

一〇三

没有爱过的人,在此能得爱的知识,

罗讷河谷

使他们自己有崇高而热烈的灵魂；

已知这温柔的秘密者，将爱得更真挚，

因为这儿是爱神的住处；不幸的人们

和尘寰的荒凉迫得他离弃他们而远遁，

他的本性是宁愿死，如果不自由；

他不是枯坐不动的，要就是送命，

要就发扬成无限的欢欣，欢欣得不朽，

欢欣得有如天上的日月星辰一样地长久！

一〇四

并非为了小说，卢梭才选择这地方，

用感情来渲染它；而是因为他明白，

爱情必须把这最适宜不过的风光

与心灵所产生的纯洁人物连在一块。

这是爱神解脱普赛克的束缚的所在，[42]

他使它又可爱又神圣；这儿寂寞，

而且奇妙、奥秘，这儿的光景可爱，

有一种声音，有灵感；在这儿，罗讷河

像一张柔软的温床，阿尔卑斯山像崇高的宝座。

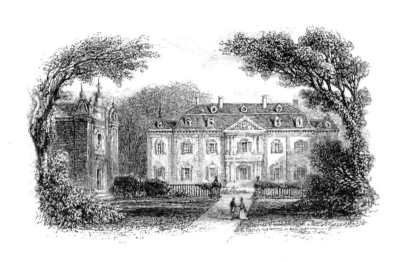

伏尔泰故居，费纳

一〇五

洛桑和费纳！因为两个人曾经居住，[43]

他们的名字使你们也有了赫赫大名；

他们也是凡人，但通过危险的道路，

寻求而且找到通向不朽之名的捷径。

他们有巨人的头脑，所抱的雄心，

与泰坦们相似，要在大胆的怀疑之上，[44]

堆起思想的大山，足以唤起隆隆雷声，

足以召来天上的火焰，且与之争抗，

上天对人和人的学说除了微笑就只能这样。

一〇六

一个是火焰和浮躁的化身，像赤子，[45]

愿望的变化难以预料，心猿意马，

快乐、阴郁、神圣而粗野，但他也是

一身兼为诗人、历史家和哲学家；

他接触人类社会的各方面，精深博大，

成为学术上的普罗透斯。但他的才能，[46]

最长讽刺，那简直像一阵狂风吹刮，

随心所欲地飘扬，拔起一切事物的根，

有时叫蠢材们出丑，有时使得皇座也为之摇震。

一〇七

另一个渊博而稳重，不顾脑汁枯竭，[47]

年复一年地悉心钻研，把智慧积存，

不断地想呀想的，孜孜不倦地治学，

把他所用的武器磨炼得锐利万分，

用严肃的讽刺拔掉严肃的教条之根。

他是讽刺之王，讽刺是最凶恶的咒语，

激得仇敌咬牙切齿，因为他们惊心，

也注定了他自己堕入热狂者的地狱；

他的讽刺是多么雄辩地回答了所有的问句。

一〇八

然而，愿他俩的遗骨在墓中安睡，

因为他们已受惩罚，不论是否公正；

我们无权来评判，更谈不到定罪；

时辰一定会来到，那时像这类事情，

成为众所周知；否则希望和恐惧心，

将像尸体似的在一个枕头上安卧，

而尸体必然腐烂，这点可以肯定；

并且大家都相信，尸体一旦复活，

那时就会被宽恕，或者受到责罚，根据他的罪过。

一〇九

且不说人类的业绩，而再来读一次

大自然写的杰作，并且结束这一章，

我以我的幻想哺育了这一些诗，

然而已显得太冗长了，近乎荒唐。

云块飞向阿尔卑斯山峰，在我头上，

但是我一定要穿越过这些云层，

我一步步向上攀登，尽情地眺望，

要到此山的最高峰，多云雾的部分，

在那儿，大地凭着山峰制服了强有力的风云。

乌契

一一〇

意大利！意大利！我在遥望着你，
你悠久的历史照亮了我的心坎。
从你差些被那迦太基人征服之时起，[48]
直到为你争得荣誉的最末一班
豪杰和圣贤的光辉——你的历史灿烂；
你是许多帝国朝代的皇座和坟墓；
但从罗马皇家山上的不竭源泉，
依然有泉水流下，它们甜美如甘露，
让人们畅饮，使他们追求知识的渴望得以解除。

一一一

我这部诗的篇幅，已经花了这么多，
那再度写作的动机也并不很轻松：
目的是要改变过去的那种生活，
要觉到自身和往常的模样有所不同，
使那心灵坚固而不为自己所动；

洛桑

骄傲而小心地隐藏爱情和仇恨

（志向、忧虑、热忱和激情种种

统治着我们的精神上的暴君），

是灵魂的重大责任；无论如何，这是个教训。

一一二

至于这些字行，就这么凑成诗章，

它们也许是一些无甚害处的消遣，

那些旅途上一瞬即逝的名胜和风光，

我匆匆地描绘下来，再加以渲染，

供自己和别人排遣一时的空闲。

青年人渴望名誉，而我已不这么幼稚，

斤斤计较人们皱眉，还是露出笑脸，

以此作为伟大前途的吉凶标志；

我是一向孤立的，不管被人家忘掉或者牢记。

一一三

我没有爱过这人世，人世也不爱我；

它的臭恶气息，我从来也不赞美；

没有强露欢颜去奉承，不随声附和，

也未曾向它偶像崇拜的教条下跪，

因此世人无法把我当作同类；

我厕身其中，却不是他们中的一人；

要是没有屈辱自己，心灵沾上污秽，

那么我也许至今还在人海中浮沉，

在并非他们的而算作他们的思想的尸衣下栖身。

一一四

我没有爱过这人世，人世也不爱我，

但是让我们好好分手吧，漂漂亮亮；

虽未亲见，我相信许多事并非虚诓，

世上的确有希望，不骗人的希望，

也有着真正的道德，慈悲的心肠，

不肯构设谋害懦弱者们的陷阱，

我也相信真有人为他人而深深悲伤，

真有那么一个或两个表里一致的人，

善良并非一句空话，幸福也并不是虚幻梦影。

一一五

我的女儿！这一章诗以你的名字开始，
又以你的名字结束，诗到此写尽；
我看不到你的容貌，听不到你的声息，
但有谁更怀念你，多少年来总有个影
紧紧追随着你，它萦绕着你而不离分。
虽然你是永远再看不到我的脸颜，
但我的诗篇终会映射进你的眼睛；
渗入你的心坎，虽然那时我心已朽烂，
这是出自你父亲的手笔，他留下的声音和纪念。

一一六

照看你幼小的心灵逐渐地成长，
注视你早岁的小小的欢欣，仔细看你
一寸寸地长高，注意着你是怎样
获得外界的知识——在你是多么惊奇！
把你放在温柔的膝上，搂在怀里，

在你娇嫩的双颊印上父亲的吻,

　啊,我是恐怕不会有这样的运气;

　但这些本是我天性之中的一部分,

好像是如此,虽然我不知自己性格的究竟。

一一七

人们会教你盲目憎恨你的生父,

　我知道你还是会爱我;虽然我的姓名,

　人们会不让你听到,因为那像咒诅,

充满着不快,因为早失去父女名分;

　虽然坟墓将使我俩永远不可接近,

　我知道你仍会爱我;虽然人们蓄意

　要从你的身上,把我的血液抽尽,

　但他们将徒劳;就算他们达到了目的,

你还是爱我的,而且保持着那重于生命的东西。

一一八

我多爱你,虽然你生于痛苦的时辰,

又是在患难之中生长。你的爸爸

遭遇的也是这些，你的也不见得轻；

你现在还处于同样的环境之下，

但你的火焰将比我温和，而志向更远大。

愿你在摇篮里安睡吧！不论在何处，

在海上，或者在山间——我现在的家，

我总是要这样默默地为你祝福，

同时叹息一声，想到你呀，本是我掌上的明珠！

注解

[1] 作者在第二次去国的船上跟出现在他眼前的女儿的幻象告别。"上次相见"云云，其实是他俩最后一次的会见。作者婚后发生家庭纠纷，英国上流社会的黑暗势力群起而攻之，乘机造谣诬蔑，以拔除与他们格格不入的"眼中钉"。他当时知道已经永远没有机会再见他的女儿了。这一节诗十行，是唯一的例外。

[2] 漂泊的叛逆，指哈洛尔德。"青春的黄金时代"，即作者写作本诗第一、二两章的时候，当时才二十一二岁。

[3] 迦勒底（Chaldea）：古地名，在波斯湾、幼发拉底河一带；迦勒底人以占星著称。

286

［4］指滑铁卢战场。

［5］当时还没有造纪念塔。上饰比利时雄狮的金字塔是
　　　1823 年才建立的。

［6］巩固王权：拿破仑（即下节所说的"雄鹰"）既败，神圣
　　　同盟得势了。

［7］欧洲的花朵：指年轻军人们。

［8］哈摩狄乌斯（Harmodius）：公元前 514 年，雅典的暴君
　　　希庇亚斯（Hippias）及希帕克斯（Hipparchus）兄弟倒行
　　　逆施，志士哈摩狄乌斯等乘祭神的机会以月桂枝藏剑
　　　刺死希庇亚斯和希帕克斯，使雅典人民重新得到自由。

［9］滑铁卢大战前夜（1815 年 6 月 15 日）里士满公爵夫人
　　　（Duchess of Richmond）在比京布鲁塞尔举行盛大的
　　　舞会。

［10］不伦瑞克公爵：即腓特烈・威廉。他几乎是在刚开火
　　　 的时候就战死的。他的父亲于 1806 年在耶拿战役中
　　　 阵亡。

［11］"卡梅伦人的集合"，是卡梅伦（Cameron）部族高原居
　　　 民的一种战叫（War-cry）或号召的名称。卡梅伦是苏
　　　 格兰部族名，以出剽悍的军人著名。此节描写苏格兰
　　　 士兵参加滑铁卢之役的情形。

艾尔宾（Albyn），即苏格兰；本地的土语。英国统一以前，苏格兰人与撒克逊人是仇敌。"艾尔宾的山岭"应是这些"卡梅伦"兵的家乡，自然听惯了他们的战叫，不仅如此，他们的敌人——撒克逊人也听惯的。

拉基尔（Lochiel）的战叫：即上述"卡梅伦人的集合"；这是换一种说法。拉基尔是著名的卡梅伦将领。

[12] 风笛（Mountain-pipe）：又称袋笛或高地风笛，苏格兰军队中的乐器。

[13] 伊文、唐纳德：均为卡梅伦首领，即伊文·卡梅伦爵士及其后裔唐纳德。

[14] 阿登尼斯森林（Ardennes）：一般译为阿登森林，在布鲁塞尔和滑铁卢之间。

[15] 比我高明的诗人：指司各特。

[16] 霍华德：即腓特烈·霍华德少校；其父卡拉艾尔伯爵曾经是作者的保护人（Guardian），作者在《英国诗人与苏格兰批评家》一诗中嘲骂过他。

[17] 基督教徒认为到世界末日，上帝要使所有死者复活，然后进行审判。

[18] 人的寿数：指七十岁。参阅第一章注5。

[19] 指拿破仑。

［20］腓力之子：指马其顿王亚历山大大帝。

［21］第欧根尼（Diogenes）：古希腊犬儒哲学家，他只需要一个栖身的木桶、一只饮水的木瓢；后来连木瓢也扔了。传说他曾叫国王亚历山大在他面前站开点，不要遮住阳光。他也曾打着灯，在正午的街上走，人问其故，他答说："找一个诚实的人。"

［22］德勒根菲尔斯峰（Drachenfels）是莱茵河畔七大山之最高峰，字面意思是"龙峰"。

［23］科布伦茨（Coblentz）：普鲁士的要塞，在莱茵河与摩泽耳河（Mosel）会合处。

［24］玛索（Marceau）：年轻的法国将军，在法兰西第一共和国的第四个年头（1796年）负伤而死。死时年仅二十七岁。和他葬在同一坟墓中的是霍奇将军。

［25］艾伦勃莱茨坦（Ehrenbreitstein）：欧洲最坚强的堡垒之一，位于科布伦茨对面的高冈上。1799年由于《雷奥本和约》而落入法军之手，终于在1801年被他们破坏。

［26］莫拉（Morat）：瑞士地名，在纳沙泰尔湖（Neuchatel Lake）之东。1476年6月瑞士人在此打败了勃艮第公爵的军队。一万五千多名侵略军的尸骨堆积在一个教

堂里,1798年法兰西革命时该教堂遭破坏,作者路过时还看到尸骨狼藉的惨象。但这些死者是不值得可怜的,因为他们进行侵略而被爱自由的瑞士人民击溃。

[27] 坎尼(Cannae):古战场名。公元前216年,迦太基人汉尼拔在此战胜罗马军队。

[28] 孤单的圆柱:在今瑞士阿旺什(Avenches)。该地是古罗马一个地区的旧址,离莫拉约五英里。柱高三十九英尺,原属阿波罗神殿。这柱叫作"Le Cigognier",柱顶有筑了几百年的鹳窠。

[29] 属地:亚凡谛根(Aventicum)是一个都城,周围的地区由该城管辖。亚凡谛根即今天的阿旺什。

[30] 作者原注:"亚凡谛根城的一个女尼朱丽叶·阿尔宾努拉,因其父被控叛国,判死罪,营救无门,遂自杀。"但后来发现这是伪造的事,因作为根据的墓志是假的。

[31] 莱蒙湖(Lake Leman):即日内瓦湖。

[32] 养育它的湖泊:即与罗讷河相连的莱蒙湖。

[33] 回想一个人:指卢梭。"他的诞生之地"是日内瓦。

[34] 瞿丽(Julie):卢梭的《新哀绿绮思》(*The New Heloise*,也译为《新爱洛伊丝》)中的女主角。她是一个贵族女郎,爱上了她的教师圣普乐,但出身不同,成为这一对

恋人中间的阻力。

[35] 难忘的吻,据卢梭在他的《忏悔录》中的自述,当他作客巴黎附近德比内夫人家时,爱上了夫人的小姑杜德托夫人,他总是在每天早晨碰见她,接受对方给他的作为礼节的一吻。

[36] 毕西亚山洞(Pythian):古希腊德尔斐阿波罗神谕所的别名。

[37] 他的同道:指伏尔泰、狄德罗等人。

[38] 侏罗山(Jura):在日内瓦湖西岸。

[39] 西塞里亚(Cytherea)的腰带:希腊神话中维纳斯神的腰带,谁系了它就会变得十分秀美。

[40] 克拉伦斯(Clarens):日内瓦湖附近的小村。卢梭以此地为背景,描写《新哀绿绮思》一书的中心人物。

[41] 都属于他:"他"指爱神。

[42] 普赛克(Psyche):爱神的"爱人",灵魂的化身。

[43] 洛桑、费纳(Ferney):均为日内瓦湖畔小城。吉本曾在洛桑写成他的《罗马衰亡史》;费纳则是伏尔泰的寓居之处。

[44] 泰坦:希腊神话中的巨人,他们为了到奥林帕斯,而把贝里翁山堆到奥萨山之上。

［45］指伏尔泰。

［46］普罗透斯（Proteus）：变化自如的海神。

［47］指吉本。

［48］迦太基人：指汉尼拔。

铜马,圣马可教堂,威尼斯

第四章

我见到了托斯卡纳、伦巴第、罗马纳，

　　那平分意大利和那封闭她的山脉，

还有洗濯着她的两片沧海。[1]

　　　　　　　——阿里奥斯托

致文科硕士、皇家学会会员
约翰·霍布豪斯先生

亲爱的霍布豪斯：

　　《恰尔德·哈洛尔德》第一章和末一章的写作相隔了八年之久；现在，这诗的最后一部分即将发表了。在与这么老的一位朋友分手之际，没有什么可以奇怪的，我要想到另一位更老的而且更好的朋友，他目睹前者的诞生和死亡。我们之间开明的友谊给了我交游的益处，我对他的感激要远远超过我现在或过去可能产生的感谢《恰尔德·哈洛尔德》的心情，即使这诗和诗人博得了若干社会的赞许；虽然我也并非不感激《恰尔德·哈洛尔德》。因此我想到他，这位很早就认识、相处很久的朋友。我知道，当我病了的时候，他衣不解带；在我悲伤的时候，他温和而仁慈；在我顺利的时候，他高兴；在我碰到灾难的时候，他坚定不移。他的忠言句句真实；在困境中，他足以信赖。我想到这位久经考验而从不抛弃我的朋友——想到你。

这样，我便从虚构的人物想到现实的人物。这部诗是我所有作品中篇幅最长、包含的思想最多和内容最广泛的一部，现在我就把这部已经完成的，至少可以说结束了的作品奉献给你，使我得以荣幸地提到我和一位有学问、有才能、坚定而又体面的人许多年来的亲密友谊。像我们这样的心灵不会谄媚别人或者受别人谄媚；然而出于衷心的赞美却总是友谊之情所许可的吧；而且这种赞美并不是为你，甚至也不是为别人，却只是为了一抒我的胸怀。在别的地方，或者是在最近，我从来没有像在你身边时那样经常地遇到好意，那样能够使我坚强地抵御灾难。因此，我要赞美你的优良品德，或者说得更正确些，赞美你的这些优良品德给我的益处。我写这封信给你的一天正是我一生中最不幸的日子[2]的三周年，但是它不能毒害我的前途，假使我能保持你的友谊和我自己内心的力量作为依靠。这个日子在今后甚至将使我们两个有更欣慰的回忆，因为它将使我们想起我这次向你致谢的事——感谢你的不倦的关怀；很少人受到过这样的关怀，而且受到这种关怀的人，必然会把人类和自己看得更好些。

我们真幸运，能够在许多时候一起游历许多富于骑士精神、历史事迹和传说的国土——西班牙、希腊、小亚细亚和意大利；雅典和君士坦丁堡是我们几年前旧游之地；威尼斯和罗马是我们最近游历的地方。这诗，或者诗中的旅人，或者两者，也自始至终伴随着我；也许是由于一种可以原谅的虚荣心使我带着一种满意的心情想到这部作品，这部作品多少把我和写作的地点联结起来，把我和这部作品企图描述的对象联结起来；不管这诗与那些神奇而又令人难忘的胜地相形之下是多么没有价值，不管这诗与我们遥远的观念和瞬息间的印象距离多远，但总不失为对值得尊敬的东西表示敬意的一种象征，为光荣伟大的东西而感动的一种象征，它的创作曾是我快乐的源泉。在我与它分手之际，简直没有想到，经历会使我对那些创作中的幻象产生一种留恋的心情。

关于最后一章的处理，可以看出，在这里，关于那旅人，说得比以前任何一章都少，而说到的一点儿，如果说，跟那用自己的口吻说话的作者有多大区别的话，那区别也是极细微的。事实上,我早已不耐烦继续把那似乎谁也决不会注意的区别保持下去:正如哥尔德史密斯的《世界公民》一书里的中国人,谁也不会相信他真是个中国人,所以,即使我断言作者和旅人并非一人,而且想象我已经在作者和那旅人之间划了界线,也是白费力气的事;本来我殷切地希望保持这种区别,但终于失望,因为这种企图无法实现,这么一来,我在创作时就松了劲,决定索性不去管它了——而且也这样做了。已经产生或可能产生的对这方面的意见,现在我是再也不理会了;作品要靠它自己,不能靠作者;作者本身是没有什么东西可供他的作品依靠的,除了他暂时的或久远的名声,而这种名声又正是他在文学上的劳作的产物。作者的命运与所有作者的命运相同。

在下面这一章中,我打算通过诗篇本身和注释接触到意大利文学的现状,或者意大利风气的现状。但我很快就发现那诗篇本身,在我所确定的范围以内,难以充分反映错综复杂的外界事物及其引起的感想;而全部注释,除了几条最短的以外,我应该感谢你,而且这几条也仅仅以阐明诗句为限。[3]

评论国情与我们如此不同的一个国家的文学和风

气,也是一桩很细致而不容易讨好的工作;这种工作需要多多注意情况,需要公正无私,这样,我们就会怀疑自己的判断,或者至少是慢一步作判断,而且更仔细地查核我们所得的资料,虽然我们也许并非马马虎虎的观察家,也不是不谙我们最近居住的国家的人民的语言或风俗。文学界和政界的状况似有剧变之势或已经在剧变,剧烈得几乎使一个外人不可能不偏不倚地论述它们。那么,引一点他们自己的美丽的语言也许就够了,至少已能表达我的意思:"依我看来,在一个以最高贵而又最可爱的语言自豪的、充满诗意的国度里,可以试行各式各样的事;而且这亚尔菲里和蒙蒂的国家既然还没有丧失她古代的荣誉,那么她应该成为各方面的领袖。"[4]意大利仍然拥有伟大的人物——卡诺瓦、蒙蒂、乌戈·福斯科洛、宾德蒙特、维斯孔蒂、莫勒里、契柯格纳拉、阿尔布里西、梅佐芬蒂、马伊、穆斯托西底、阿格里埃蒂和瓦加[5],可以在当代的艺术、科学和文学的绝大多数领域中取得光荣的地位;在某些领域,更可以占到最高的地位:欧洲,甚至全世界也只有一个卡诺瓦。

亚尔菲里曾经在什么地方这样说过,"人类这种草木在意大利生长得比其他任何地方都苗壮,意大利出现的许多滔天大罪就是一个证明。"[6]对于他这一说法的后半部分,我不敢赞同,这是一种靠不住的说法,我们可以用更充分的根据来反驳,所谓更充分的根据就是,意大利人无论如何并不比他们的邻邦人民凶残,除了一个故意装瞎的人或无知无识的人,才不理会这个民族卓越的才能或"才智"(如果这两个字用得恰当的话),他们认识的敏锐,他们思想的迅速,他们光辉的天才,他们的美感,以及尽管遭到种种的不幸,如革命一再失败,战火的破坏和几百年来的希望不能实现,等等,他们仍然有着不可熄灭的"对不朽的向往"——独立的不朽。而且,当我们俩绕着罗马的城墙骑行时,曾经听到劳工们合唱的简单的悲歌:"罗马!罗马!罗马!罗马不像从前啦。"我们实在很难不把这种悲凉的歌谣和伦敦酒店里狂欢的歌声相比较,而这种声音现在仍然从伦敦的酒肆里传出来,遮盖住蒙圣让[7]的屠杀,遮盖住出卖热那亚、意大利和法兰西的行为,出卖全世界的行为,干这些勾当的人,你就曾经在一部不愧为我们历史上较好时代的作品中揭露过。对于我来说,

我永远不愿拨动我的琴弦,
如果站在使我发聋的愚蠢的人群中间。[8]

最近意大利诸国的变化使她得到些什么[9]，英国人大可不必询问，除非能够肯定英国所获得的东西超过一支永久的军队和一项停止实施的人身保护法令；他们只消看看本国的情况就够了。因为他们在国外，特别是在南方干的事情，"一定会让他们得到酬报"，而且不消多长时间。

亲爱的霍布豪斯，我把这部完成了的诗奉献给你，并祝你平安地、愉快地回到那个国家，她的真正的利益是没有人比你更关怀的。让我再说一遍，我永远感激你、爱你，永远是你真诚的朋友。

拜　伦

1818 年 1 月 2 日于威尼斯

注解

[1] 题词引自阿里奥斯托的《讽刺诗》第三章。托斯卡纳、伦巴第、罗马纳，均为意大利地名。平分意大利的山脉即亚平宁山；封闭她的则是阿尔卑斯山。两片沧海指亚得里亚海和第纳尼安海。阿里奥斯托原诗第 4 行作："那么在我也就足够啦。"

[2] 指他举行婚礼的日子,1815 年 1 月 2 日。

[3] 霍布豪斯的注释篇幅太多,兹从俄、德译本之例略去。

[4] 作者所引的是意大利原文,出处不详。亚尔菲里
(Alfieri,1749-1803),意大利著名剧作家。

[5] 卡诺瓦(Canova),雕塑家;蒙蒂(Monti)、乌戈·福斯科洛
(Ugo Foscolo)、宾德蒙特(Pindemonte),诗人;维斯孔蒂
(Visconti)、阿格里埃蒂(Aglietti)、契柯格纳拉(Cicognara),
考古学家;莫勒里(Morelli),书目编纂家;马伊(Mai)、梅佐芬
蒂(Mezzofanti),语言学家;阿尔布里西夫人(Albrizzi),批评
家;瓦加(Vacca),医生;穆斯托西底(Mustoxidi),一位用意大
利文写作的希腊籍考古学家。

[6] 作者所引为意大利原文。

[7] 蒙圣让(Mont St.-Jean):村名,在滑铁卢战场附近。当
年英将威灵顿在此驻扎他的军队。

[8] 所引为拉丁文,出处不详。

[9] 1815 年,拿破仑失败后,哈布斯堡和波旁王朝复辟,意
大利再一次遭到分割。

叹息桥

一

我正站在威尼斯的叹息桥上面；[1]

一边是宫殿，而另一边却是牢房。

举目看去，许多建筑物从河上涌现，

仿佛魔术师把魔棍一指，出现了幻象。

千年岁月围抱我，用它阴暗的翅膀；[2]

垂死的荣誉向着久远的过去微笑，

记得当年，多少个藩邦远远地仰望

插翅雄狮国的许多大理石的楼堡，[3]

威尼斯，就在那儿庄严地坐镇着一百个海岛！[4]

二

她像一个海上的大神母，刚出洋面，[5]

那隐隐约约的模样儿仪态万方，

戴着一顶光荣的城冠遥遥地涌现，[6]

像统治着海洋及其威力的女皇。

她确曾如此；她的女儿们的嫁妆，

是从外国夺来的战利品；东方取之不尽，

把翡翠玛瑙像雨水般倾倒在她膝上。

她披着紫袍，宴会上有各国君王作宾；

他们觉得抬高了自己的地位，无不受宠若惊。

三

在威尼斯，塔索的歌已不再流行，[7]

不再歌吟的船夫默默地把橹儿摇；

她的华屋和宫殿陆续坍废殆尽，

琴瑟箫管之声也很不容易听到；

那种日子过去了，但美还存在于周遭；

美的风韵犹存，虽然国家和艺术衰亡，

造化也没有遗忘威尼斯当年的风貌，

她是各种玩乐集中的寻欢的地方，

曾是地上的乐园，意大利半岛上的歌舞场！

四

但是对于我们，她另有一种魅力，

既不是她在历史上的赫赫名望，

也不是她一连串威武人物的事迹，

虽然他们的阴魂为失了总督的城悲伤；[8]

而是一座座丰碑，不随丽都桥俱亡；[9]

夏洛克、比埃尔和那摩尔人奥赛罗，[10]

这些是江水所冲不垮，即使过去多少时光，

桥拱上的枢石啊！即使一切都湮没，

也能从这些形象看见威尼斯城当年的生活。

五

心灵上的人物不是用骨肉做成；

他们不朽，而且在我们心中闪烁，[11]

比真的人物更灿烂的光辉，使我们亲近

比现实的生活更加可爱的生活；

我们的生涯本来受着万千种束缚，

这些形象却使黯淡生活变得灿烂，

他们的光辉驱走并代替了邪恶，

灌溉那早年的花朵已凋谢的心坎，

而用新的生机来解除那心灵空虚的灾难。

六

文学是我们少年和老年的避难地，
前者为失望所驱，后者因为无聊心境；
这种疲惫的情绪促成多少卷帙，
也许，我伏案做的也是这么回事情。
但世上确有许多东西，其强烈现实性，
使心头的仙境，相形之下显得黯淡；
比我们幻想的天空更美，无论色和形：
也要胜过缪斯使出她巧妙的手段
散布那光怪陆离的星座，在她广阔的宇宙间。

七

我曾看到或梦见这些，但由它们去！
它们来时千真万确，去时春梦无痕；
不论当时如何——现在总成梦影般空虚；
如果愿意，我能使它们在眼前浮升；
我的心里依然充满着许多幻影，

极像我从前所寻求、所偶尔发现；

然而也让幻影去吧,觉醒了的理性

懂得这些荒诞的想象是并不康健,

而且现在只有外国语音、异域风光在我身边。

八

我学会了外国话,在陌生人的眼里,

我不再是陌生人;然而这孤僻的心,

任何变化都不会使它感到惊奇;

反正漂泊到任何地方在它都行,

也不在乎那儿有,唉,或者没有居民;

但我确是生在居民引以为荣的国度,

那自豪不是没有根据;可是我竟远行,

离开圣贤和豪杰辈出的神圣岛国,

而漂泊到遥远的海外来寻找我的栖身之所;

九

也许我曾经深爱它吧。如果不幸,

我客死他乡，把遗骸埋葬在异国，

我的魂魄却要回去——假使我们

摆脱肉体后有权选择灵魂的归宿。

我以本土的语言作为我希望的寄托，

希望凭我的诗章不至于被人遗忘。

如果说这心愿是太愚蠢、太迂阔，

如果我的名声，也和我的福泽一样，

获得和失去两皆迅速，如果麻木的遗忘阻挡

一〇

我的姓名进入纪念先贤的祠堂，

受国人的祭祀，那么，就让它如此。

请把桂冠戴在更崇高的头颅上！

而对于我，只需那斯巴达人的墓志：[12]

"斯巴达有许多比他更出色的儿子。"

同时我既不觅取，也不需要同情；

我所收获的荆棘，正是我自己所种植，

它们刺伤了我，使我的鲜血涌迸，

我自应知道这样的种子会结出何种果品。

威尼斯

一一

守寡的亚得里亚海伤悼着她的丈夫;[13]

现在再不举行一年一度的婚礼,

"人头牛身"号的大船腐烂而无人修补,

犹如寡居的她抛弃掉新娘的绣衣!

圣马可看到他的雄狮耸立在原地,[14]

然而那狮子嘲笑着他权势的衰落,

想当年就在这骄傲的广场,一个皇帝,[15]

向威尼斯求婚,四方君王无不羡慕,

像一位未婚的女皇,她的嫁妆真是无比的丰富。

一二

奥地利王统治她,帅比亚王向她乞求,[16]

一个皇帝蹂躏另一个下跪的地方,

多少王国沦为省份,往事不堪回首,

铁链捆住曾经独立自主的城邦,

那许多国家好像晒了一会儿阳光,

便在权力的高峰融化,堕落,下沉,

仿佛山上的积雪崩裂,势不可当;

愿盲目的丹多罗能复活一个时辰![17]

这年近百岁的老将,拜占庭抵御不住的敌人。

一三

他的四匹铜马还在圣马可的门前,[18]

镀金的轭在日光之下灿烂得很;

多里亚说的威胁的话还没有实现?

铜马没有就范?威尼斯曾转败为胜,[19]

然而她的自由只一千三百年光景,

她像海草,渐渐沉入出生的海底!

还是这样好,即使消灭得没有踪影,

至少就此避开了那凶残的外国仇敌,

这将是多可耻的事,如果用屈服换取安逸。

一四

年轻时好光荣,她是新的泰尔城,[20]

她有从胜利中获得的一个名衔：

"雄狮旗的树立者"，她负着这个别名，[21]

在属地和领海上经过血和火的考验；

虽然造成许多奴隶，她自己保持着自由权，

是欧洲抵御土耳其人侵略的堡垒；

堪与特洛伊媲美的坎地亚，还有曾看见[22]

勒班陀之战的不朽的汪洋海水，[23]

都来作证！你们的名字时间和暴君不能诋毁。

一五

她多少代的总督都已无影无踪，

就如一个个琉璃的塑像粉碎成尘土；

但还能看出他们光荣的职位多么威风，

瞧，他们居住的宏大而豪华的建筑；

他们的王节断了，他们的宝剑锈腐，

落到外国人的手里。空洞的厅室，[24]

冷落的街道；外国人狰狞的面目，

一再告诉她是谁和什么国家在统治；

凡此种种，仿佛一片阴云蒙住了她可爱的城池。

一六

当年雅典的军队被困在叙拉古：[25]

戴上俘虏的镣铐,数千战败的士兵；

亚狄加的缪斯成了他们的救主,

她的声音才是遥远家乡送来的赎金；

看吧！当他们把悲剧的歌词诵吟,

心悦诚服的战胜者的战车踟蹰不前,

缰绳从他手上滑下来,无用的利刃,

离了腰带,他割断俘虏身上的锁链,

嘱他们感谢那给了他们自由的诗人和他的诗篇。

一七

如果你没有更充分的理由割断锁链,[26]

如果你光荣的史迹完全被遗忘,

威尼斯呵,你对神圣的诗人的纪念,

你的居民反复地吟唱他的诗行,

你对塔索的爱,也足以使你获得解放；

各国应该为你的不幸而害羞，

尤其是阿尔比恩！你是海洋的女皇，

不该抛弃海的儿女；威尼斯沦陷的时候，

应想到你自己的命运，虽然你有海上的城头。[27]

一八

从童年起，我就爱上她了；她的形象，

仿佛我心头的一座仙境似的城，

像水柱似的涌现、升起在海面上，

她是欢乐的家园，财富集散的中心；

她就像印记似的在我心头留存，

靠了奥特维、拉德克利夫、席勒、莎翁的笔；[28]

虽然她这么憔悴，但我们决不离分，

也许更亲密了，当她在患难的时期，

较之在她的全盛时代：那时她是一个骄傲，一个奇迹。

一九

她昔日的繁华，我还能够想象；

托马斯·菲利普斯（1770-1845），身着
阿尔巴尼亚服装的拜伦，绘于1813年。
（现藏国家肖像馆）1809年，拜伦在伊
庇鲁斯购置了这套服装。

透纳（J.M.W.Turner，1775—1851），意大利，
为《恰尔德·哈洛尔德游记》而作，约1823年
（现藏泰特美术馆）

托马斯·菲利普斯，拜伦，绘于 1813 年
（现藏纽斯泰德修道院）

至于现在呢,这座城的风光气息,

也够我作这些冥想,够看,够思量;

她给予的也许多于我所期望和寻觅。

如果我的生命就像织成的缎匹,

上面也织着一些最欢乐的片断,

有些美丽的色彩,就取之于你,

可爱的威尼斯! 时间麻痹不了某些情感,

磨难也不能使其动摇,否则我早已冷酷无言。

二○

譬如那种"丹"枞,只因天性的缘故,[29]

越是在险峻而光秃的岩石上,越长得高,

生根在不毛的地方,下面没有泥土

支持它们抵抗阿尔卑斯山上的风暴;

它们的躯干越长越雄劲,不屈不挠,

嘲笑着那吼叫的暴风雨的来临,

它们身下高山为它们的挺秀而骄傲!

从不毛的、灰色花岗岩上获得生命,

它们终于变成参天大树;也是这样,人的心灵。

二一

人是能够忍受的；那痛苦的生活，

也能够把空虚而荒芜的心灵

当作生根的土壤；默默无声的骆驼，

驮着极沉重的负荷一步步前行；

狼一声不响地死去；像这些事情，

不见得没有深意；如果说它们是兽类，

低贱的畜牲，或者说它们野性未泯，

犹能忍耐而不畏缩，人比它们高贵，

理应具有耐苦的本领——其实立刻可以学会。

二二

一切痛苦能够毁人，然而受苦的人，

也能把痛苦消灭；结果总不外乎：

有些人产生了新的希望，振作精神，

回到原来的地位，以同样的意图，

继续纺织生命的锦缎；有的生趣全无，

弄得憔悴而阴沉，匆匆地夭折丧生，

随着他们所依靠的芦苇一起萎枯；[30]

有的皈依宗教，行善，作恶，劳碌，抗争，

完全由他们灵魂的本质来决定他们的浮沉。

二三

但常会出现一种兆头，像蝎子的刺，

看不大见，却是浸透了新的痛苦，

象征着那些正被压制住的愁思；

虽然它是微小得很，然而会给心窝

带回它竭力企求永远抛开的负荷；

也许，它仅仅是一阵轻轻的声音，

一片音乐声，初春，或是夏天的薄暮，

一朵花，一阵风，海洋，都能伤害心灵，

因为它触动了那条神秘地捆住我们的带电流的绳。

二四

我们不知其所以然，也不能明了

这心灵的闪电来从何处的云层，

只是重新受到刺激；而且也擦不掉

它留下来的创伤和黑色的疤痕，

它竟从我们所不提防的平凡事情

（那是我们万想不到的）重新唤起一个个

非咒文和祈祷所能降伏的魔影：

那些冷了的、变了的，或者早已殒殁；

所悼念、所爱、所失去的（真少！然而损失何多！）。[31]

二五

但我的灵魂游荡着；我要它回来，

在朽腐堆中间沉思，自己也如一堆废墟，

站立在废墟中间；我想要从这所在，

追溯灭亡了的国家和埋葬了的荣誉；

这土地曾掌握莫大权威，在遥远的过去；

现在也最可爱，非他处所能比并，

永远是大自然的神工所使用的模具；

从这模型，冶铸成多少英勇的灵魂，

以及美好的、爱自由的，征服陆地、海洋的人们。

322

二六

都像国王似的公民，罗马的好汉！

从那时起直到如今，美丽的意大利！

你是世界的花园，是艺术和大自然

所能产生的一切集大成之地；

纵使你成了废墟，有什么可与你相比？

你的荒地比其他地方的沃野还富庶，

即使你的莠草和蒺藜也无不美丽；

你破碎的残迹就是光荣，你的废墟

披着一层纯洁的妩媚，那是永远不可能被抹去。

二七

月亮升起了，然而夜幕还未下降，

夕阳和她两个平分了整个的天空；

蓝色的弗里乌利山脉的高峰顶上，[32]

灿烂的晚霞像一片大海似的汹涌。

天上万里无云，而色彩变幻无穷，

西方，白日渐渐投进那"永恒的过去"，

　　而天上的色彩在那儿织成一道长虹；

　　另一方，在蔚蓝的太空中浮动徐徐，

是一弯柔和洁白的眉月，像一个幸福的岛屿。

二八

　　只有一颗星辰出现在她的身畔，

　　和她一起统治着半边可爱的苍穹；

　　可是另一边夕照之海还在翻卷，

　　它的波浪溅泼着遥远的拉新山峰，[33]

　　仿佛白日和黑夜两个还在争风，

　　直到造物把秩序端正；布兰塔河上，

　　浓浓的水悄悄流着，天上彩色缤纷，

　　投下新开的玫瑰似的紫色和芬芳，

漂动在她的流水上边，闪耀着亮晶晶的光芒，

二九

　　满河的流水反映着天空的容貌，

彼特拉克墓

天,降临到水面上,从无穷的杳冥;

这一切,从上升的星到艳丽的夕照,

织成了一幅五光十色的神奇绣锦;

然而变了,变了! 一块幽暗的阴云,

像大氅似的盖上山峦;奄奄一息的白日,

仿佛海豚的将死,每一阵的苦疼,

使它变换一种颜色,直到气绝而死;

最后的颜色最美,一切变成灰暗,当它退去时。

三〇

在那叫作亚桂的小村里,有一座古坟,[34]

那是一具石棺,几根圆柱将它抬高;

在里边安卧着的是洛拉的爱人;

熟悉他幽婉的哀歌者都来凭吊,

因为他们无不为他的天才所倾倒。

他创建一国的语言,促使他的国土

挣脱了那野蛮敌人的沉重镣铐;

他灌溉着与他的爱人同名的树木,[35]

用了诗的泪水;于是他就成了著名的人物。

三一

他的遗骨保存在亚桂，一个山村；
在那里，他度过了他晚年的时光，
像夕阳堕入幽谷。村民们引以为荣
（这感情是朴实的；他们值得赞扬），
当他们引导着异乡的来客去瞻仰
这位诗人遗留下的住宅和坟墓；
那么简单纯朴，令人崇敬、神往，
引起同他的诗篇相调和的感触，
远胜过为他造起高大的庙堂、金字塔般的建筑。

三二

他居住过的这闲雅安静的小村，
那模样仿佛就是一个退隐之地，
专为了那些领悟到人生有限的人，
因为幻灭的希望向着他们追击，
他们来到苍翠的山岭深处躲避；

热闹的城市离这儿已很遥远，

那隐约的远景如今已无能为力，

因为它们再也不能对人施以诱骗；

而一轮红日的光芒赐予我们假日，充分悠闲。

三三

它照亮了树木花卉，照亮了山峦，

使潺潺的溪水反射出光彩煜煜，

悠闲的时光带着一种沉静的慵懒，

像溪水一般明净，在溪边悄悄流去，

虽然像是疲乏，实际上大有含蓄；

如果说我们在社会上学习怎样谋生，

那么孤独应该给我们死的教育；

孤独中没有阿谀者；虚荣无隙可乘，

一个人在独处的时候，须同他的上帝斗争。

三四

或许是跟魔鬼作斗争，它们破坏[36]

塔索的囚室

冷静地思考的力量，而且来势汹汹，

吞吃一些忧郁的灵魂——他们脾气古怪，

从早年起就有了多愁善感的心胸，

总是喜欢蹲在黑暗和沮丧之中，

认为自己的苦痛是永远难以消除，

那便是他们的不可摆脱的命运；

魔鬼把太阳变成鲜血，地球变成坟墓，[37]

把坟墓变成地狱，而地狱比原来的还要恐怖。

三五

费拉拉！在你荒草丛生的宽阔街上[38]

（这些整齐的街道，竟变得这么荒芜），

那光景仿佛在叱骂着往昔的君王

住的宫室，也像是对艾斯特家的咒诅；[39]

在你的城墙中，这个古老的家族，

曾世代保持着势力，仗着小小权势，

一时像恩人，一时像暴君般残酷，

喜怒无常地捉弄着那些文人雅士，

虽然他们头上的桂冠，以往只但丁戴过一次。

三六

塔索使他家光荣，也使他家羞愧；
听听他的歌声，再去看看他的牢房！
可知托尔夸托的名誉不是容易得来，
阿方索曾把诗人禁锢在什么地方。[40]
卑劣的霸主妄图使那受辱的心灭亡，
他把它投入牢笼，企图使它变成
和那牢狱中的所有疯狂者一样；
但他荣誉的光芒终于驱散了乌云，
永不暗淡地辉耀着，而且使得他的姓名

三七

永远赢得同情之泪，受到赞颂；
而你的姓名将在遗忘中腐烂、发霉，[41]
掉进肮脏东西充塞的阴沟之中，
尽管你夸耀门第，你的名字变成泥灰；
要不，也只因为你曾经对他犯了罪，

想起你小人的恶毒，才轻蔑地提及。

你还剩下什么，失去了荣华富贵！

阿方索！如果你出来在另一个境地，

你实在还不配给你的被害者做奴隶！

三八

你，只知吃喝，活该受人轻蔑，

像畜牲似的死掉，所谓聊胜一筹，

也只是你的巢穴比猪圈大些好些！

他呢，一圈光辉环绕在皱的额头，

现在更灿烂得耀目，使所有敌人俯首，

睁不开眼睛：不论是那个布瓦洛，[42]

还是克罗斯加学院里的那些学究；[43]

布瓦洛攻击一切诗篇，只要胜过

他本国的那种读来结结巴巴、乏味透顶的诗歌！

三九

安息吧，被损害的托尔夸托的阴灵！

他老是受攻击,不论生前或死后,

错误的批评家向他发毒箭,虽然射不准;

啊,你是近代诗坛上不可超越的泰斗!

世上每年会诞生千千万万人口,

但人海中要产生一个你似的巨匠,

却不知还需要过多少代,多少年头,

即使芸芸众生把他们的暗淡光芒

聚集起来,恐怕也还是不能成为一个太阳。

四〇

但你祖国已产生一些人物,在你之前,

他们也是光芒万丈,同你差不多:

细述地狱和颂赞勇士的诗人。最先,

那托斯卡纳巨匠写了《神曲》的诗歌,[44]

之后,是那南欧的司各特,他的著作,[45]

不逊于那佛罗伦萨人,美丽的诗行,

出神入化,他创造了一种新的风格,

同那北方国家的阿里奥斯托一样,

爱情、战争、罗曼斯和侠义事迹,是他所吟唱。

四一

阿里奥斯托的胸像曾遭到雷轰，

闪电击坏了他头上铁塑的桂冠；

但不吉的雷神这样做并非不公允，

因为真正由光荣编织成的花环，

必须是用"避雷之树"所长的叶瓣，[46]

假造的东西却只会污损他的眼鼻；

倘愚昧的迷信以为是不幸的征象，

那就告诉他们：任何东西遭雷殛，

就变得圣洁；他的塑像已加倍地神圣无疑。

四二

啊,意大利,意大利！美丽的地方；[47]

但是你现在和过去灾难的祸根，

就是你天赋的美质,美是你的致命伤；

耻辱在你可爱的额上划下悲哀的皱纹，

你的史册是火焰般的字句所写成。

上帝呵！意大利是不必这么妩媚，

　只要归真返朴，要不就变得更强盛，

　能挽回你的权利，吓退那些盗匪，

他们总是使你流血，喝着你洒下的伤心之泪；

四三

那么你就很威武，没人敢觊觎，

　可以安宁无忧：那腐蚀性的美点，

　也不会再使你为之懊伤忧虑：

敌人不会从阿尔卑斯山的山巅，

　潮水般泻下来；许多国家不敢派遣

　野兽似的大军来掠夺你，在波河之滨，

狂饮血的河水；也不必以外人的刀剑

　作为你可悲地自卫的武器，不论输赢，

你总是逃不过做友人或仇敌的奴隶的命运。

四四

那罗马超人的朋友经过的航线，[48]

我也走过几次，当我少年时浪游；

那时顺利的风推送着我的帆船，

船儿掠过蔚蓝色的海面，像头海鸥，

于是迈加拉就出现在我的前头，

埃伊纳在我后面，比雷埃夫斯在右方，

科林斯在左边；我躺卧在船首，[49]

向着所有这些城市构成的废墟眺望，

所看到的光景，就像他当年所见的那么凄凉；

四五

因为时光老人并没有把它们重建，

只在破残的旧址上增添许多陋屋；

它们涣散了的光芒的最后一线，

以及它们消亡了的威力的破残遗物，

因而显得更可爱，也显得更凄苦；

那罗马人当年就看到这些坟冢，

这些城市的废墟，使人伤心恐怖；

他所写的信札侥幸地得到保存，

上面就记述着从这样的旅行中得来的教训。

维纳斯

四六

他的信在我面前；而我的稿纸上，
除了那些国家（他伤悼它们的死去，
我也曾为它们死寂的凄凉光景悲伤），
又添上了他的祖国所变成的废墟；[50]
他凭吊的废墟依然，但现在，吁！
罗马——罗马帝国，已经向风暴屈膝，
变成同样的死灰，同样的漆黑空虚，
当我们经过她巨大的骨骼旁边时，
她像是另一个世界留下的依然带着微温的骸尸。

四七

然而，意大利啊！在其他所有国土，
应该而且会响起为你鸣不平的呼声；
你是艺术之母，也曾是军事之母；
你保护过我们，如今还指引着我们；[51]
你是我们宗教的源泉，九洲万国的人

向你膜拜,因为你掌握着天国的锁钥!

欧罗巴,悔恨着它自己弑亲的罪行,[52]

它将阻遏野蛮人的浪潮,使其退却,

它将救助、支援你,然后求得你的饶赦和谅解。

四八

但阿尔诺河带我们到了美丽的白城边,

那些仙宫般的建筑有更柔和的风度,

那儿坐落着艾特鲁里亚的雅典;[53]

为群山所拥抱的她丰产着五谷、

醇酒、油脂,这儿的生活快乐而富足,

丰饶之神笑逐颜开举起满满的酒杯;

微笑的阿尔诺河流过这一片沃土,

它两岸曾诞生现代商业的繁荣富贵,

那时被埋葬了的学术复活,迎接新的旭日光辉。[54]

四九

那儿,还有一个石雕的女神流露着爱,[55]

使她的周围漾溢着美的气氛。

我们如闻芬芳香味，看着她的姿态，[56]

也就染上一点儿仙气；天国的门

已经半开了；我们站在圣殿之中，

从她的身躯，从她的脸容，我们领悟：

实体会消灭，而心灵能巧夺天工；

愚蠢地崇拜偶像的古人，我们羡慕，

因为他们的灵感竟能塑造成这样一位人物。

五〇

看了雕像，四顾而不知身在何处，

美使人眼花缭乱、如醉似痴，我们的心

陶醉、晕眩到极点；成了永久的俘虏，

在胜利的艺术之战车上被绑得紧紧，

呆呆站着不能动弹，想走开也不成。

去你的吧！何需用什么术语来讲，

不像市场上俚俗的切口谁去听，

凭"内行"欺骗笨伯；我们自己有眼观赏：

它有血液、呼吸和脉搏，真不愧得到牧人的褒奖。[57]

五一

你就带着这副神态会见帕里斯？

也许是同那更幸福的安基塞斯相见？[58]

或者你以十足的女神的丰姿，

出现在给你征服而倒下的战神跟前？[59]

他躺在你的膝上，仰望着你的脸，

就像注视着一颗星似的注视着你，

他吻你可爱的颊，而你燃烧着的嘴尖，

被岩浆般的吻所熔化，像水流出瓮里，

把吻的岩浆倾注到他的额角、嘴唇、眼皮！

五二

情意脉脉，在无言的爱情中沉浸，

要让这种感情充分地流露或激动，

势必放弃他们那种十足的神性，

因而神寄托于人的外形；而人的一生中，

也有神一般光辉的时刻；但尘世的牢笼

囚禁我们；打破它们吧，不须惆怅！

我们能召回这类情操，而且创造成功

（凭着有过的或者可能会有的形象）

那种化为你的雕像的东西，它像天上神仙下降。

五三

还是留待那些硕学而高明的专家，

留待真正的艺术家和冒充的内行，

来发表高论，看他们鉴赏家阁下，

怎么欣赏优美的曲线和丰满的形象，

让他们来描述不可描述的模样，

但我不愿意他们用俗不可耐的口吻，

搅混美的形象长存的记忆的池塘，

池水平如镜，反映着最可爱的梦境；

梦境从天上降临，照耀着我们灵魂的底层。

五四

在那神圣的圣塔·克罗采寺庙里，[60]

圣塔·克罗采寺庙

埋葬着使这座教堂更加神圣的尸骨，

这些尸骨本身就是不朽的东西；

虽然那儿除了历史以外，再无他物，

虽然无非是巨人崩逝后所化的灰土，

无非是几位早已倒下了的巨人；

这儿埋葬着亚尔菲里、米盖朗基罗，[61]

还有爱好星辰的伽利略和他的苦辛；[62]

这里，马基雅维利的骸骨也回到产生他的土地怀心。[63]

五五

这四颗心灵，就和四大元素一样，[64]

能够供你创造新的事物，啊，意大利！

时光老人，他虽然在你的皇袍上，

留下了一万条刀痕，冤屈了你，[65]

然而不会，也从来没有让其他土地

发生从废墟里飞出天才的这种奇象；

神圣精神依然蕴藏于你的尸体，

使你闪耀着光芒万丈的复活力量；

今天的卡诺瓦，天才就不逊那些古代的巨匠。[66]

五六

但那三位艾特鲁里亚巨人何处安息？

但丁、彼特拉克和那位散文诗翁，[67]

他才能也不差，创作了一百个爱情传奇，

他们的骸骨不论生前或进入墓中，

都与我辈凡夫俗子的大不相同，

他们长眠在哪儿？他们已经化为寒灰，

然而他们祖国的大理石却无动于衷？

她的大理石产地没有雕一座像的石块？

难道他们没有把她当作母亲，投入她的胸怀？[68]

五七

忘恩的佛罗伦萨！但丁离开你远远，

就像大西庇阿，埋葬在愤怒的海滨；[69]

你的党派纷争，那祸害甚于内乱，

放逐了伟大的诗人，但是他的姓名，[70]

将永远受党人的后裔之后裔尊敬，

然而太迟了，只有徒然地悔恨惋惜：

彼特拉克头上的桂冠是光荣得很，

但那些桂叶却生长在异国的土地，[71]

他的一生、荣誉、坟墓（尽管遭翻掘）全不属于你。[72]

五八

薄伽丘把自己的遗骸交给故乡；[73]

他是否同该地的先贤们为伍，

这托斯卡纳语言之父，让人在他墓旁，

常常来诵读铿锵而庄重的安魂赋？

他创造的语言是音乐，讲时像歌讴，

是诗的语言。然而不；甚至他的墓地

也被盗掘，而横遭野狗的欺侮，

竟没法和普普通通的死者在一起，

但并不要人叹息，因为墓碑说这儿埋着僧侣之敌！

五九

圣塔·克罗采寺庙缺少这三位巨匠。

但更加闻名于世,就为了这个缺陷;

也像恺撒的行列没有布鲁图的雕像,[74]

罗马反而对她最优秀的儿子更怀念。

不朽的流亡者在你苍老的海滨长眠,

拉韦纳,你垂危帝国的堡垒! 你有福,[75]

你受到崇拜。那小村子亚桂在山间,

也骄傲地珍藏着她的诗人的遗物,

而佛罗伦萨徒然要求放逐的死者回来,她在哀哭。[76]

六〇

她的以宝石建造成的许多墓茔,[77]

用斑岩、碧玉、玛瑙,精工堆筑,

五颜六色的宝石和大理石所砌成,

有何意义,掩藏着铜臭爵爷们的尸骨?

在破晓时分星辰下闪光的朝露,

使覆盖死者的绿草散发出清香,

如果死者的名字说明这是缪斯的墓,

人们一定恭敬地轻轻踏在露珠上,

决不像任意踩踏王公贵卿坟墓上的石板那样。

六一

在阿尔诺河畔的最高贵的艺术宫,[78]

还藏着许许多多珍品,悦目赏心;

琳琅满目的雕像和画幅在争雄,

惊人的艺术品说不完,我可是很少意兴;

与其在艺术馆,宁可在旷野和山岭,

因为我更爱同大自然打成一片:

虽然一件神圣的艺术品使我崇敬,

但那光采总超不出我想象的界限,

因为我的灵魂有着另一种不同的习惯,

六二

另一种不同的习惯。沿着特拉西梅诺湖,[79]

在那小径上——罗马军曾在此被击溃,

由于轻举妄动——徘徊,我觉得更自如;

因为这儿,那迦太基人的好战部队,

仿佛出现在我眼前,当他用计包围

罗马军，使他们陷入湖山间的困境，

但被围者竟鼓足了勇气，视死如归，

溪水因他们的鲜血而泛滥、涌进，

流过酷热的原野，那上面堆满着战死的士兵，

六三

像一大片森林，被山风连根拔起，

就有这般激烈，当年的战争风暴；

杀气腾腾的人们除了狠狠地杀敌，

啥事也不理会，失去一切的知觉，

甚至没感到他们的战场在动摇！[80]

谁也不觉严厉的大自然在脚下摇震，

它张开大口，要把战死者囫囵吞掉，

让大伙儿一齐埋葬于一个巨坟，

这就是两国相争时彼此间你死我活的仇恨！

六四

大地之于他们像一艘船，颠簸辗转，

要把他们送往永不能归的冥域；

他们只见海洋，无暇顾及他们的船

在航行和动荡着；大自然的法律，

对他们不再生效，他们毫不畏惧，

虽然恐怖弥漫，当山岳抖颤，鸟雀逃亡，

为了避难而窜入高空的云层里去，

抛弃摇摇欲坠的巢；喘息的原野上，

吼叫的牛群匍匐着；人心恐慌至于无可名状。

六五

今天的特拉西梅诺光景已不像那时候；

她的湖面上仿佛涂抹着一层银，

原野不受谁的蹂躏，除了和蔼的锄头；

她古老的树木生长得密密层层，

同当年堆积的死者一样数不清；

只有一道小河，它有浅浅的河床，

因当年的流血而取了血的名称；

"血之河"这名字告诉你，在什么地方，[81]

战死者的血液曾染红伤心的流水，也浸透土壤。

克利通诺神庙

六六

然而你,克利通诺,你的流水甘甜,[82]
仿佛最灵活的水晶;这优雅的去处,
曾有水仙女出没,她常来照看芳颜,
洗濯裸露的四肢;你哺育两岸沃土,
盖满绿草如茵,那儿有乳白的牝犊,
徐徐食草;温柔流水的最纯洁的神,
再没有比你更洁净,更安宁而静默!
屠夫们未敢亵渎这圣洁的水滨,
因为这儿是妙龄少女们的浴池和妆镜!

六七

在一片缓坦地倾斜的小山坡之上,
就在你的快乐的河岸的一边,
有一座小巧玲珑的、静寂的庙堂,[83]
它保持着对你的记忆;在它下面,
河水悄悄地流着;闪着耀眼的鳞片,

鱼儿常常跳出河心,它们任性嬉耍,

居住在你深底水晶般的宫殿;

偶尔水上漂浮着一朵盛开的莲花,

在河水较浅处,那儿流水在滔滔不绝说着话。

六八

切莫不加赞美就离开这儿的神![84]

如果一阵特别温和的清风迎面吹来,

就是他的赏赐;如果在他的河滨,

你发现草儿青青的格外可爱的所在,

如果风景的清新和明媚使你胸怀

感到凉爽,用大自然的圣水暂时洗掉

沾在心头的劳苦生活的尘埃,

那么,你必须颂赞他,用默默的祈祷,

感谢他使你在这儿一时忘却了种种的烦恼。

六九

水的怒吼! 滚滚的激流把岩石磨损,[85]

威里诺河从险峻的山上冲泻而出；

水的倾奔！电光闪掣似的神迅，

一落千丈的瀑布震撼着无底的幽谷；

水的地狱！它们咆哮，呜呜地哀哭，

在无穷的折磨中沸腾；从这深窖，

水的"弗勒吉东"，水冒出剧痛的汗珠，[86]

在深渊四壁黑玉似的岩石边缭绕，

岩石以残酷可怕的态度从四围紧紧地环抱；

七〇

又变作湿淋淋的水花喷上天去，

然后化为不停的倾盆急雨下降，

周围密布着云块，降下蒙蒙细雨，

四月永远留驻在近旁的大地上，[87]

给它盖上一片葱绿；啊，渊谷深万丈！

那个巨大的精灵，昏乱地来回跳纵，[88]

在岩石之间，向着岩石猛烈地冲撞，

山崖在他凶狠的脚步下破碎、裂崩，

竟不得不豁然露出一个极其可怕的漏洞，

特尔尼瀑布

七一

放走奔腾着的巨流；这瀑布，

　与其说是许多河流的起源，

　它们汹涌而蜿蜒曲折地冲出溪谷；

　倒不如说它是诞生海洋的源泉，

　剧烈的阵痛把海洋压挤出山峦，

　像婴儿挣扎着从母亲的子宫落地；

　回头看呀！它就如永无休止的时间，

　要冲过、压倒它遇到的一切东西，

它以恐怖来取悦我们——这瀑布真是无与伦比，

七二

美丽得可怕呵！然而在它的边缘，

　在灿烂的晨曦下，从左方到右方，

　一道虹霓端坐，在地狱恶浪之畔，

　它像希望女神躺在临终的床上，

　周围的一切被狂暴的激流所毁伤，

但它用的是最好的染料，永葆清新，

因而它的色彩是那么鲜艳而辉煌；

对着这一幕凄惨的、受尽折磨的情景，

它又像一位女郎守着疯了的爱人，终不变心。

七三

又来到树木繁茂的亚平宁山上，

对这阿尔卑斯的孩儿，我也许更敬重。[89]

如果没见过比它嵯峨的它的爹娘，

在那边，更艰险的高峰上长着巨松，[90]

冰山突然崩裂，声如巨雷般轰隆。

而且那巍巍的少女峰我曾经见过，[91]

从未被人践踏的白雪盖住她的山峰；

我也曾遥望和近看灰白色的冰河，

在荒凉的白山；可怕的雷山，我在卡密拉时曾听说[92]

七四

"阿克罗塞朗宁"是它原来的名字；[93]

在帕纳萨斯山上我看见翱翔的鹰，

仿佛那地方的追求荣誉的神祇，

它们永远向着更高的高空飞行。

我见过艾达山，用特洛伊人的眼睛；[94]

亚陀斯、奥林帕斯、阿特拉斯、埃特纳等名山，[95]

都雄伟得使这亚平宁显得稍逊一等，

除了孤独的苏勒克蒂山，虽然它顶尖[96]

已无白雪覆盖，而须靠那罗马抒情诗人的诗篇[97]

七五

来引起回忆；它突起在平原中心，

像一个行将破碎的浪头，忽然矗立，

凝结不动了；谁如果有这种心情，

不妨搜索一下读过的诗篇的记忆，

背诵古典作品中的语句，心旷神怡，

用拉丁文的回音唤醒沉睡的山谷；

我实在太憎厌，在我的少年时期，

为了这位诗人，而把枯燥的课本死读，

逐字逐句地强记在心，所以现在我愿意记述

苏勒克蒂山

七六

关于当年那每天做功课的回忆，

那种折磨人的背诵使我痛苦不堪；

虽然时间教会我咀嚼那时学的东西，

但对于这一套，我少年时太不耐烦，

早已造成了我根深蒂固的成见，

因为当我的心灵还不能自由爱好，

这些诗篇就反复读得失掉新鲜，

现在我再也无法恢复健康的感觉，

而当时产生的厌恶它们的念头，却至今难消。

七七

那么，再会吧，贺拉斯；我这么恨你，

并非你的不是，倒是我的过错；

该死的是虽懂而不欣赏你流畅诗艺，

虽能体会而总不爱好你的大作；

尽管你的作品教育意义最深不过，

反映生活的真实,尽管你的艺术空前,

　　没有更高明的讽刺,因为你的歌

　　激发良知,触动而不伤害被感化的心弦;

那么就在苏勒克蒂山上,我向你道声再见。

七八

啊,罗马,罗马,灵魂的城! 我的国土!

　　那些灭亡了的帝国的孤苦的母亲,

　　心灵的孤儿们必然会向往您处,

　　而且要按捺住他们心中小小的苦闷;

　　算得什么呢,我们的苦痛和不幸?

　　你们看这儿的杉柏,听枭鸟悲啼,

　　在坍塌的宫廷和庙堂的步阶上缓行,

　　你们呵,你们的痛苦是短暂而轻微!

我们脚下是一个世界,它像我们的躯壳,孱弱无力。

七九

许多古国的尼俄柏! 失去了冠冕,[98]

站在这儿无言地伤悼，她伶仃孤苦；

一个空的骨灰瓮捧在她瘦削的两手间，

神圣的骨灰早已飞散，里面空洞无物：

西庇阿的墓穴里已经不剩尸骨；[99]

里面已空空洞洞，没有英雄长睡，

他们都不在了；啊，古老的台伯河，

你是否流过一片荒凉的大理石堆？

啊，掀起你黄色的浪涛吧，遮盖她的困苦伤悲！

八〇

哥特人、基督徒，战争、水火、时间，

使得这七座山的城市豪气销磨；

她眼看自己的荣誉像晓星般隐敛，

凯旋的战车爬上卡皮托尔去的道路，[100]

现在让番邦的王爷骑着马儿奔波；

远远近近，神庙和宫殿倾圮不留遗址；

一片废墟！这漆黑一团中，谁能摸索，

把微弱的灯光投向瓦砾和残石，

然后若有所悟地惊呼："这儿曾是，或者就是……？"

八一

漫长岁月的隔阂和黑夜之女"蒙昧"，

使我们好像陷进了双重的黑暗，

我们只得瞎摸，迷失，因为四周漆黑；

星座有星座表，航海有航线的图卷，

知识之神把它们摊开在她的身畔。

但罗马却像一片沙漠，我们寻找，

被记忆碰得跌跌撞撞，头晕目眩，

我们一时拍手欢呼："找到，找到！"

其实那只是废墟的海市蜃楼出现在我们周遭。

八二

呜呼，罗马，崇高而光荣的古城！

三百次胜利！还有那难忘的一天，[101]

那时布鲁图赢得了荣誉和名声，

他的匕首战胜了征服者的宝剑！

呜呼，杜利的口才，维吉尔的诗篇，

李维绘影绘色的史册！但这些东西，[102]

却会使她复活；其他一切都要朽烂；

但我们再看不到，罗马，你在自由的时期，

两眼闪射出炯炯光采的模样了，呜呼，大地！

八三

啊，你的战车下转着幸运的轮子，

胜利的苏拉！你先征服了敌国，[103]

而来不及觉察你自己犯的过失，

那是多么严重；待到你终于收获

隐藏在人们心胸中的仇恨的恶果，

你的鹰鹫已翱翔在俯服的亚洲上空；

你毕竟是罗马人，虽然你手腕很泼，

摧垮元老院，因为尽管你罪孽深重，

你到底放弃了不寻常的皇冠，带着自咎的笑容；

八四

抛弃独裁者的花冠；但你岂能预见，

有一天,那使你出人头地的力量,
会萎缩成什么?罗马竟这么可怜,
会被外国人欺压成这副狼狈模样?
罗马被称为不朽之城,她养兵千万,
只是为了去征服他国,她傲慢的魔影
遮住了大地,永远张着神速的翅膀,[104]
直到征服了天涯海角,远远近近;
唉,到哪里去了呀,她往昔的全能的威名!

八五

苏拉是第一个胜利者;在我们的国土,
却要数最贤明的篡位者克伦威尔,[105]
他也逐散了元老院,这不朽的叛徒!
而且送皇帝上断头台,推翻了皇椅。
请看一个人要逞雄一时和扬名后世,
须犯多大的罪孽!但从他的遭遇,
可见冥冥中的命数:在同一个日子里,
他获得了两次胜利和撒手死去:
获得天下和比获得天下更幸福地进入地狱。

八六

在同一个月份，依然是在第三天，

上苍温和地把他请下权力的交椅

（以前的日子就只差给他戴上王冠），

而让他回返到他出生的泥土里；

幸运之神不是已经很明白示意：

荣誉、权力和一切我们认为可爱，

而促使我们去苦苦追逐的东西，

都不及坟墓的快乐幸福，在她看来；

人的命运会多么不同，如果对这些也如此看待？

八七

然而你倒还存在，令人生畏的石像，[106]

保持着你赤裸而威风的神情！

在刺客们的吆喝声中，你瞠目而望，

在你石座下的血泊中，恺撒死于非命，

披着"托加"的死者还威严得很，[107]

卡皮托尔山之狼

这是伟大的天后涅墨西斯,人神共畏,[108]

她放置在你祭坛之前的一件礼品!

他和你不是都逝去了么,啊,庞培?

你们是曾战胜无数帝王的英雄? 还是傀儡?

八八

还有你,罗马的乳娘! 罗马的乳娘![109]

有着黄铜乳头的母狼,你遭过雷打,

曾以尚武的乳汁哺人;你依然无恙,

且成了古典艺术品,站立于那座大厦;

你是那伟大的创建者的母亲,他,

吸到一颗强大的心,从你粗大的乳头;

你遭到了约夫大神无形剑的砍伐,[110]

雷火烧黑了你的四肢——你是否

忘了你的爱儿呢? 是否还保护你不朽的幼兽?

八九

你还保护着他们;但你的乳婴死光,

那些铁汉；而世界已从他们的墓穴

兴建起一座座的城市。人们模仿

自己所害怕的那一套，而流着血，[111]

走着同样的道路，征战、厮杀、侵略，

只是不如前人了，大有虎犬的差异；

到如今，还没有谁可与你的儿子并列，

除了一个虚荣的人，他还未进入墓地，[112]

然而已经被他自己所毁，成了他奴隶的奴隶。

九〇

他是有名无实的统治者，一个傻子，

冒牌的恺撒之类；他步古人后尘，

以差得很远的步伐；那罗马人的心思，[113]

却不这么世俗，他有更炽烈的热情，

然而也有更强的判断力，头脑冷静；

他还有一种本能，那可非同一般，

弥补如此温柔而豪迈的脆弱心灵；

他一时像阿尔西德斯，拿着纺纱杆，[114]

拜倒在克娄巴特拉的石榴裙下；一时英雄好汉，

九一

说过"我到，我见，我胜！"这句豪语，[115]

然而那另一个，也许能制服他的鹰隼，

像受役使的猎鹰，作高卢军的前驱，

他又的确指挥有方，屡屡建立战功，

但他心情古怪，听不见自己思想的活动，

没有自知之明，像一只聋了的耳朵；

他唯一的最弱的弱点，就是爱虚荣，

野心勃勃而骄憨——他追求些什么？

他能公开宣布吗？能否说出他的愿望和企图？

九二

他要占有一切，否则宁可灭亡；

安静地等待进入坟墓，他更不甘休。

但不消几年，他就得追随那些帝皇，

我们脚下的帝皇。征服者造凯旋牌楼，

难道就为了这种结局，这种报酬！

而且使大地的血泪千古不绝地汹涌。

成为世界的洪水；找不到栖身的方舟，

不幸的人类；潮水一次比一次更凶，

退去只为了重新泛滥，天啊，快露出你的彩虹！[116]

九三

从这贫瘠的生命能收割到什么？

我们的感官狭隘，理智又软弱无力，

生既有涯，真理像埋在深渊的宝物，

习俗最荒谬的标准在衡量一切东西；

因袭的见解有无限势力，它把大地

整个儿用帷幔笼罩，处于黑暗梦境，

以致是非不分，人变得消沉萎靡，

唯恐自己的判断有太强的理性，

把自由思想当作犯罪行为，总嫌地球上还太光明。

九四

他们就这样滞缓而悲惨地慢步走，

从父到子，一代比一代更加朽衰，

还要拿自己被蹂躏的本性来夸口，

死了又把世袭的暴戾遗传给下一代，

天生的奴隶，啊，他们是多么痴呆，

为羁绊，而不是为自由，才厮杀作战，

像古罗马的角斗士，作流血的竞赛，

前仆后继，在同一个竞技场上蛮干，

虽然眼看伙伴倒下，像同一棵树落下的叶瓣。

九五

我不谈人类的信条——它们存在于

人和上帝之间；我谈的事却随时可见，

被确认和人所共知，而且被容许；

身受二度压迫的我们身上的锁链，[117]

以及暴君统治的居心，明目张胆，

地上统治者的法令；但他们和他比，

却有虎犬之别；使傲慢者献上奴婢嘴脸，

震撼得他们不能再酣睡于皇椅，

即使这是他铁腕的全部作为，已是万分光荣的业绩。

凯西拉·梅戴拉墓

九六

莫非暴君都非由暴君来征服不行，

而自由却没有一个卫士或儿女，

不能像哥伦比亚那样产生这类人，[118]

当她像武装的女神帕拉斯似跳出？[119]

难道那样的心灵必须在荒野上培育，

在原始林中，在吼声隆隆的瀑布旁，

大自然含笑抚育华盛顿的草莽深处？[120]

难道大地腹中再没有这种苗秧，

还是因为欧罗巴没有培养这种人物的土壤？

九七

但法兰西喝醉了血，呕吐出罪行，

她的狂欢节成为自由事业的致命伤，

无论是在什么时代或什么国境；

因为我们所目睹的恐怖的时光，

还有卑劣的野心（它造成铁壁铜墙，

使人类无法趋近自己怀抱的宏图），

还有那幕无耻压轴戏，出现舞台上，[121]

都成了永久奴役制的借口；这制度，

要人类再度沦落，要摧残人类的生命之树。

九八

但自由啊，你的旗帜虽破而仍飘扬天际，

招展着，就像雷雨迎接那狂风阵阵；

你的号角虽已中断，余音渐渐降低，

依然是暴风雨后最嘹亮的声音。

你的花朵凋谢了，树干遍体伤痕，

受了斧钺的摧残，似乎没有多大希望，

但树浆保存着；而且种子已入土很深，

甚至已传播到那北方国家的土地上；[122]

定会结出不那么苦的瓜果，逢到较和煦的春光。

九九

有一座古时候留下的阴森的圆塔，

碉堡似的巩固,有着石砌的围墙,

仿佛阻挡着一支向它进攻的军马,

虽然只留下一半雉堞,还那么坚强,

它墙上爬满常春藤,已有两千年久长,

那是永恒的花冠,它的绿叶簇簇,

戴在被时间所摧毁的一切头上;

这是什么坚牢的堡垒? 紧紧地封住,

隐藏着的是什么珍宝? 却是一个女人的坟墓。

一○○

但她是谁? 这位死者中间的贵妇,

配做君王的甚至罗马人的妻子?[123]

葬于宫殿似的陵墓? 她是否美丽贞淑,

她生育了怎样一些英雄豪杰的儿子?

有没有生过女儿,遗传她的美质?

难道她没受到这样的妇人应受的尊敬?

她怎样生活,怎样爱,又怎样老死?

普通的遗物甚至在此腐烂也不相称。

但她不是被显赫地葬在这里,纪念她非凡的运命?

一〇一

她爱自己的丈夫,像有些女人;

还是爱别人的丈夫呢? 因为从前也有

这类事故,根据罗马的史籍载称:

她是科涅莉亚型的贤妻良母, [124]

还是像那漂亮的埃及女王,浪漫轻浮,

耽于淫乐——或者她目冶荡如仇訾,

坚持那道德的完善? 她是否很温柔,

动辄钟情,或者她有着足够的理智,

不让爱情来骚扰,因为爱情总难免引起忧思?

一〇二

也许她早殇:遭到不幸的折磨,

厄运比压在她柔弱遗骸上的墓石还重,

一块愁云将她的花容月貌盖没,

一片阴郁的雾出现于她黑的眼瞳,

预示着上帝赏赐给他宠儿的命运——

夭亡；然而这些却使她的模样

像艳丽的夕照，而且以"消耗热"的红晕

（即死者的引路星希斯贝鲁斯之光）[125]

照耀在她那枫叶般绯红的、痨伤的颊上。

一〇三

或者享尽天年，寿命超过她的美貌、

亲族和儿女的寿命，她银发披肩；

也许这些银发又会使人联想到

过去某一件事，这事发生的那一天，

秀发被编成辫子，全罗马都歆羡，[126]

赞叹和争看，她的婚礼行列多豪华，

她模样多可爱；但岂不猜想得太远？

我们只知死者是罗马富翁之妻梅戴拉，

你看他为她感到多大的骄傲呀，他是多么爱她！

一〇四

我自己也不懂何以要站在你前面，

仿佛我认识那长眠在你里边的人，

坟墓呵！过去的日子在我眼前再现，

响着一片回忆的音乐，虽然那乐声

已经变换了，而且音调庄严深沉，

像云层后隐隐雷声，在远风中消失；

但我愿长久坐在这石墓边，藤萝掩映，

直到我的心头，在激动不堪时，

浮现出毁灭之神留下的破船上依稀的影子；

一〇五

用那些抛弃在海边岩石上的破木块，

我能给自己造一艘希望的小船，

再一次去跟那波浪滔天的大海，

去跟那永不休止的海潮的呼啸决战；

怒吼的浪潮冲击着那孤寂的海岸，

而我过去所恋的一切已在那儿沉浸。

但如果我真能拾取到足够的木片，

造成简陋的小舟，又向哪里航行？

没有家、希望或生活来召引我，除了眼前的情景。

一〇六

那么让狂风怒号吧！它们的呼啸

此后将成为我的音乐，在夜晚，

风声中间还将夹杂着枭鸟的啼叫，

枭鸟叫着，就如我现在听到的一般，

在"黑暗之鸟"们的老家，朦胧昏暗，

大眼睛炯炯发着灰色的光，张着翼翅，

它们不停地啼叫着，互相应答呼唤，

在帕拉坦山上，面对着祭坛如此，[127]

我们小小的悲哀算什么？罢了，不谈个人琐事。

一〇七

无数的野草、墙花、常春藤和丝杉，

交织在一起，昔日的华屋被土山堆压，

拱门倾圮，圆柱的断片东抛西散，

屋顶塌下的厅室；一幅幅的壁画，

在阴湿的地穴中霉烂，在那底下，

罗马公所

枭鸟睁开眼,还道是在夜深时分。

这儿是庙宇,是温泉,还是巨厦?

谁也说不准;考古家研究结果说是古城。

看这皇家的山吧! 这便是帝皇下场的光景。

一〇八

从人类的所有故事可找出一个道理;

兴亡盛衰,无非是旧事的轮回和循环:

先是自由,接着是光荣,光荣消逝,

就出现财富、邪恶、腐败,终于野蛮。

而历史,固然它的典籍烟海般浩瀚,

其实只一页,此情此景即是极好的记录,

这儿,奢侈的暴君统治曾网罗收藏

凡是喉舌所要求,耳目心灵所贪图

的一切珍宝、一切快乐。再也不必评述,

一〇九

只须走近来,羡慕,欢腾,鄙视,大笑,

哭泣，因为此间有产生各种感情的根据；

人类呵！你像钟摆，在哭笑之间晃摇；

许多朝代和王国都拥挤在这个区域，

在这一座山上；它的湮没了的宫居，

是所有帝国堆成的金字塔的尖顶，

曾是金碧辉煌，达到豪华奢侈的极度，

使太阳的光芒也显得分外地光明！

而今安在，那黄金的屋顶，和胆敢建造它的人？

一一〇

即使西塞罗也没有你这么雄辩，

无名的圆柱，虽然已下陷了，你的基石！[128]

已变成什么了啊，恺撒头上的桂冠？

请将他住处的常春藤编成花冠见赐；

迎面出现的是谁的牌坊，谁的圆柱子，[129]

是提图斯的，还是图拉真的？呵，不对，

是"时间"的，无论胜利、牌坊、圆柱，总之，

都被时间轻蔑地变动；皇帝的骨灰，

被扔下来，使徒的石像爬上石柱，占了他的地位。

本来他的骨灰高高地睡在那上头，

埋葬在罗马的蓝天上，望着星辰；

那灵魂可做蓝天和星星的伴偶，[130]

他是统治罗马帝国世界的最后一人，

因为以后他的霸业再无人来继承，

只断送江山；他岂仅是个"亚历山大"，

他可没犯下酒后杀亲友的罪行，[131]

他恪守帝皇的道德，可说无瑕，

所以我们听到图拉真的名字，依然觉得可嘉。

那座胜利之丘——从前罗马欢迎[132]

她凯旋英雄们的小丘在哪里？

何处是塔尔比亚的崖石，那么险峻，[133]

那是叛国的竞赛最为适宜的标的？

叛徒们纵身一跃，为把一切野心根治。

恺撒的宫殿

征服者曾在这儿把战利品堆放？

下面是已寂无声息的千年党争之地，[134]

罗马公所，那儿似有不朽的喉音嘹亮，

雄辩的空气仿佛还随着西塞罗的声音在飘飏！

一一三

自由、党争、荣誉和流血的场地：

一个骄傲的民族在这儿发泄热情，

自从帝国萌芽的最初的时刻起，

直到再也不能扩展版图的年份；

然而自由之神的面目却早就被遮隐，

无政府的风气逐渐露出全貌；

以至于每一个无法无天的强横军人，

欺压着元老院里不敢作声的脓包，

或使更卑鄙的出卖灵魂者发出铜臭的呼叫。

一一四

让我一提她末一个保民官之名，[135]

从罗马的一万个暴君转而想到你，

几个可耻的黑暗世纪后的救星，

彼特拉克的朋友，意大利的希望所寄，

最后一个真正的罗马人！黎恩济！

如果自由之树的枯枝生出绿叶一瓣，

就让它当作一个花圈放在你的墓地；

你是公所的捍卫者，人民的长官，

你，再世的努马，唉！可惜你执政的时期太短。[136]

一一五

厄革里亚，某颗心创造的美丽幻影！

那颗心认为人世间没有一个归宿，

有你理想的胸怀可爱。不论过去现今，

你是什么，你总是幻想中的曙光神女，

痴心的失恋者神魂颠倒的根据；

或者，你是一位人间的美貌姑娘，

在人世得一不寻常的崇拜者，那恋慕，

可真深挚；不论你的出身究竟怎样，

你总是一个美的思想，温柔的想象塑造的形象。

一一六

你泉边的苔藓上还洒满着水珠,[137]
天堂的露水;过去了多少年光阴,
藏在洞府中的水泉面上没有纹路,
映出这儿的神灵眼光温柔的面影,
艺术品不再损害葱绿而天然的水滨;
但是也不应该禁闭那泉水冽冽,
在大理石壶中;从那破石像的脚跟,
泉水喷涌出来,它轻轻地一跳跃,
就流向四方,周围有着常春藤、花朵和野蕨;

一一七

这些植物奇妙地纠结着。绿的山岭
穿上早开的花朵织成的衣裳;草丛里,
眼睛尖尖的蜥蜴在沙沙作声;
夏天的鸟雀张着嘴儿鸣啭,欢迎你;
千百种的花朵,颜色好不艳丽,

厄革里亚泉

它们请你留神地举步;微风拂面,

五色缤纷的大伙儿舞蹈得多神奇;

天上微风吻着紫罗兰深蓝色的眼,

它们可爱的颜色仿佛是天空给它们渲染。

一一八

你曾在这儿居住,在这洞天福地,

厄革里亚! 你仙人的心也卜卜跳着,

当你尘世恋人的足音传到你耳里。

紫色的夜半用她星光灿烂的天幕,[138]

来覆盖着你们两个神秘的会晤,

同你的崇拜者并坐,是怎样的情景?

这个石窟的形成无疑是为了景慕

一位痴情的神女,它也是神圣的爱神

时常光临的地点——最古老的求取神谕的幽境![139]

一一九

你曾否把你的胸怀和他的贴紧,

让一颗仙人的心同凡人的心相结；

曾否唏嘘喘息，使你不朽的激情

结合人间的爱情，那是一产生立即凋谢？

你的法力能否使这种欢喜永不消灭，

而将天堂的纯洁注入尘世的欢笑，

不磨钝爱神的箭而除去箭头的毒液——[140]

那就是毁坏一切的麻木性的餍饱——

并且连根拔除那些会堵塞灵魂的致命的莠草？

一二〇

唉！我们少年时代的爱情白白消耗，

要不也只灌溉了沙漠；而在沙漠，

生长起来的只有密密麻麻的野草，

繁殖得极快的荆棘，外表给人以诱惑，

骨子里臭不可闻，还有那些花朵，

气味使人痛苦；一种树，含有毒浆；[141]

少年的热情在人世的荒漠上匆匆奔过，

在它的脚下，就只有这些植物生长，

虽然它徒然渴望仙果，但上帝哪许我们一尝。

一二一

爱情呵！你从来未曾在地上居住过——
虽不可见，我们仍信奉你这神道；
为信仰你而作的牺牲，是破碎的心窝，
但我们的肉眼过去既从没看到，
将来也永远看不见你的真貌；
心创造了你，就像它设想天上诸神，
光凭着它自己的愿望来臆料，
按照萦绕着破裂、憔悴灵魂的幻影，
让它自己的一个思想获得了这样的外形。

一二二

心灵为自己所幻想的美而得病，
热狂地创造虚假的形象：在哪里，
雕塑家的心灵抓住的这些神的外形？
在他自己脑中。大自然岂有这么美丽？
我们敢于在少年时代梦想、虚拟，

而成年后追求的那些美和德在何处？

何处是天堂？它使我们惆怅而不可接，

它的形象，岂是画笔所能够描摹，

诗人的韵语也一样，又怎能咏叹这个天国。

一二三

谁爱，谁就会发疯——少年的痴恋；

但痊愈后更痛苦：美的衣裳层层剥脱，

从我们的偶像身上；我们清楚看见，

除了我们心灵中理想的美和德，

世上并无这些；但爱仍将我们束缚，

凭着它厉害的魔咒；仍然驱使我们，

不断播种着风，而暴风却是我们的收获；[142]

执迷不悟的心，像术士开始炼金，

总像成功已在眼前，以为暴富时其实一无所成。

一二四

我们从青春时就凋谢，苟延残喘——

病不离身；得不到恩赐，不能解饥渴，

虽然最后，当我们到了死亡的边缘，

一个像我们最初寻求的幽灵来诱惑——

但太迟了——这样我们受了双重灾祸；

全都一样：名誉、野心、贪欲和爱情，

无不可恨到极点，无不虚妄而邪恶，

它们全是陨星而已，虽然有不同名称，

而死亡是它们的火焰熄灭时冒起的黑烟一阵。

一二五

少数人，或无人，真能找到他们的所爱；

纵使对方的许多和你冲尅的质素，

为机缘、盲目接触和爱的欲求所掩盖，

但不消多久，那些东西就会统统暴露。

懊悔莫及，造成了无可挽回的错误；

我们的环境，那冷酷的物质之神，

那错误的造物者，专把不幸来冶铸，

他用拐杖似的魔棍，造成未来的不幸；

魔杖一触，希望幻灭，变成人皆践踏过的凡尘。

一二六

我们的生命是伪自然的，它列不进

融洽的大自然，这是不幸的命数，

是一种洗刷不清的罪恶的污痕，

是一棵无限的毒树，摧残一切的树，[143]

它的根就是大地，它的枝叶犹如

把瘟疫像露水般降到人身的天空——

洒下疾病、死亡、羁绊，一切有形的疾苦，

更坏是落下无形的灾祸，在灵魂中，

在患不治之症的灵魂中作祟，引起无穷的伤痛。

一二七

但让我们大胆思索吧；如果放弃

思维的权利，就是可耻地抛掉理性；

思维是我们最后的、唯一的避难地，

而这处所，至少还属于我的心灵。

虽然从我们出生时起，这神圣的机能

就受到束缚和折磨,被监禁、局限,

只好在黑暗中发育,唯恐真理太光明、

太辉煌地照亮一张白纸似的心田;

但光辉还是透入,因为时间和学问终能治愈瞎眼。

一二八

重重叠叠的圆拱门! 就好比罗马[144]

搜集了她祖先的主要的战利品,

要把她所有的胜利建成一座大厦——

"可里西"就这样矗立着。而月光的照临,

像是天然的火炬,因为唯有圣洁的灯,

才适合这样的地方,才能用来照看

这发人深思的宝库;它仍然蕴藏无尽,

虽被探索了多少年。意大利的夜晚,

有着澄澈而透明的暮霭,那深邃的天空上渲染

一二九

美丽的色彩,像把天国的风光讲述:

角斗场

暮霭在这惊人的大建筑上飘浮，

朦胧地映出它光荣的影；无论何处，

凡是人世的东西因衰老而变成伛偻，

就显得有灵性；时光老人下过手，

而他的镰刀被折断之处，总有一种力，

一种神奇气息留在那残缺的墙头，

现今的宫殿和华屋要达到这境地，

却必须消磨掉辉煌的浮光，等到将来上了年纪。

一三〇

啊，时光，时光！你是死者的美容师，

废墟的装饰家；对心灵受伤的人们，

你是个安慰者，又是唯一的医士——

时光！你能把我们错误的论断纠正；

你是真理和爱情的试金石，是真的哲人，

别的都是诡辩家而已；你毫厘不爽，

虽有延宕而从不遗忘——啊，时光之神！

我求你偿付，我向你，复仇之神在上！

伸出双手，抬起眼睛，捧出我的心，求你赏光：

一三一

在这片废墟上(它在你的神力之下,

因荒凉而成为更加神圣的庙宇),

在厚重的祭品中,添上我的一份吧,

那是虽短而充满悲欢的年岁之废墟。

如果你,曾看到我踌躇满志地欢愉,

就别理我;但我一向平静地接受幸运,

而保持骄傲,来把我心头的怨恨抵御,

使自己不致被它淹没,绝望地把苦疼

埋藏在心底。他们能不哀伤,如果你对我开恩?

一三二

还有你,总是有恶必报,大公无私,

就在这里,古人崇奉你,礼拜不断,

不放松人类的过失的伟大的涅墨西斯!

你曾把复仇女神们唤出地狱深渊,

命她们折磨奥瑞斯特司,跟他纠缠,[145]

因为他报仇违反天理——如果不是母亲，

那种报复是完全正当。我在此祈愿，

在你昔日统治之地，请你显出圣形！

你没有听到我的心声吗？你会，而且必须苏醒！

一三三

并不是说我就不可能自己招惹灾殃，

由于我祖宗缺德，或者自己的错误

而流血；如果是正义的武器造成创伤，

那么就让它流血吧，用不着懊悔痛苦；

可是现在我的血却不会渗透进泥土；[146]

我把我的血奉献给你——你如有灵，

应施报复，而那仇訾是还需追索，

如果不是为了……（不必多加说明），

我当亲自找去；我虽然昏睡，但你却应该苏醒。

一三四

现在我这样来把冤苦之情倾吐，

并非我已受不住我所受的苦辛；

如果有谁看到我的面貌逐渐萎枯，

或者了解我心头使心脏衰弱的剧疼，

为我执言。然而我要使这一页备存。

我的这些字句绝不会在空中消散，

虽然我化为尘土；终有一天会来临，

仇恨会宣泄，这首诗的深沉预言实现，

那时我的咒诅就压在人们头上，像一座大山！

一三五

那咒诅将是宽恕。难道我就不曾——

皇天在上，后土在下，请你们明察！——

难道我就不曾搏斗，跟我的命运？

我没有受苦受难而又宽恕了别人吗？

难道我没有弄得心灵破碎，脑力消乏，

希望破灭，名誉扫地，生命的"生命"被骗走？

但我岂至因绝望而变成卑下，

因为我压根儿不是那样的骨头，

像我所看到的那些人，腐蚀到灵魂，无药可救。

一三六

从滔天大罪以至细小的弃义背信，

人类的种种伎俩，我还没有看透？

从汹涌而来的诽谤的狂吼声，

到鬼祟耳语，三三两两接耳交头，

还有无耻小人耍弄更阴险的一手，

他们含蓄的眼睛的雅努斯式的眼光，[147]

善于无声地撒谎，要人家当他们良友，

他们不用张口，只须叹气或耸耸肩膀，

让蒙在鼓里的傻子受到无声的诋诟和诽谤。

一三七

然而我生活过来了，也并不算空虚：

为了征服痛苦，也许我的心灵会衰落，

我的热血会冷却，我的躯体会死去，

但是在我的身内确乎有着一种素质，

能战胜磨难和时光，我死而它犹存活。

这是他们所不知道的非人世的东西，

像一张无声的琴留在记忆中的音乐，

将要沉到他们软化了的精神的深底，

打动冷酷的心为我的爱而伤悼，虽然后悔莫及。

一三八

诅咒完了。现在我欢迎你威严的力量！[148]

虽然无名，却有无限的威力，在这里，

在夜半的阴影之下，你正在逡巡来往，

令人深深敬畏，却与所谓恐怖者迥异；

你总是出没在藤萝掩映的废墟之地，

肃穆的景象因你而获得一种意念，

它浸透我们，因为是如此深沉清晰，

使我们溶化于过去，和这所在打成一片，

看到古往今来的一切，只是无人对我们察看。

一三九

这里曾经挤满兴奋而嘈杂的观众，

看着一个人被另一个人所杀死,[149]

发着慈悲的低语或是欢呼之声雷动,

为什么屠杀呢?究竟为了什么事?

因为血腥的剧场的良好规章如此,

也为了给帝皇解闷。有什么不可以?

总是给虫蚁果腹,随你到哪里去死;

死在战场上和死在角斗场上何异?

全一样,都无非是主要演员丧命的戏台而已。

一四〇

我看到一个角斗士倒在我的面前,[150]

他一手撑在地上——他熬住了痛苦,

显得视死如归,他那英勇的脸;

他垂着的头渐渐、渐渐地倒下去,

从他肋下腥红的大创口,缓缓溢出

最后的血液,重重地一滴滴往下掉,

像大雷雨最初时刻的大颗的雨珠;

然后整个角斗场像在他周围晃摇,

他死了,绝灭人性的喊声还在向得胜的家伙叫好。

临终的角斗士

一四一

他听到，然而他不理会；他的眼睛

随着他的心，而他的心已飞到远方。

他不惋惜输掉的奖赏，也不在乎性命，

只惦念多瑙河畔他粗陋的草房，

这时，他的小蛮子们该在那儿游荡，

达契亚妈妈也在；而他正是他们的慈父，[151]

今天供罗马人作乐，而在此遭殃，

这些情景随着他的血从他眼前涌过，

就含冤死去？起来吧！哥特人，宣泄你们的忿怒！

一四二

这儿，屠杀之神曾经喷吐血腥气；

这儿，喧哗的人群曾挤得水泄不通，

人声的吼叫或喃喃像山间的溪水，

像山洪的激流奔泻时盘旋和进涌；

这儿，罗马观众的咒骂或者赞颂，

万神殿

决定人的生死;把他人生命当儿戏。[152]

现在我的声音在此震响,暗淡的星空

照着荒凉的角斗场:残破的席位、败壁,

以及只有我的足音听来怪响亮的围廊寂寂。

一四三

废墟,但岂是寻常废墟!把它当原料,

城墙、宫殿、抵得人家半个城的街市,都能兴建;

你总感到迷惑,怎能说它遭了偷盗?

每当经过这巨大的骸骨旁边。

真遭了劫,还是只被扫掉一些碎片?

当你走近这庞然大物的建筑时,

唉!你这才看清,废墟摊开在你眼前,

它已受不住白昼炯炯地向它注视,

受尽时光和人类掠夺的东西都害怕光天化日。

一四四

但是当一轮上升的明月开始爬上

它最高一层的圆拱，温文地停留；

当繁星从时间的隙缝中闪射光芒，

低低的晚风把那藤萝的花丛吹皱，

藤萝的花丛覆盖在灰色的墙头，

像覆盖在恺撒大帝秃头上的月桂；

当纯洁而不辉煌的光投射在四周；

想象死者吧，在这神奇的圆形建筑内，

英雄们踏过这地面，而你们呀踏着他们的骨灰。

一四五

"只要'可里西'存在，罗马也存在；

'可里西'倾圮，随着灭亡的将是罗马，

世界末日也就来临。"在撒克逊时代[153]

（我们常称为古时），从我们的老家，

来了许多朝拜者，他们对这座大厦，

说了这些话；而这三件人类的宝贝，

还依然存在，而且三者都不起变化；

罗马和她这废墟通过了赎罪的忏悔，

世界还是个大贼窝（随你怎么说），里边有的是盗匪。

一四六

朴素、英挺、严肃、雄壮而又华丽，

从约夫到耶稣，所有神明的庙堂，[154]

所有圣人的祭坛——时光保佑了你；

你泰然自若地独存，而王国、凯旋坊

以及你周围的一切都衰朽或死亡，

人们穿过荆棘进入坟墓。你光荣的庙！

是应该永生的！不论是暴君的刀枪，

或时光的镰刀都不敢碰你，你是宗教

和艺术的祭坛和家——万神殿呵！罗马的骄傲！

一四七

更高贵的时代、最高贵的艺术的遗迹！

虽遭掠夺而仍完好，一种神圣气氛，

通过圆形结构，传播到每一颗心里；

你是艺术上的楷模：对于有些人，

因为好古而来访罗马，光荣之女神

从你唯一的天窗透露她的灵光;[155]

这里有神坛,让善男信女祈求神明;

景慕天才者,也可以到这庙来瞻仰

天才们的遗容;满目皆是他们的一座座半身雕像。

一四八

有一个地牢,光线是幽暗而阴沉;[156]

教我看什么? 什么也没有。再看看清楚!

影子两个,那是脑海里的幻想所产生,

两个人影慢慢地映进我的眼幕——

又不像是幻影;我看得一点不模糊:

一位老翁;一个女人,年轻而美丽,

壮健得像哺乳的母亲;血液像甘露,

流在她血管中;但她做什么,在那里,

这样光着颈项,露出雪白的胸脯,不加以遮蔽?

一四九

在幼小生命依赖的纯洁深湛的泉边,

把脸贴在一颗心上，又从那颗心，

我们吸取第一次养料，最为甘甜；

一位年轻的妻子幸福地做了母亲，

她爱看那无邪的小脸，甚至爱听

那忍不住一点痛苦的、急躁的小嘴

哇哇啼哭，她感到男人不理解的欢欣，

她看到她的花朵儿在摇篮里盛开——

果实是什么？我不知道；但该隐是夏娃的小孩。[157]

一五〇

但是在这里，却是年轻的喂养老者：

他吮吸着奶汁，从自己的骨肉身上；

女儿在报答父亲赐予生命的恩泽，

偿还血肉的债；不，他不会死亡。

因为有着大自然的尼罗河般的力量，

那健康和圣洁的感情的深深潜流，

在她温暖而可爱的血管里高涨，

比埃及的河还高涨；靠着温软的胸口，

吸吧，吸吧！天上也没有这样的河，活吧！老头！

一五一

那关于银河的天上星星的传说,[158]

也不能同你们纯洁的故事相比;

你们的故事像一个更可爱的星座;

神圣的大自然因此获得更大的胜利,

较诸在那闪烁的遥远世界的天际,

虽然违反她的成规。啊,神圣的乳母!

那清澈的浆液不会白白流掉一滴,

都会流回你爸爸的心,补足它的源头,

使它充满生机,正如我们死后的灵魂重返宇宙。

一五二

看哈德良建造的高高的"莫尔"吧,[159]

他是爱模仿古埃及大建筑的帝皇,

奇形怪状的庞大建筑物的仿造家,

他看了遥远的尼罗河滨的榜样,[160]

于是异想天开,教艺术家和工匠,

建造其大无比的东西,盖了这座巨宫,

作为存放他的枯骨残骸的地方。

如今的游客都露出大有深意的笑容,

来观赏如此荒唐的念头所促成的一个巨冢!

一五三

但是,瞧那庙堂,宏大惊人的庙堂,[161]

狄安娜的奇迹变成小屋,与它相比;[162]

基督的大祭坛,造在殉教的圣徒墓上!

我曾见过以弗所人创造的奇迹——

那些圆柱一根根抛散在荒野地,

在它们下面,是鬣狗和胡狼的巢;

我也曾见过索非亚的庙宇,好不瑰丽,[163]

金屋顶在日光下闪烁,也曾进去看到

它的神殿,正好强占着它的伊斯兰教徒在做祷告。

一五四

但是,旧的庙宇或新的教堂虽多,

圣彼得教堂

你出众地矗立，没有东西可以比拟——

你和神圣而真实的上帝最相称不过。

自从锡安山遭了浩劫，全能的上帝[164]

离弃了他的故城以来，除了你，

世人堆筑的楼厦——为了崇拜他的圣威，

哪一座有这么堂皇？庄严、光荣、美丽，

雄壮、伟大、坚实，这一切是十全十美，

谐和地聚集在这一座万古不朽的礼拜堂之内。

一五五

走进去：宏伟的气象毫不使你害怕；

为什么？宏伟的气象并不稍减，

而是你的心被这儿的圣灵所扩大，

也变得宏伟了，而且你一定会发现，

这是珍藏你永生希望的最适宜地点；

同样地，你终会遇到那样的时光，

如果当之不愧，你也能在上帝面前，

镇定地站着，心里丝毫也不惊慌，

正如你现在自若地面对着这礼拜他的神圣庙堂。

一五六

你行动,但越进去就越觉得惊异,
仿佛爬一座高山,它越来越显得雄峻,
你被那伟大而美丽的气概所迷;
它越来越宏大,但也越来越均匀——
博大之中包含着音乐的谐和匀称;
富丽的大理石雕饰和更富丽的画幅;
神龛里燃着黄金灯盏;轩昂的圆屋顶
与地上各大建筑争雄,虽然它们的基础
是坚实的土地,它的确应说是天上的缥缈云雾。

一五七

你看不到全貌;必须细细地欣赏,
必须分成片断,把那伟大的整体;
正如大海有着许多港湾那样,
港湾才引起你的细看,按同样道理,
你要集中精神把各部分看个仔细,

并须控制你的思想，直到你的脑海

感受到这宏大整体的雄伟比例；

　　不能一下子感受无遗，那堂皇的姿态，

原来是强有力而缓慢地在你眼前逐步展开。

一五八

　　这不能怪它，却怨你自己。人的感官

只会慢慢地彻悟、领会，这正如

我们头脑里的最强烈的感情要为难

我们软弱的表情；就因为这些缘故，

这座光辉夺目、气概迫人的华屋，

刁难我们愚钝的眼睛；最伟大的大厦，

先要把天生渺小的我们加以侮辱，

直到我们的精神终于随着它扩大，

扩大到与我们所观瞻的宏大规模不相上下。

一五九

　　然后止步，让你的心灵蒙上光辉；

拉奥孔和他的儿子们

这样的观光实在要胜过先是惊异，

然后露出满足的眼光，也胜过叩头下跪，

被庄严的气象逼出仓皇失措的神气；

也胜过仅仅赞美艺术品和制作者的魄力，

他们超越了前人的技艺和思想。

华丽庄严的源泉已经是清澈见底，

人类的心灵呵，你们可以从这庙堂，

取得金沙，而且懂得伟大天才们的力量。

一六〇

或者，你转身去到梵蒂冈的宝库，

观赏观赏那崇高地受难的拉奥孔，[165]

表现着一种超人的忍痛的功夫，

也是一个父亲的爱和一个凡人的苦痛；

他的斗争已经绝望，已是徒劳无功；

蟒蛇猛烈地绞缠他们，而且越勒越紧，

尽管老人使尽他的腕力，也不中用，

长长的毒链束缚住他们父子三人，

他们被它折磨得痛上加痛，勒得喘息、气闷。

一六一

或者去看那个弓箭百发百中的神祇,[166]

他所象征的就是生命、诗歌和光,

他就是太阳的化身,神态扬扬得意,

因为这时候他恰好打了一次胜仗;

箭矢刚才脱弦——在那箭镞上,

染着神的仇恨;漂亮地蔑视敌人,

和那威风凛凛的神气,仿佛电光,

迅速地掠过他的鼻孔,他的眼睛,

而这一瞥的气概,就完全透露了他的神性。

一六二

但他优雅的模样——一个爱情的梦想,

不知产自哪一个孤独少女的头脑,

她梦想一个天上神仙做她情郎,

而且终于被那幻影弄得神魂颠倒——

表现了凡是理想的美所能赐予的最崇高、

最出世的心灵的一切;在那样的心灵,

每个念头都是不朽的灵感,都美妙,

像天上降临的嘉客,像一颗颗星,

悬在他周围,集中起来,就成了一个神的外形!

一六三

如果真是普罗米修斯从天上偷取[167]

火种给我们受用,他已得到了报偿,

从那个接受了这种力量的人那里;[168]

这力量给这座诗情洋溢的石像披上

一层不朽的光荣——即使说这座石像

是人手做的,却非人的思想的产物;

时光将它圣洁化,不让它受丝毫损伤;

它也并没有显露出苍老的面目,

当年用来创造它的那种火焰还在燃烧如故。

一六四

但是我的诗歌中的旅人在何处,

阿波罗

那个使这诗篇延续到如今的人？

我想他姗姗来迟了，欲行又踟蹰。

他已化为乌有，这些仅是他的余音；

他的浪游结束，他的印象迅速消隐，

他自己也随之逝去：如果他并非

一个幻影，而且也能算作一个生存

和受苦的形体，那也不必追究是谁；

他的背影渐渐沉入那死灭了的一大堆。

一六五

在那里，影子、实体、生命和父祖

遗传的一切都被裹在死神的尸衣下面，

还有那幽暗而无边的死的帷幕，

使被遮盖的一切变成幽灵；阴云一片，

降在我们与一切曾发光的东西之间，

直到那光荣的本体也变得朦胧依稀，[169]

像一个可怜的光圈，在黑暗的边缘，

摇摇欲坠；它的光芒比最暗的夜里，

还要凄惨得多，因为它把我们的目光转移，

一六六

而诱使我们去探看那死的深渊，

猜测我们将成为什么，当我们的身躯

消殒而变得比这可怜的躯壳更虚幻；

它也使我们去梦想自己的名誉，

企图把空洞的名声上所沾的污垢拭去，

这空洞的名声我们永不再听见；永不，

啊，这倒好！我们永不回返这寰宇：

一次实在也已经足够了，我们担负

这些心灵的沉重包裹，而血液是心灵的汗珠。

一六七

听哪！从那深渊里传来一阵声音，[170]

是一种低沉而拖长的悲声远远，

像一个国家流血时发出的呻吟，

当它受了深重的创伤，不可避免；

破残的大地在暴风雨和黑暗中裂陷；

深渊里挤满了鬼魂，但为首的一位，

　气度雍容，虽然她头上不戴冠冕，

　苍白而美丽，脸上露出母亲的伤悲，

她抱着婴儿，但她的胸脯不能使他得到安慰。

一六八

　你到哪儿去了，首领和帝皇的后裔？

　你死了？ 许多国家把你当作希望。

　为什么残忍的坟墓不肯忘掉你，

　另找不这么高贵和受爱戴的人埋葬？

　你做了片刻的母亲，在那悲惨的晚上，

　你的心灵为你的男孩流血未停，

　但临盆的苦痛终于永解，因为死神下降；

　帝国的岛屿眼前的快乐和在望的欢欣

（期待得多么热烈），随着你的逝去而变成泡影。

一六九

　农妇都平安地分娩。怎么会呢，你，

如此幸福、受崇拜的你，竟因此死亡！

不为帝皇的薨逝流泪者将为你饮泣，

自由之神的心变得沉重而凄怆，

她将忘掉一切苦恼而只为你悲伤；

因为她曾为你不休地祈祷，从你头顶，

她看到她的彩虹。而你，孤苦的君王，[171]

不幸成了鳏夫——你的婚姻像梦影！

仅仅做了一年的夫婿！却成了死婴的父亲！

一七〇

你结婚时的礼服是麻布的丧衣，

你婚礼席上的鲜果仿佛是些灰土；[172]

岛国的秀发女儿已埋入泥土里，

万民所爱的人！我们曾经寄托

希望于她，多热诚！我们总是忖度，

虽然自己有一天终要回返到阴间，

但我们的子孙将服从她的孩儿，并祝福

她和她那被企盼的后裔前途无限，

将如繁星似的兴旺：然而谁知竟像陨星一闪。[173]

一七一

不幸的是我们，不是她；她已安息。
舆论的反复无常，空洞虚伪的规谏；
虚假的谶语，从皇朝诞生之日起，
就敲起命运的丧钟，传到帝皇耳畔，
直到忿激的国民如醉如狂，拿起刀剑；
还有那奇异的命运，它能够摧毁[174]
最强的皇朝，放一个砝码在天平一边，
对付帝皇盲目自信的至上权威，
而这个砝码迟早会让皇权跌得粉碎；——

一七二

凡此种种，她也可能难以躲避；
但是，不，我们不愿这样；她秀丽、年轻，
善良而不靠修养，伟大而未曾树敌；
然而新娘和母亲的她竟罹此不幸！
那严酷的时刻刺痛了多少人的心！

内米湖

心和心之间连着一条失望的电线，

从你的父王到他的最谦恭的臣民；

它苦恼着整个国境，地震似的摇撼；

在这一片土地上，人人都爱你，爱到极点。

一七三

看，内米湖！镶嵌在林木繁茂的群山中央，[175]

你藏得这么深，那力大无穷的飓风，

虽能把橡树连根拔起，吹刮海洋，

把海水溅泼到四岸，而且能够鼓动

巨浪拍天，但它无可奈何，不能嬉弄

你玻璃似的湖水的椭圆形明镜；——

平静得像仇恨深深地埋在心胸中，

露出冷冰冰不可动摇的坚决表情，

又像一条睡着的蛇，把自己盘成一个圆形。

一七四

几乎同你毗连的阿尔巴诺的湖波，

在相似的山谷里闪光；遥远而依稀，

台伯河蜿蜒着，浩瀚的海洋在洗濯

拉丁海岸，史诗中的战争发生之地，[176]

"武器和英雄"，英雄的星重新升起，

照耀一个帝国；但在你右方下边，

是杜利离罗马后的住处；还有那里，

屏风似的一带山岳遮断我们的视线，

曾是使那疲惫的诗人得到安慰的萨班农田。[177]

一七五

但我忘了：那位朝圣者早已抵达神庙，[178]

我和他必须分手——那就只好离分；

他的和我的任务都快要完成了；

然而，让我们俩再一次共赏海景；

地中海的面貌已映入我和他的眼睛，

现在我俩看到——从阿尔巴诺的山巅——

我们少年时代的朋友：那海水千顷，

上次我俩在直布罗陀岸边和它会面，

跟随着它的波浪，直到看见黑海之水泼溅

一七六

蓝色的辛普勒加第双岛。许多年头，[179]

虽然并不能算十分长久，已经烟消，

我俩都有变化；几滴眼泪、某种哀愁，

却使我们这些年来很少有所提高，

但我们在人世的跋涉倒还非徒劳；

我们也获得了报偿，这报偿就是：

我们还能在日光之下欣喜欢笑，

从大地和沧海收获美妙的果实，

美妙就如不受人打扰的大自然的丰姿。

一七七

啊，我愿一片沙漠成为我的家园，

我要把全人类忘记得干干净净，

只需一个美的灵魂来做我的侣伴，

而且，对谁也不怀恨，却只爱她一人！

大自然呵，你怂恿人超越凡尘，

阿尔巴诺湖

令我感到精神飞扬,不知你愿否

让我欣幸地遇到这样一个灵魂?

这样的灵魂也许是哪儿都有,

只是无缘相识,难道我的想法全不对头?

一七八

在不见道路的森林中别有情趣,

在寂寞的海岸自有一番销魂的欢欣,

在大海之滨,有一种世外的境遇,

无人来打扰,海啸中有音乐之声。

我爱世人不算泛泛,但我爱自然更深,

经过这些谈心;和自然谈心之际,

就避开我今昔的一切,不论幸与不幸,

而和宇宙打成一片,并且心头掀起

我永远不能表达而又无法全部隐匿的情意。

一七九

奔腾吧,你深不可测的深蓝色的海洋!

千万艘船舰在你身上驰驱,痕迹不留;

人用废墟点缀了大地——他的力量,

施展到海岸为止;在水的旷原上头,

那些残骸都是你的作为,这儿没有

遭人破坏的丝毫痕迹,除了他自己,

他呀,往往像一滴雨水,一下子就

沉入你的深处,只几个苦痛的气泡浮起,

没有坟墓,不打丧钟,不用棺材,也没人知悉。

一八〇

你的道路上没有他的足迹,啊,大海,

你的原野也不是他能制驭,——而你,

只消把肩背一耸,就能将他摔开;

你完全蔑视他那摧残大地的恶势力;

你只一下就把他从你的胸膛抛上天际,

他在你戏谑性的浪花里发抖和呼喊;

你逼得他向他的神明祈祷,以为万一,

可怜的希望能侥幸实现:漂向就近港湾;

而你又把他扔回到地上:——让他躺在那边。

一八一

海军的大炮,像霹雳似的在猛轰

岩石筑成的城墙,使得百姓慌张,

帝皇在他们的京城里抖颤惊恐;

海怪似的橡木巨舰,那肋材庞大异常,

它们的那些泥塑的制造者多狂妄,[180]

自称战争之主、海洋之王,妄自尊大;

但这些都是你的玩具,跟雪片一样,

免不了溶化在你滚滚的浪涛之下,

你能倾覆特拉法尔加的战利品或威风的阿马达。[181]

一八二

你岸上帝国兴亡,只有你容颜不改;

而今安在:亚述,希腊,罗马,迦太基?

当它们自由时,你的浪潮冲给它们权威,[182]

接着送去许多暴君;它们的土地

归属了外人、奴隶或蛮夷;它们衰微,

哈克诺尔教堂

使疆土枯干成沙漠。而你却永不变更，

　除了你狂放不羁的波涛变幻不已；

　时间不能在你苍翠的颜面划下皱纹；

依然同开天辟地的时刻一样，你还是汹涌奔腾。

一八三

　你是辉煌宝鉴；全能的上帝的威容，

　赫然呈现于镜面，当狂风暴雨交作，

　或在任何时候：不管你安静或激动——

　在烈风中，在暴雨下，被微风吹着，

　在北极结成冰，或者掀动黑黝黝的波，

　在热带。你无穷无尽，无边无际，

　而且庄严。你是"永恒"的肖像，神的宝座。

　你的底里产生蛟龙，万国九洲服从你；

你永远令人敬畏，你孤独，而且渊深无底。

一八四

　我一直爱你，大海！在少年时期，

像你的浪花似的,依靠住你的胸膛,

由你推送前进,就是我爱好的游戏。

从童年起,我就爱玩你的波浪——

我喜欢它们;如说汹涌不止的海洋

显得多么可怕,也可怕得令人高兴,

因为我,打个譬喻,就是你的儿郎,

完全信赖你的波涛,不论远或近,

敢于抚摸你的鬃毛,就好像我现在这种光景。

一八五

我的工作完成了,我的吟唱已停,

我的主题消失,只剩下回声盘旋,

现在确乎应该打断这冗长的梦境,

那引火棍既已燃亮了我夜半的灯盏,

也该吹灭——而写了的也毋须改变。

要是写得更有意义些多好!然而我,

已非故我——幻影憧憧,在我眼前,

更加缥缈地疾飞,我心灵里的火,

已经在摇摇晃晃了,已经变得幽暗而微弱。

一八六

再会吧！已经说了，这必须说一声；

说时不免使人产生依依的感觉；

读者诸君啊！你们伴随着那个旅人，

到了终点；如果你们记忆里或多或少

留下些他的思想，要是你们能常葆

一点回忆，那么他脚上穿着草履，

帽上挂着海扇壳，长途跋涉，不算徒劳；[183]

再会吧！如有劳累，劳累随着他去，

然而他的这篇诗歌中的含意，却愿你们记取！

注解

[1] 叹息桥（"Bridge of Sighs"）：沟通威尼斯总督府和国家监狱的一条短廊，因其下有小河，故称为"桥"。当时囚犯经此桥受审，受审后再经此桥回狱。死囚亦经此桥送监狱处死，"叹息"之名由是产生。

[2] 千年岁月：威尼斯共和国建立于九世纪，全盛期在十五世纪，当时有许多殖民地，即下文所说的"多少个藩邦"。

440

[3] 插翅雄狮：在圣马可广场上一条圆柱的顶上，是威尼斯的国徽。

[4] 一百个海岛：威尼斯是建筑在一百一十七个小岛上的城市。威尼斯多大理石建造的楼厦。

[5] 大神母：文艺复兴时期的意大利作家萨贝里库斯，最早用这个形象来形容威尼斯。所谓"大神母"即所有神仙之母。

[6] 城冠：是古罗马奖赏给首先登上敌方城墙树立旗帜者的一种象征光荣的冠冕，作城垛状。但此处主要用来象征威尼斯是一个城市。

[7] 托尔夸托·塔索（Torquato Tasso，1544-1595）：意大利大诗人。"歌"是指他的《解放了的耶路撒冷》（*Jerusalem Delivered*）一诗中的一节，在威尼斯失去独立以前，船夫们都爱唱这个歌。

[8] 失了总督的城：意即不再独立的、失去自由的。威尼斯的总督府于 1797 年被撤销。

[9] 丽都桥（Rialto）：横贯威尼斯大运河的著名桥梁，也是威尼斯名胜之一。

[10] 夏洛克，是莎士比亚《威尼斯商人》一剧中的人物；摩尔人即莎士比亚《奥赛罗》一剧的主人公，是一个黑人；比埃尔

(Pierre),是英国剧作家奥特维(Thomas Otway, 1652–1685)的悲剧《得救的威尼斯》(*Venice Preserved, Or, a Plot Discovered*)中的人物。这些都是与威尼斯有关的文学作品中的著名形象。

[11] 心灵上的人物:指上节所说的文学作品中的一些典型人物。

[12] 斯巴达人的墓志:其实不是"墓志",这是斯巴达勇士勃拉西达斯(Brasidas)死后,他母亲回答人家的赞语时说的话。

[13] 守寡的亚得里亚海……:指昔日威尼斯总督每年举行的一种仪式。每年耶稣升天节,威尼斯总督乘船和亚得里亚海举行一次"婚礼",他从船上将一个指环投入海心。这种仪式主要是表示威尼斯在海上的无上权威。总督被废后,这种仪式不再举行,故有"守寡的亚得里亚海……"这种譬喻。至于"人头牛身"则是举行仪式时总督乘坐的那艘大船船头的标记。

[14] 圣马可(St. Mark):是威尼斯的佑护神。"雄狮"见本章注3。这个铜狮曾被拿破仑运往巴黎,但后来归还原处了。

[15] 一个皇帝:1177年时,腓特烈·巴巴洛萨皇(即神圣

罗马帝国皇帝腓特烈一世〔Friedrich I, 1122 – 1190〕）在圣马可教堂广场上向教皇亚历山大三世（即罗兰多·班迪内利〔Rolando Bamdinelli, 1105 – 1181〕）表示臣服，这是中世纪教皇和皇权长期斗争中的一个重大事件。诗人在这里用求婚来象征巴巴洛萨皇的屈服。

[16] 帅比亚王（Suabian；Swabian）：巴巴洛萨属于帅比亚家族（又译士瓦本、施瓦本、斯瓦比亚），帅比亚家属是德意志伍登堡的统治者，领地包括巴登和巴伐利亚的一部分。威尼斯从 1797 年以后就受奥地利统治，1805 年时一度被拿破仑统治，1814 年后又归属奥地利。到 1866 年才交还意大利。

[17] 盲目的丹多罗（blind old Dandolo）：他于 1192 年当选为威尼斯总督，当时他已八十五岁。九十七岁时，他带领威尼斯军队远征君士坦丁堡。

[18] 他的四匹铜马，现在圣马可教堂大门顶上，是丹多罗于 1204 年从君士坦丁堡夺来的。

[19] 传说在 1379 年 8 月威尼斯被热那亚军所困，威尼斯求和，唯一的条件是让她独立，热那亚军首领彼得·多里亚（Peter Doria）回答："你们要和平，除非等我们把缰索套上你们圣马可教堂门前的铜马上，使它们就

范。"后来威尼斯转败为胜，解除了威胁。

[20] 泰尔城的别名是"古代的威尼斯"。

[21] "雄狮旗的树立者"：威尼斯人有潘塔罗尼（Pantaloni）的绰号。作者以为即"Planter of Lion"（雄狮旗树立者）的意思，因为雄狮是威尼斯的徽号。但许多注家认为不确，因为"Pantaloni"一字的来源是"Pantaleone"，那是一个普通的"教名"，北意大利人多崇奉"St. Pantaleone"神，故给孩子取名常用此字。由于威尼斯人多用这个名字，故外国人把他们统叫作"Pantaloni"了。

[22] 坎地亚（Candia）：是克里特岸边的一个岛，威尼斯人在这个岛上守了二十四年，最后终被土耳其人攻陷。希腊人围攻特洛伊十年，终于攻破。

[23] 勒班陀之战（Lepanto's fight）：1571年威尼斯、西班牙等国海军击溃土耳其于此处。

[24] 外国人：指奥地利军人。

[25] 被困在叙拉古（Syracuse）：这是伯罗奔尼撒战争中的事。据普鲁塔克（Plutarchus）所著的《尼西亚斯传》（*Nicias*）的记载，有些雅典军俘虏因能背诵攸里匹迪斯的作品而受到胜利者的优待。

[26] 如果你没有更充分的理由……：所谓"更充分"者，是

与上节中雅典俘虏背诵攸里匹迪斯的诗而获得自由作比照而言。以下数行即有进一步的说明。

[27] 海上的城头：即军舰。

[28] 奥特维的《得救的威尼斯》，安·拉德克利夫（Ann Radcliffe，1764-1823）的《奥多芙的神秘》(*The Mystery of Udolpho*)，席勒的《见鬼者》，莎士比亚的《威尼斯商人》《奥赛罗》，均以威尼斯作为背景。

[29] "丹"枞（Tanne）：阿尔卑斯山特有的一种高山植物，能在泥土很少的岩石上生长。作者用德文名称，中译"丹"是音译。德文意义即为枞树。

[30] 芦苇：指希望。

[31] 本句意为："我们所爱的人或所爱惜的事物是极少的，正因其少，对我们就越加可贵，等我们失去了这些时，也便感到损失是太多了。"

[32] 弗里乌利山脉（Friuli's mountains）：即约里安·阿尔卑斯山脉，作者正在威尼斯对岸的陆地上，在班塔河之滨，观看夕照。

[33] 拉新山：比弗里乌利山脉更高的山脉，属于蒂罗尔山脉（Tirol）。

[34] 亚桂（Arquà）：费拉拉（Ferrara）和巴多亚之间的一个

小山村,有意大利诗人彼特拉克(Francesco Petrarca,1304-1374)之墓。下文洛拉的爱人:即彼特拉克。

[35] 与他的爱人同名的树木:洛拉(Laura)与意大利语桂树(lauro)声音近似。

[36] 作者在这一节中又否定了孤独的处境,他说道:"魔鬼用荒野来引诱我们的救主。约翰·洛克则认为与其完全孤独,不如有一个孩子在身边。"

[37] 参看《旧约·约珥书》第二章第三一节:"日头要变为黑暗,月亮要变为血。"

[38] 诗人到了费拉拉,这个城市曾是文艺复兴时期的文化中心。它的街市是以两条很宽阔的道路交叉的十字口为中心而向四周对称地扩展的。

[39] 艾斯特家(Este):费拉拉城的著名豪门,从十世纪到十六世纪一直有权势。这个家属爱结交一些文人借以冒充风雅,也是塔索的"保护人"。

[40] 费拉拉的公爵阿方索二世(Alfonso Ⅱ)本来是塔索的"保护人",后来他把塔索关在圣安娜医院的疯人院里,硬把他当作疯子。其实是因为塔索在政治上进步。上面所说的"牢房",次行所说的"牢笼",均指塔索被软禁在疯人院时所住的一间斗室。

[41] 你的姓名：指阿方索而言；下一节的"他呢"，指塔索。

[42] 布瓦洛（Nicolas Boileau Despreaux，1636-1711）：法国
批评家，曾讥嘲公众对塔索诗的赞赏。

[43] 克罗斯加学院（Cruscan）：1582 年建立在佛罗伦萨，该学
院责难塔索的《解放了的耶路撒冷》一诗。

[44] 托斯卡纳巨匠：指但丁。下文"佛罗伦萨人"也指但
丁而言。

[45] 南欧的司各特：阿里奥斯托。下文"北方国家的阿里
奥斯托"即英国的司各特。

[46] 避雷之树：传说月桂树能避雷。

[47] 作者说，第四二、四三两节是他意译意大利诗人菲利
卡雅（Filicaia）的著名十四行诗。

[48] 罗马的超人：指西塞罗（Marcus Tullis Cicero，公元前
106 -前 43）。朋友，指罗马人塞维乌斯·萨尔比西乌
斯。西塞罗的女儿夭亡时，萨尔比西乌斯写信去慰
问，略称："从亚洲归国途中，船从爱琴那驶向迈加拉
时，我开始眺望周围的许多城邦的远景：埃伊纳在后
边，迈加拉在我面前；比雷埃夫斯在右，科林斯在左：
所有这些城市，过去都极闻名而繁盛，现在变为废墟
了。看了这种光景，我马上产生了一些感慨，唉唉！

当我们的任何一个朋友病死或被杀时,我们这些可怜的人是多么难受和痛苦呀,而现在在我面前的却是这么许多崇高的城市的尸骸。"

[49] 迈加拉(Megara),城名,在雅典之北,埃伊纳(Aegina)在雅典之南,比雷埃夫斯(Piraeus)、科林斯(Corinth)均为雅典附近地名。

[50] 他的祖国:萨尔比西乌斯的祖国,即古罗马。

[51] 指引着我们:注家认为这是指罗马法。

[52] 弑亲的罪:指许多国家瓜分了意大利。

[53] 艾特鲁里亚的雅典:即佛罗伦萨城,在阿尔诺(Arno)河畔。佛罗伦萨是托斯卡纳的首府,托斯卡纳旧名艾特鲁里亚(Etrurian)。佛罗伦萨是一个著名的艺术中心,可与古希腊的雅典媲美,故称作"艾特鲁里亚的雅典"。"更柔和的风度",指与雅典相比而言。

[54] 被埋葬了的学术复活,指文艺复兴。

[55] 一个石雕的女神:在佛罗伦萨的最大艺术馆乌菲齐(Galleria degli Uffizi)的大厅中有一座叫作"美第奇的维纳斯"的石像。维纳斯,即美的女神。

[56] 芬芳香味,希腊罗马的神据说都是以香草为粮食的。

[57] 牧人的褒奖:据希腊神话,三位女神希拉(Hera,又译

赫拉)、雅典娜、阿弗罗狄忒比美,由特洛伊的牧神帕里斯裁判,结果阿弗罗狄忒被评为最美,得到帕里斯的奖赏,一只金苹果。

[58] 安基塞斯是阿弗罗狄忒的情人,他们生了一个儿子,名叫伊涅斯(Aeneas,又译埃涅阿斯)。

[59] 战神:据传说,也是阿弗罗狄忒的情人。

[60] 圣塔·克罗采寺庙(Santa Croce):又译为圣克罗齐或圣十字教堂,佛罗伦萨的大教堂,许多著名人物葬在里面。

[61] 米盖朗基罗(Michelangelo Buonarroti, 1475-1564):也译为米开朗琪罗,著名意大利雕塑家、建筑家、画家、诗人。

[62] 伽利略(Galileo di Vicenzo Bonaulti de Galilei, 1564-1642):著名意大利天文学家,因主张地动说遭教会迫害,"他的苦辛"即指此。

[63] 马基雅维利(Niccolò Machiavelli, 1469-1527):著名意大利政论家、史学家。

[64] 四大元素:即火、风、土、水。古代人以为一切物体由这几种元素化成。

[65] 三、四两行的意思是借恺撒大帝被刺时刀痕累累的形象来说明意大利所受的苦难。

[66] 卡诺瓦（Antonio Canova, 1757-1822）：意大利著名雕塑家。

[67] 散文诗翁：指薄伽丘（Giovanni Boccaccio, 1313-1375），《十日谈》的作者。一百个爱情故事，即《十日谈》，该书以讲故事的形式写成，每天讲十个故事，十日刚好是一百个故事。

[68] 这是说这三位巨人都是出生在佛罗伦萨的。

[69] 大西庇阿（Scipio，公元前234-前183）：罗马名将，晚年退隐利特尔卢姆，死后葬在该地海滨。他临死时的遗嘱不许人们把他的遗骨送回罗马，而要求葬在利特尔卢姆。据某些史家说，他的墓志上的话是："忘恩负义的国家，你们得不到我的遗骨。"

[70] 佛罗伦萨当时有白党（Bianchi）和黑党（Neri）之争。但丁是白党，被选为六执行委员之一，后遭放逐。

[71] 彼特拉克是在罗马获得桂冠的。

[72] 遭翻挖：彼特拉克的坟墓曾于1630年被挖。有人怀疑他的坟墓中现在已无尸骨。

[73] 薄伽丘原来葬在他的生地契塔尔多的教堂里，后当地宗教当局勒令把他的坟墓迁走。

[74] 恺撒的行列：指布鲁图（Brutus）之妹、喀西约之妻出

殡时的行列。然而她的丈夫和哥哥的胸像却不准参加行列（这本是一种惯例），因为他俩是谋刺恺撒的。塔西佗（Tacitus）说，他们的像虽被禁止出现，但人们却更加觉得他们光荣了。

[75] 但丁葬在拉韦纳（Ravenna）。在野蛮人入侵时代，拉韦纳是意大利各国的堡垒。

[76] 佛罗伦萨人一再要求把但丁遗体运回，但拉韦纳人坚持不肯。后在1829年为但丁在圣塔·克罗采寺庙造了一座"空墓"。但这已是拜伦死后的事了。

[77] 她的：指佛罗伦萨的。这儿说的是佛罗伦萨的圣劳伦索教堂（Basilica di San Lorenzo，又译圣洛伦佐教堂）中的美第奇家族的墓地。拜伦在他给摩莱的信中说："我也去看了美第奇教堂，大块大块的各种珍贵的石料铺砌得漂亮而又俗不可耐，来纪念五十具腐朽且被遗忘了的尸体。"

[78] 阿尔诺河畔的最高贵的艺术宫：指佛罗伦萨的艺术馆。

[79] 特拉西梅诺湖（Lago Trasimeno）：即今之佩鲁贾湖（Lago de Perugia），在佛罗伦萨之东南方。公元前218年，第二次奔尼克战争中，迦太基将领汉尼拔在这里大败罗马军，

原因是罗马将领弗拉米乌斯(Flaminius)行事轻率,中了汉尼拔的计,陷在湖山之间的绝境中。

[80] 战场在动摇:据罗马史家李维(Titus Livius,公元前59-17)的记载,当时正好发生大地震。

[81] "血之河"(Sanguinetto):今佩鲁贾湖流出的小河,意大利原文的拉丁语字根"Sanguis"即"血"的意思。

[82] 克利通诺(Clitumnus;Clitunno):台伯河(Tiber River)的一个支流。

[83] 庙堂:即克利通诺的寺院。

[84] 这儿的神:即"美景的精灵"。

[85] 水的怒吼!著名的特尔尼瀑布,由威里诺河(Velino)造成。

[86] 水的"弗勒吉东":弗勒吉东(Phlegethon)是地狱四河流之一,意为"熔岩之河"。

[87] 四月是多骤雨的季节。

[88] 巨大的精灵:即瀑布的"精灵"。

[89] 阿尔卑斯的孩儿:因亚平宁山脉是阿尔卑斯山的支脉之一,也叫作"婴儿阿尔卑斯"。

[90] 更艰险的高峰,可看本章第二〇节的描写。

[91] 少女峰(Jungfrau):阿尔卑斯山脉高峰之一,在瑞士境

内,拜伦在他的《曼弗雷德》(*Manfred*)诗剧中描写过。

[92] 白山(Mont Blanc,意为"白色山峰"):即勃朗峰,阿尔卑斯山的最高峰,在法国和意大利边境。

[93] 阿克罗塞朗宁(Acroceraunian):即卡密拉山脉(Chimari),希腊文原意为"雷击之峰"。

[94] 艾达山(Ida Mt.):在小亚细亚;古特洛伊城即在其麓。"用特洛伊人的眼睛",有两种解释:一,用充满爱情的眼睛;二,从特洛伊的平原上眺望艾达山。

[95] 亚陀斯(Athos):爱琴海边的高山;奥林帕斯(Olympus),希腊色萨利山名;阿特拉斯(Atlas),摩洛哥的山脉,地中海上可见;埃特纳(Aetna),意大利西西里岛大山。

[96] 苏勒克蒂山(Soracte):今名圣奥勒斯特山,在罗马之北,虽然只有两千二百六十英尺高,但从罗马城中望去,特别雄峻,因为它是孤立的,很像一个将要粉碎的巨浪。

[97] 罗马抒情诗人贺拉斯(Quintus Horatius Flaccus,公元前65－前8),他的《歌》(*Odes*)第一篇第九节说到苏勒克蒂山,而且描写该山顶上盖着白雪。

[98] 许多古国的尼俄柏(Niobe):希腊神话,底比斯王安菲翁(Amphion)之妻尼俄柏生子女各七人,以此自傲,扬

言她自己因子女多而胜过勒托(Leto)，勒托只生阿波罗和阿尔弥忒斯，因而不肯和其他妇女一起礼拜勒托。勒托即召其子责罚尼俄柏。他们用箭射死了尼俄柏的所有儿子和女儿，尼俄柏坐在死者中间化为一块石头。

[99] 西庇阿的墓穴：在罗马城附近阿匹安大道上的一群古坟，1780年发现后即遭翻掘，尸骨被运走。

[100] 古罗马时代，罗马军获胜回国后，排成凯旋行列，牵着俘虏上卡皮托尔山(Capitol)庆祝。

[101] 三百次的胜利！据奥罗修斯(Paulus Orosius，约380-420)的说法，罗马曾获得三百二十次的胜利。"难忘的一天"，指公元前44年3月15日，在这一天布鲁图等刺死了独裁者恺撒。

[102] 杜利(Tully)，即西塞罗；维吉尔(Virgil)，罗马诗人，作有史诗《伊尼特》(*Aeneid*，又译《埃涅阿斯纪》)。李维，著名的罗马历史家。

[103] 苏拉(Lucius Cornelius Sulla，公元前138-前78)：罗马的独裁者，绰号"幸运儿"。公元前87年，苏拉率领罗马军队讨伐背叛罗马的本都王米特拉达悌(Mithridates)，其时罗马内部正发生贵族派和民主派

之间的激烈斗争,苏拉是大奴隶所有者和贵族的代表,中下层的罗马人民则拥护马略(Gaius Marius,? -前86)。他离开罗马后,马略的拥护者夺取了政权,他不得不回师罗马,恢复自己在罗马的地位,可是当他重回东方时,马略分子又在罗马活跃起来,苏拉慌忙结束战争,赶回罗马,和马略分子进行激烈的斗争,最后夺得政权,于公元前81年被宣布为终身的"狄克推多"。两年后,因病放弃"狄克推多"的权力,次年逝世。

[104] 神速的翅膀:古罗马的徽记就是一头老鹰。

[105] 克伦威尔(Oliver Cromwell,1599-1658):英国资产阶级革命的领袖,于1648年逐散了元老院,次年处死国王查理一世。于1650年9月3日获得邓巴尔一役的胜利,次年同月同日击败苏格兰军队,又于1658年9月3日逝世。

[106] 令人生畏的石像:即庞培(Gnaeus Pompeius Magnus,公元前106-前48)的石像,现在罗马的斯帕达宫(Palazzo Spada),相传恺撒被刺死在庞培的石像之下。

[107] "托加"(robe):罗马人的一种服装,用大块布头围缠

在身上。

[108] 涅墨西斯(Nemesis)：即复仇之神。庞培的死是恺撒造成的。所以这里说"涅墨西斯"把惨死的恺撒当作礼品放在他的"祭坛"之前。

[109] 罗马的乳娘：传说罗马的创立者罗慕路斯(Romulus，约公元前771－约前717)和孪生兄弟雷穆斯(Remus，约公元前771－约前753)是一只母狼哺养大的。这只母狼的铜塑像现在卡必托冷博物馆内。据说，这个铜塑母狼曾在公元前65年时遭雷击，现在她的后腿上还可看出被雷电烧过的痕迹。

[110] 约夫(Jove)，即罗马的主神朱庇特；"无形剑"即雷电。

[111] 自己所害怕的那一套：指古罗马的战术、军备等。

[112] 除了一个虚荣的人：指拿破仑，作者写本诗的时候，他还没有死，但已经失败，放逐到圣赫勒拿岛上了。

[113] 那罗马人：即恺撒。

[114] 阿尔西德斯(Alcides)：即力大无比的勇士赫拉克勒斯，他做了里迪亚女王奥姆菲尔的奴隶，心甘情愿地穿上女人衣服，纺纱织布，因为他爱她。这儿拿他来形容恺撒迷恋埃及女王克娄巴特拉之事。

[115] "我到，我见，我胜。"恺撒征服小亚细亚的法那西兹王时给罗马的捷报只用了这三句话。拉丁原文是"veni，vidi，vici"。

[116] 彩虹是天气晴朗的预兆：按《圣经》上所说，上帝曾以彩虹为兆，允诺地上再不受洪水之灾。此处意为但愿人间再别遭到血和泪的"洪水"之灾。

[117] 注家认为"锁链"指滑铁卢之战以后全欧出现的反动专制势力；"二度"压迫，指拿破仑及拿破仑失败后欧洲专制势力对人民的压迫。

[118] 哥伦比亚：指美国。

[119] 帕拉斯：即雅典娜，据传说她是全副武装地从大神宙斯的头顶跳出来的。此处喻指北美脱离英国而独立。

[120] 华盛顿出生于美国弗吉尼亚州的乡村。

[121] 无耻的压轴戏，指 1815 年 9 月的维也纳会议、"神圣同盟"和 11 月的巴黎条约。

[122] 北方国家：指英国。下节"阴森的圆塔"：即罗马阿匹安大道上的凯西拉·梅戴拉墓，曾被当作堡垒使用。

[123] 配做君王的甚至罗马人的妻子："罗马人"是很自豪

的,罗马是"国民皆君王"之国。

[124] 科涅莉亚(Cornelia):著名罗马政治家格拉古兄弟
(Gracchus)的母亲,有名的贤妻良母。

[125] 希斯贝鲁斯(Hesperus):引导死者的魂魄到冥界去
的星。

[126] 编成辫子:古罗马新娘的打扮。

[127] 帕拉坦山(Palatine):即帕拉蒂诺山(Palatino),罗马
七座山之一,上多宫殿的废墟。

[128] 无名的圆柱:矗立在罗马公所废址上的一根圆柱。从
1813年起,这根圆柱就不再"无名"了;据说系公元608
年建造,以颂扬罗马皇帝福卡斯(Phocas,?–610)。

[129] 谁的牌坊……:即提图斯的牌坊,图拉真的石柱。提
图斯(Titus,41–81),罗马皇帝,他建成了可里亚大剧
场。他的牌坊是后人造来纪念他征服耶路撒冷的,
在帕拉坦山下。图拉真(Trajan,53–117),著名的罗
马皇帝,他的石柱也在附近。1587年时,原来置在石
柱顶上的图拉真的石像被搬下,而换上了圣彼得的
石像。古老的传说称,图拉真的骨灰原来是放在圆
柱顶尖的。

[130] 那灵魂:即罗马皇帝图拉真。

［131］马其顿王亚历山大酒后杀死他的亲友克利图斯
（Clitus，？－前318）。

［132］胜利之丘：即卡皮托尔山，是罗马七座山之一，古罗
马迎接祝贺凯旋的军队的地方。

［133］塔尔比亚的崖石：在卡皮托尔山上，凯旋行列停止进
行之处，相传罗马人把叛国者从此崖上推下。

［134］下面是……：指罗马公所，作者仍然在帕拉坦山上，
向下俯视就是公所的旧址。

［135］罗马的末一个保民官：即黎恩济（Rienzi，1313－
1354），中世纪的意大利爱国者，他领导了人民运动，
反对贵族，于1347年荣获"保民官"的称号。

［136］努马（Numa Pompilius，公元前715－前672）：罗马七
皇之一，传说他为女神厄革里亚（Egeria）所爱，每夜
到罗马附近的缪斯山洞中去和她幽会，并根据她的
指点，实行了宗教改革。

［137］罗马城南门外一英里左右离阿匹安大道不远处有一
小丛林，传为努马和厄革里亚相会之处，附近又有所
谓"厄革里亚之石洞"，原设祀奉女神的小神坛，并铺
有大理石，后被拆除。洞内有水泉。

［138］紫色的夜半：注家说，"紫色"两字的用意是造成一

种神秘而温暖的感觉。

[139] 求取神谕:指厄革里亚给努马指点迷津而言。

[140] 毒液:据说爱神的箭上是有毒的,而作者则把这种毒液比作心灵的赝足。

[141] 一种树:作者所指系"柚巴斯"(Upas)树,爪哇产,桑科植物,有极毒之白液,可用作箭毒。据说在这种树木下的植物皆会被毒死。

[142]《旧约·何西阿书》第八章第七节:"他们所种的是风,所收的是暴风。"

[143] 摧残一切的树:即第一二〇节诗中所说的毒树,见本章注141。

[144] 重重叠叠的圆拱门:即"可里西"(Coliseum),古罗马的巨大圆剧场,容得下十万观众。

[145] 古希腊神话,奥瑞斯特司(Orestes)的父亲阿伽门农(Agamemnon)被他母亲所谋杀,他长大后为父报仇,杀死了母亲,遭诸复仇女神的追逐折磨,后为阿波罗所救。

[146] 据说含恨而死者的血不会渗入泥土。

[147] 雅努斯(Janus):意大利神话中的门神,有两个头,各朝一个方向看。

[148] 你威严的力量！注家认为这是指"怀古之情"，或者是"过去的精神"。

[149] 古罗马时代，"可里西"剧场经常表演"角斗"，充当"角斗士"者多为俘虏或奴隶，"角斗"非常残酷，时常有角斗士被杀死。

[150] 一个角斗士：指卡皮托尔博物馆所藏的著名雕像"垂死的高卢人"。但拜伦没有把他当作"高卢"人，而把他看成被罗马人俘获的达契亚（Dacia）一带的男子。

[151] 达契亚妈妈：指这个角斗士之妻，达契亚为古代多瑙河下游的一个地区（今罗马尼亚境内），许多达契亚人被罗马人抓住后，被迫在"可里西"角斗。

[152] 把他人生命当儿戏：当一个角斗士负伤后，即走到角斗场边上，面对观众，观众如看得不满足，就把大拇指往下一按，于是另一角斗士就把负伤的杀死。如果观众高兴，认为负伤的一个斗得还不错，就示意放过他。

[153] 撒克逊时代：公元445年至1066年。

[154] 所有神明的庙堂：罗马的著名古代建筑物——万神殿（Pantheon）。它是罗马现存的唯一完好的古代建筑物，落成于公元前27年。

[155] 唯一的天窗：万神殿是一个圆形建筑，内部的光线依靠一个直径二十八英尺的圆形天窗。

[156] 有一个地牢：相传古罗马时代，在罗马圣尼古拉斯教堂中有一个女儿在这里用她的奶汁救活她被判饿刑的父亲。

[157] 该隐：见第一章注78。

[158] 关于银河的……传说：希腊神话，亚尔斯曼生下赫拉克勒斯之后，赫尔墨斯就把婴儿放在睡着的赫拉胸前，当她醒来时，立刻把他推开，泼洒的奶汁化为银河。下文"闪烁的遥远世界的天际"即指银河而言。

[159] 哈德良，罗马皇帝。"莫尔"是他自造的陵墓，即今罗马的圣天使堡（Castel Sant'Angelo）。"莫尔"（mole）是拉丁文音译，意为"一大堆"。

[160] 哈德良曾旅行了罗马帝国的大部分领域，他也到过埃及。尼罗河畔的榜样，指金字塔。

[161] 瞧那庙堂……：指罗马梵蒂冈的圣彼得大教堂（Church of St. Peter's）。第三行"圣徒"即指圣彼得。

[162] 狄安娜的奇迹：小亚细亚以弗所（Ephesus）的狄安娜庙，下文"以弗所人创造的奇迹"也指此。

[163] 索非亚的庙宇：即君士坦丁堡的圣索非亚清真寺，原

来是基督教的礼拜堂,所以下文有"强占"云云。

[164] 锡安山(Zion):耶路撒冷城附近山名,也是该城的别
名。"浩劫",指罗马皇帝提图斯毁坏这个圣城。

[165] 拉奥孔(Laocoön):梵蒂冈博物馆所藏的著名雕塑群
像"拉奥孔和他的儿子们"。据神话,拉奥孔是特洛伊
城的祭司,希腊军围攻特洛伊城,拉奥孔劝阻特洛伊
人把希腊人故意留下的木马带入城内,并用剑戳穿一
匹木马的腹部,因而激怒了阿波罗和雅典娜二神,他
们派了两条蟒蛇把拉奥孔父子三人勒死。后来,特洛
伊人把木马带入城内,于是城陷。这座群像是拉奥孔
父子三人被蟒蛇纠缠时挣扎和受苦的生动艺术表现。

[166] 百发百中的神:即梵蒂冈博物馆所藏雕像"贝尔维德
尔的阿波罗"(Apollo Belvedere)。阿波罗即希腊的
太阳神,统率九缪斯,司文学艺术。这座雕像的姿势
是阿波罗左手作执弓状,右手作已把箭放出的模样,
脸向左,眉宇之间带着傲然的气概。被他射死的是
守住德尔斐神庙的蟒蛇毕松。

[167] 普罗米修斯:据希腊神话,他是人类的大恩人,从天
上偷了火种给人类,因而使人类的文化能够发达。
宙斯为此把他绑在高加索山上,每天被老鹰啄食受

苦。此处所说的火是指"智慧""灵感"和"才能"等。

[168] 接受了这种力量的人：特指"贝尔维德尔的阿波罗"
雕像的作者。

[169] 那光荣的本体：太阳。

[170] 自本节至第一七二节，都是关于 1817 年 11 月 6 日英
国夏洛特公主死于产褥之事。

[171] 孤苦的君王：指夏洛特之夫萨克斯-柯堡的利奥波德
王子。

[172] 麻布、灰土：都是居丧的象征物。按古时犹太人居丧
时有着粗布服、头上涂灰或坐灰中的规矩。

[173]《旧约·创世记》十五章第五节："你向天观看，数算
众星，能数得过来吗……你的后裔将要如此。"

[174] 奇异的命运："玛丽死在断头台上；伊丽莎白心碎而
死；查理五世退隐而死；路易十四身败名裂而死；克
伦威尔忧愁而死；拿破仑落得一个囚徒的结局。这
样的例子不胜枚举"——作者原注。

[175] 内米湖（Lago di Nemi）：在罗马城东南的阿尔巴诺山
（Mte. Albano）中间，别名"狄安娜的妆镜"。作者当
是站在阿尔巴诺的山峰上，鸟瞰着大海和湖山。

[176] 史诗：指维吉尔的《埃涅阿斯纪》，开卷第一行是"武

器和英雄,我歌唱;这英雄……"。"英雄的星重新升起",指史诗主人翁伊尼斯战败后又重新归来的事。

[177] 疲惫的诗人:即贺拉斯。他说,"我的寒酸的萨班农庄能够使我的要求完全满足而有余。"萨班是他晚年退隐之地。

[178] "朝圣者"即恰尔德·哈洛尔德;朝圣者的目的地是罗马。

[179] 辛普勒加第双岛(Symplegades):黑海入口,博斯普鲁斯海峡上的两个小岛。这里是说作者在年轻时代搭船经直布罗陀,过地中海,直抵希腊和土耳其沿岸的旅行。

[180] 泥塑的制造者:即人,因传说人是泥土做的。

[181] 英军在特拉法尔加战役中俘获的法国舰船一大部分在风暴中覆没。

威风的阿马达:1588年准备与英国海军决战的西班牙无敌舰队(Armada Invencible)也是在风暴中沉没的。

[182] 这些滨海国家之所以一度强盛,海岸给予它们发展贸易的便利也是一个因素。

[183] 这是古代欧洲朝圣者的打扮。海扇壳是一种贝壳,挂在帽上表示有意跨海去圣地朝拜,草鞋象征走陆路去朝拜圣地。

译后记

拜伦的诗和政治见解

《恰尔德·哈洛尔德游记》第一、二章

1812 年 2 月 27 日年轻的拜伦在英国议会上院发表他的"处女"演说,即具有强烈的民主色彩的《反对通过以死刑惩处机器破坏者的法令的辩论演说》,后两天,拜伦的第一部重要作品《恰尔德·哈洛尔德游记》第一、二章出版了。这些诗是他 1809 年至 1811 年间旅行葡萄牙、西班牙、阿尔巴尼亚、希腊、土耳其等国的收获。但在这两章诗中,如他在序言中所说,主人公哈洛尔德的游踪并未抵达"东方之都":土耳其的伊斯坦布尔;在以后的

第三、四章中，主人公也没有到土耳其。不过，第二章中，曾隐约说起这个"东方之都"。拜伦自己是到过那儿的。

这两章诗一发表就轰动了英国。它被称为"旅行之歌"，在头四个星期里，就印了七版！拜伦自己说："我一觉醒来，发现自己已经出了名！"这当然不是侥幸，或偶然的成功。这两章诗有明显的缺点，例如结构不匀称；在开始一小部分中为了适应所采取的诗体，用了不少古语（而且还有用错的），但很快又抛弃了古色古香的词汇，而改用较平易的语言；而且诗中有时描述主人公哈洛尔德的活动，有时却仿佛作者自己在说话，等等，都是历来的评论家指出过的。但这些不过是小疵。诗人的在当时说来很进步的民主主义政治观点，激昂慷慨的感情，流畅的诗句等等，应该说是这部诗至今拥有读者的根本原因。也有评论家说，当时英国的读书界需要描写异国风光的作品，这部"游记"诗，以及拜伦以后所写的许多"东方故事诗"所以能立刻受到读者的欢迎，就是因为能投读者所"好"。但这绝不是拜伦作品成功的主要原因，不过也可能是一个因素。

在过去，交通没有现在这么发达，那时候的旅游，没有现在这么匆忙，有些人，譬如说，在游历意大利时，就往往捧着拜伦的这部诗体游记,每到一个地方,就毕恭毕敬地打开这部书来,找出有关的段落读一读。可见那时的旅行者有细细咀嚼的余裕。所以,拜伦这部诗曾经是一册有名的"旅行便览"。这部诗中"咏叹"过的"景点"也真不少,例如第一、二章中描写的葡萄牙、西班牙、希腊、阿尔巴尼亚等国的风光,第三、四章中的比利时的滑铁卢、莱茵河两岸、瑞士的莱蒙湖,还有意大利的几乎所有重要的名胜古迹。这样,旅行者每到一处名胜,就让拜伦勋爵走在前头,任其拿着手杖,一瘸一拐地来回踱步,然后朗朗吟起诗来。

记得1957年的一期《人民文学》上刊登过何家槐先生的一篇散文,记他那年访问意大利的印象,他说他随身带了这部拙译(那时刚出版不久),在威尼斯等地游览时,曾找出其中有关的章节来读,他举的例子中就有"一边是宫殿,一边牢房"的"叹息桥"。我当时看到这篇文章,真捏了一把汗,担心自己的译诗会有闹笑话之处。不过,那时我已经开始修改这部译诗,就更抓紧时间修改起来,这个工作终于在1958年底前后完成。原来1956年春间,我在看这部译诗的排样时就感到译诗诗行长的长、短的短,太参差不齐,韵脚排列又完全没有规律,最使我自己不满的是译诗的用语很不协调。但是译诗已经排好,悔之晚矣。我固然至今还不赞成译诗照搬原诗的格律,也不赞成用所谓"顿"来模拟英诗中的"音步",却也认为原诗是整齐的格律诗,每首有一样的形式,译诗也应该稍稍有一点整齐匀称的美。因此之故,说句大话吧,那就是为了"诗的艺术",便不惮烦地把全部译诗大改了一通,几乎等于重译。

这次付排的译稿,基本上还是1958年至1959年时的老样子。最近十年来,我一直忙于其他方面的研究工作,抽不出一点时间。我本不是"英国文学"或"外国文学"系出身,二十几岁时译此诗,也有点借此驱愁解闷的意思,几十年来似亦无多大长进,现在又无余暇来讲究译诗这一门艺术。译稿再改也未必能"焕然一新"。正如郭沫若所说,译诗是一种艺术,光靠一点语学知识是不够的。我爱这一门艺术,但我的译诗中,"败笔"不少。如同作画一样,画得不好,别人要帮着改进,也是爱莫能助的。译诗,应该挑选自己激赏的诗来译。但如果译一部四五千行的长诗,译者不大可能对原诗行行都欣赏,于是乎就会出现"败笔"。短诗容易译得好,原因也许就在这里。

这次上海译文出版社不惜工本,决定重排这部译稿,我把它又看了一遍,但仅仅是看了一遍而已。因此,对这部译诗,自己曾经花过不少心力,但又终于未能尽心。

现在言归正传。

全诗有一个主人公,恰尔德·哈洛尔德,他是一个贵族青年,他对自己的时代失望,因而一度过着"纵欲"(说得严重了点)的生活,但是很快也就对这种放荡生活感到厌倦,不,对整个当时英国上流社会的生活感到厌恶,他觉得心灵的空虚:

> 没有人真心爱他,尽管从远近各地,
> 招来了满屋子吃喝玩乐的人物;
> 他明知都是些酒肉朋友,会拍马屁,
> 贪图一时的欢乐而来,心肝全无。
> 唉! 有谁真心爱他——即使那些情妇;
> 但豪华和权势本是妇人们所向往,
> 轻薄的爱神也到这类地方找伴侣……
>
> (见第一章第九节)

他又是如此的忧郁:

像传说中希伯来漂泊者的忧郁，

　　那是注定的命运，无法脱离；

他不愿窥探黑暗的地狱，

　　又不能希望在死以前得到安息。

（见第一章《赠伊涅兹》第五节）

　　怎会忧郁到这步田地的呢？当年我读着、译着这些诗句，禁不住连连摇头，"装腔作势的无病呻吟"罢了，甚至把诗集推开，不想译了。后来才知道不然，这种忧郁和苦闷正好反映了十九世纪初欧洲一代资产阶级民主主义知识分子共同的心理状态，反映了一种政治形势造成的情绪。

　　1789年至1794年的法国资产阶级革命解体后，拿破仑篡夺了革命果实，欧洲的反动政治逆流即开始增强，至复辟时期和神圣同盟时期而泛滥。启蒙运动所描绘、所预言的"理性王国"宣告破产，正如恩格斯所说："和启蒙学者的华美约言比起来，由'理性的胜利'建立起来的社会制度和政治制度竟是一幅令人极度失望的讽刺画。"（见《反杜林论》，人民出版社，第255页）

　　当时一般受过卢梭、伏尔泰等人启蒙思想洗礼的知识分子,一方面对自己丧失了信心,另一方面又看不到历史和群众的巨大潜力,于是大多陷入悲观失望的境地。拜伦也属于这一类人,不过他的绝望情绪更甚于一般知识分子,而对于群众的蔑视也比一般知识分子更厉害。而哈洛尔德,不管拜伦自己怎样声明,至少是拜伦情绪的一个影子。

拜伦当时游历的比利牛斯半岛,也就是说,他在本诗第一章中描写的该地区,当时正被硝烟所覆盖,展开着激烈的斗争。在这场斗争中,大抵有三方面的力量:一,拿破仑的侵略势力;二,与拿破仑争夺比利牛斯半岛的英国势力(英国当时的政策是联合葡、西两国的封建贵族势力);三,葡、西两国的人民游击队力量。

英国是与拿破仑争夺欧洲霸权的主要国家,拿破仑为了夺走英国在欧洲大陆的市场,想独占比利牛斯半岛。1807年11月,法军在尤诺指挥下侵入葡萄牙,占领里斯本,迫使葡萄牙摄政王逃往巴西。1808年,拿破仑占领西班牙首都马德里。同时西班牙人民起义爆发,反对奸臣高多伊公爵,并迫使昏聩的国王卡洛斯四世逊位。其子斐迪南七世做了国王,又被拿破仑诱入法境,遭到拘禁。于是拿破仑封其弟约瑟夫为西班牙王。当时西、葡两国遍地燃起游击队的烽火。英政府派威尔斯莱（即后来的威灵顿公爵）率军援葡，1808 年 8 月法军被逐出葡萄牙，又撤出马德里。但 11 月间，拿破仑卷土重来，率领十八万大军进入比利牛斯半岛，于 12 月重新占领马德里。但西班牙人民仍坚持反抗法国侵略。萨拉戈萨居民表现得尤其坚决，该城的保卫战是西班牙历史上最光辉的篇章之一。

1809 年全年，法军与西班牙、葡萄牙、英国的联军进行了激烈的斗争。1810 年初，法军终于征服西班牙的大部分。唯加的斯一地没有陷落，成为西班牙不可攻克的堡垒。拿破仑不得不在西班牙保留二十五万大军，才能维持局面。但他并不能使西班牙屈服。

由于他的民主主义观点，拜伦一方面反对英国托利党政府在国内施行的"反雅各宾主义"的反动高压政策，另一方面也必然不赞成英国政府奉行的外交政策。拜伦在《哈洛尔德游记》第一章中，对英政府在比利牛斯半岛采取的政策，抱着指摘、讥嘲的态度。这从许多诗行中可以看到。他也把人民的解放斗争和"独夫""暴君"们所进行的战争区别看待，但是对于英国政府及其将领，拜伦也只限于"愚昧无能"之类的指责。例如：

愚蠢使得战胜者反而威风丧尽，

外交的手腕补偿了军事的失利。

实在不配戴桂冠，我们的这些将军！

不幸的是征服者，不是被征服的仇敌，

在葡萄牙海滨，倒霉的战胜者只好垂头丧气！

（见第一章第二五节）

对于拿破仑，拜伦固然认为是"暴君""侵略者"，但也有存在着幻想的一面（关于这点，下文还要谈到）。拜伦同情和支持比利牛斯半岛人民反对拿破仑侵略的民族、民主斗争。他歌颂和号召西班牙人民起来斗争，特别是赞扬了萨拉戈萨的游击队。但是对于他们斗争的前途是悲观的：

劫数难逃！要反抗命运也是徒然，

如果毁灭之神已把灭亡种子埋下；

否则伊利昂和泰尔城就不会沉陷，

而且美德会战胜一切，屠杀的惨剧也会演完。

（见第一章第四五节）

在世界的祸星面前，西班牙只有屈服。

西班牙！你的刑期到来时好不凄凉，

啊！高卢之鹰张开翅膀当头飞舞，

你只好眼睁睁看一群群儿女被送下地府。

（见第一章第五二节）

这种悲观失望的情绪，其实是由于看不到人民的伟大潜力。

在阿尔巴尼亚和希腊，拜伦仍然坚定地用他的民主自由的尺度，审判着当时处于土耳其暴政下的这两个欧洲古国里发生的一些事。

他公正不阿地严厉指责了英国掠取希腊古物的无耻行为，咒诅了对他个人十分优待的阿尔巴尼亚的独裁者阿里·帕夏。对于在土耳其统治下的希腊，他满怀同情，号召希腊人起来斗争。在第二章中，也和第一章一样，在一些带有民主主义倾向的议论中间，又处处插入一些写个人情怀的、感伤甚至绝望的诗行。

《拉腊》

在 1812 年至 1816 年这四五年间，拜伦写了一连串的《东方故事诗》，这些叙事诗大都以东方为背景，但也有例外。它们是《异教徒》（1813）、《阿比多斯的新娘》（1813）、《海盗》（1814）、《拉腊》（1814）、《柯林斯的围攻》（1816）、《巴里西娜》（1816）等篇。

这些故事诗中的"主人公"，例如《海盗》中的康拉德、《阿比多斯的新娘》中的塞里姆和《拉腊》中的拉腊，大多是些"孤愤"的"反抗者"，他们不满现实，可又缺乏远见，根本看不见前途，他们的结局往往是悲惨的。他们否定一切，但就是不否定他们自己的高傲。鲁迅先生早年所作《摩罗诗力说》一文中说拜伦"所叙自尊之夫，力抗不可避之定命，为状惨烈，莫可比方"。《海盗》中的主人公康拉德对于"国家之法度，社会之道德，视之蔑如"。的确是这样。

拜伦写这些"故事诗"时，说过"我是在宴会散后卸装的时候随便写写的"之类的话。其实如同他作第一次议会演说时一样，他是在大声疾呼，企图打破当时弥漫英国的反动政治气氛。御用文人们很快就从他的这些描写反抗者的诗篇中嗅出了他的"恶魔"即"摩罗"精神。

拉腊（Lara）是一个西班牙贵族，少年时就远离乡土；人们不知他的去向。多年以后，忽然间他回来了，回到了他的"领地"。他回家后的生活，非常神秘，除了看到他从国外带回了一个"书僮"（还是女扮男装的）以外，人们摸不清他的底细。他的举动怪诞之极，他究竟是何等样人呢？——

> 在芸芸众生中间，他是个陌路人，
> 他仿佛是从另一世界掉下来的错误的精灵；
> ……
> 有时他也舍己为人，
> 但并非出于怜悯，也不是感到有责任……

原来，为了别人而牺牲自己，见义勇为等等，在拉腊，不过是出于骄傲罢了。后来拉腊被卷入一场争斗：封建主之间的争斗。农奴们是支持拉腊的。为什么呢？

> 在那一带地方，有着不少叛徒，

他们在暴君治下弯腰，但是他们也咒诅；
那一片土地曾看到不少贪婪的恶霸，
他们穷奢极侈，表面上是依据着律法；
长年的对外战争和不断的内部骚扰，
筑成了一条流血和犯罪的通道。
……
他长期离开了他自己的家园，
这使他没沾染压迫之罪的污点，
……
虽然他近来孤辟的习气和行止，
使他的厅室盖上阴影，但还是门庭若市，
因为从这儿，受苦人总能得到些安慰，
对他们说，他的灵魂知道什么是同情。

　　但拉腊中箭而死。拜伦最后发了一通"否定"一切斗争的议论。
　　从《拉腊》中，我们看到了一个典型的拜伦式"英雄"，他是"得天独厚"的、孤高的、蔑视一切的人物，他联系群众，主要是为了报复个人的仇恨。其实，这种对待群众的态度，在拜伦身上是一贯的，不过有时不易一眼识破。不但他的第一次议会演说把暴动工人说成"愚蠢""盲目",即使在演说后写的《镇压破坏机器者法案制订者颂》以及 1816 年去国后写的《鲁德分子之歌》中的一些"起义的号召",实质上也只是要求群众起来推翻他所恨恶的统治集团。

普列汉诺夫在《斯托克曼医生的儿子》这篇评论中,曾经说到拜伦的这种对待人民群众的态度及其动机。普列汉诺夫说:

"浪漫主义者一般都不像他(雪莱)这样,远非爱人民的人。他们也是资产阶级的思想意识的代表,并且往往把人民看成只适于做个别的杰出的个人的脚凳的'民众'。例如,拜伦就并不是完全没有这种过失的。但是连拜伦也是憎恨专制主义的。连拜伦也会赞同当时各国人民的解放运动……"(见普列汉诺夫《论西欧文学》,人民文学出版社,第 99 页)

拜伦的确积极地支持了各国人民的反封建、反专制的革命运动,他歌颂西班牙的游击队,哀歌希腊的被奴役,参与意大利烧炭党人的活动,直至为希腊捐躯,始终信守民主主义的原则,但在这些活动中,又往往流露出悲观绝望的情绪,其最根本的原因就在于他的这种对待人民群众的错误态度。相反,他固然仇恨当时的统治者,但又常常寄希望于统治集团中的个别人。下面就是一个例子。

《哭泣的公主》

1812 年年初,英国摄政王(即后来的乔治四世)在一次宴会上公然表示反对辉格党人参加内阁,其女夏洛特公主当即哭了起来。几天后,《晨报》上出现了一首匿名的小诗:

给一位哭泣的公主

哭吧,哭吧,皇室的女儿,

　　为了父王的耻辱,邦国的衰落;

啊,但愿你的每一滴眼泪,

　　能够洗去一个父亲的过错。

哭吧,因为美德在流泪,

　　对于多难的岛国是个吉兆;

将来对你的每一滴眼泪,

你的子民会报之以微笑。

（据查良铮译诗，略有改动）

这诗是拜伦写的。当时没有引起什么反响。到1814年，《海盗》一诗出版前，拜伦坚持要出版商将此诗附刊书尾；书出之日就引起了一场轩然大波，有人要求将作者"法办"，理由是他冒犯了"最高当局"。实则拜伦参加政治活动两年来的一系列激烈言论已使统治阶级恼怒；这两年间他的作品中写的一些反叛人物，也使当时的"卫道"分子触目惊心。因而统治集团要借故寻衅；"哭泣的公主"事件正是反动势力在大举迫害他之前发出的一个警告；也是1816年统治集团抓住他的婚变问题，布置圈套，制造"舆论"，把他撵出英伦的一个前奏。

这首小诗是一颗手榴弹。当时谁敢触犯统治集团的最高代表——摄政王？但事情有两个方面。从另一方面看，这诗也暴露了拜伦对夏洛特公主这样一个人物（王位继承者）怀抱着极大的幻想，这种幻想实际上也就是辉格党人的幻想。

在这首诗里，他把夏洛特说成"美德"的化身，英国的"吉兆"。而且，直到1817年，流浪到意大利以后，他仍然寄予夏洛特以莫大的希望。本书第四章第一六七至一七二节悼夏洛特公主死于产褥的几节挽诗就是很好的说明。

拜伦也终于为了这首《哭泣的公主》小诗而遭到统治集团的一场有计划的围剿。后两年,便无法再在自己的祖国存身了。

"要么我不配留在英伦,要么英伦不值得我再留下去!"

关于拜伦的婚变(也牵涉到他和他的异母姊奥古斯塔的关系),目前还有人在津津有味地考证,简直成了"千古疑案"。在这些考据家中间,有的对拜伦显然怀有很深的敌意。诗人的"恶魔"精神似乎还在使某些人感到不舒服。拜伦的诗篇已成为人类文化遗产中的一部分,这已经无可争议。企图从拜伦私生活的"考证"中,觅取贬低他诗歌的根据,我看也必然落空。

比利时、瑞士、意大利

1816 年 4 月 25 日,拜伦在英国统治阶层利用其婚变发动的诽谤攻势下,昂然不屈地离开了他几乎已不屑一顾的英国上流社会,虽然对于祖国,他是眷恋的,这从他以后的诗篇,如本诗第四章中,可以看到。他离去了,从此再没有活着回到他的祖国。

他先到了比利时,凭吊了滑铁卢战场,后来又沿莱茵河到了瑞士,抵日内瓦,在莱蒙湖畔住了四个来月。在这儿他遇见雪莱夫妇,与他们订交。雪莱的思想,据有的学者说,对当时拜伦写作本诗第三章产生了良好的影响。第三章是一气呵成的,诗艺与第一、二章很不相同了,恰尔德·哈洛尔德这个主人公几乎等于没有出现,作者自由地直接抒写自己的情怀。同年9月间,拜伦游了阿尔卑斯山,开始写诗剧《曼弗雷德》。

《曼弗雷德》一诗,往往被看作拜伦个人主义反抗意识的一个顶峰,但也是他的个人主义破产的标志。曼弗雷德是一个能够召唤鬼怪为其效劳的术士,他孤独、蔑视人世,他有不堪回首的、痛苦的往事,他祈求得到"遗忘"而不可能。他代表了对人类理性的怀疑。

在本书第三章中,也有着同样抑郁的情调,但作者沉醉在大自然庄严雄伟的怀抱里,对于失败了的革命终于流露出心头一线的希望,他歌颂了启蒙主义者如卢梭、伏尔泰等人。个人的尊严、意志的自由,是他从来不肯放弃的,在第三章中也处处流露他的这种感情。

本书第四章则是作者在 1817 年 7 月前后在意大利威尼斯完稿的。其篇幅在本诗四章中要算最长。在这末一章中,"巡礼者"恰尔德·哈洛尔德终于到达了他"巡礼"的目的地——罗马。因此,从结构上说,《恰尔德·哈洛尔德游记》一诗,虽然有畸轻畸重的毛病,如主人公哈洛尔德有时一再出现,有时却长久地不露脸,但从整个结构来说,到了全诗末尾,还是以这位巡礼者的到达目的地而圆满地结束了的。

译诗题目中的"游记"一语,是随从多数人这么译而勉强采用的,自己也想不出妥切的译法。其实"游记"这个词儿与原文"Pilgrimage"不太相符,译作"巡礼记"或"巡礼"倒好一些。但是,目今报刊上记者所写游记之类,往往用《某城巡礼》这样的题目,"巡礼"一语已当作"游览""游历"的同义语来使用。而且"巡礼记"一语之前,多加地名,而不能加巡礼者的人名,如说"拜伦巡礼记""徐霞客的巡礼记"等,反而不常见。也曾见到有人把拜伦此诗的题目译作《哈罗德的云游》的,这却更不妥了。"云游"可能是指无目的地的"漫游"吧,而且还使"云游"者有和尚之嫌呢。也许可译作"朝圣记"?但哈洛尔德并非朝山进香的虔诚的教徒,不过罗马是个"圣城",朝它走去,似亦可叫作"朝圣记"。但是我没有用这个名称。

还有,拜伦在此诗总题目底下,加了一行小字:"A Romaunt"。据本诗的美国注家邱乌(Samuel C. Chew)说,此词意为"传奇"(romance),或"传奇故事""传奇诗"。但用汉语"传奇"译 romance 一语,并不十分确切。我想作者的意思是说这部"游记诗"或"诗体游记"写的并非真人真事,而是"幻想式"的记叙。如译作"一部传奇诗",只会引起误会。没奈何,只好采取"多闻阙疑"的办法了。

在第四章中,拜伦一边描绘着意大利美丽的山川和宝贵的古代艺术品,一边为意大利的解放事业而讴歌,又述说着自己的身世。评论家一致认为,此章的诗艺更为精进了。

第三章抒写了孤凄落寞的心情,上文已说过这种思想产生的根源,但其中有专写拿破仑的十节诗(第三六至四五节),似还值得注意。

拜伦对拿破仑的看法充满着矛盾,始终摇摆不定;这和雪莱有点不同,雪莱早在 1812 年 12 月 27 日致霍格

（Hogg）信中，就说明他早看穿了拿破仑极其自私卑污的本质。雪莱说："拿破仑这个人是我所深恶痛绝的。……他的动机是最卑鄙、最庸俗的，这就促使他犯了许多罪行，他的行为和强盗的行为唯一不同处就在于他人多势众。……除了［英国的］卡斯尔累，我最鄙视此人。"

固然，与有些封建专制帝王相较，拿破仑似还略有可取之处；但从人民的立场看来，拿破仑只是代表大资产阶级的利益，篡夺了人民的胜利果实。说他是个野心家，是符合事实的。

拜伦有时也攻击拿破仑，称他为"暴君"，但主要的是用他自己的色彩把拿破仑描绘成一个失败了的、拜伦式的英雄，把他美化；而且在拜伦笔下，还有一种深深的惋惜之情，给人以"惺惺惜惺惺"之感。这位当时的"诗坛的拿破仑"，就对拿指挥刀的拿破仑怀抱着这种感情。

在第三章第三六至四五节中，拜伦把拿破仑叫作"一个最伟大而不是最坏的人物"；怨他过激，因为"要是你能稍加折中，你就能保住或者永不会登上皇位"；他又认为，拿破仑是威风的，"你的威名，正在空前地震撼着人们的心窝"。拿破仑的弱点只是"虚荣"，他失败的原因也仅仅是"管束不住你自己最卑微的情感"；虽然战败了，又依然"眼光镇静、忍耐、坚决",当"厄运像巨石般压在"他背上,而他的"勇气并不稍衰"。而且,拿破仑的"蔑视人们的嘲笑"是"很公道的","对世人的藐视"使他"受得住攻打"。但拜伦却又很懂得拿破仑是"靠了人民的意志","才登上皇座"。他又分析了拿破仑的心理:"那活跃的心胸最害怕的是安闲,而这正是埋藏在你一生中的祸根";拿破仑的"致命伤",在拜伦看来,是"嗜好冒险",其心灵深处有一种"狂热",而不是极端卑鄙的个人野心。拜伦为拿破仑写了悼歌:

谁要是胜过人类或者征服了人间,

那他必然会藐视下界的愤慨,

虽然他头上荣誉的太阳闪发光采,

俯伏在他脚下的是大地和海洋,

但是他周遭却是些冰冻的石块,

怒吼着的狂风吹在他赤裸的头上;

费尽了力气爬上山顶,收获呀,却不过这样。

(见第三章第四五节)

请看,拜伦不是把拿破仑描绘成一个十足的《东方故事诗》中的"叛逆英雄"了吗？多么像康拉德，也有点像拉腊。我敢这么猜测：拜伦笔下的那些个人主义叛逆者，处在一定条件下，是可以发展成为拿破仑式的侵略者和暴君的。本来，资产阶级的"英雄"依靠人民的力量推翻封建统治之后，自身也必然成为暴君。

然而对于法国和欧洲其他一些民主革命尚在进行中国家的人民，拜伦还是满怀同情和期待的，他说：

> 时机来过、在来、会来，不须悲观消极，
>
> 一朝生杀大权操诸我手，就不随便宽恕仇敌。
>
> （见第三章第八四节）

在第四章第九八节中，他更是慷慨地歌颂了自由的旗帜，那可是一首有名的自由颂歌。当然，那个"自由"，绝不是我们理想中的共产主义社会中人人平等、人人发挥才能的那种"自由"。但拜伦在他那个历史阶段，歌颂他认识的、理解的那种"自由"，还是"真诚"的，历史主义地说，也是进步的。

不过，拜伦对拿破仑的看法固然有其矛盾的一面，但他还是能够理解拿破仑的失败并不等于资产阶级革命的

失败。

对于资产阶级民主主义的信仰,拜伦很少动摇;但对于整个人类的命运、历史的未来进程,他到底是怀疑的!如在第四章第一〇八节中,他唱道:

从人类的所有故事可找出一个道理;

兴亡盛衰,无非是旧事的轮回和循环:

先是自由,接着是光荣,光荣消逝,

就出现财富、邪恶、腐败,终于野蛮。

《恰尔德·哈洛尔德游记》第三、四两章中充满着极其显著的矛盾:希望和绝望,哀叹和慷慨悲歌,歌吟变成号召,入世而又出世,肉欲的爱,以及超凡入圣的柏拉图式的爱……

1824年,他把英国的家产全部变卖,购买了一艘战舰,热情地支持希腊为争取独立而向土耳其帝国展开斗争,不幸在军中染上热病,又因辛劳过度,竟一病不起,诗人把自己年轻的生命奉献给了希腊的解放事业。

1987年8月17日

新版后记

父亲的译作《恰尔德·哈洛尔德游记》于 1956 年 7 月由上海新文艺出版社出版，1958 年 5 月第二次印刷后作了较大修改，于 1959 年 3 月由上海文艺出版社再版。1987 年夏，父亲在百忙中应出版社之邀再一次校读和修订，整理了注释，并加写了一篇长文作为后记。由上海译文出版社重排后于 1990 年 7 月出版。遗憾的是父亲已于 1989 年 11 月去世，他生前没有看到九〇年版的问世。这次再版是根据父亲校订过的九〇年版。

父亲一生译过不少英美诗歌经典，包括弥尔顿、拜伦、雪莱、莎士比亚的作品以及当代美国诗歌。可译诗只是他学术和创作生涯的一部分。他也写诗，虽然生前发表的不多，尚在编辑中的新体诗与古体诗可出一本厚厚的诗集;他研究数理逻辑,成绩斐然,出版过中国第一部研究逻辑悖论的专著;他思考哲学问题,试图拨开当代西方哲学中的理智迷雾,他的哲学著述凝聚着他多年的心血;他喜爱陶瓷史研究,在他中国陶瓷发展史的著作中,揭示了陶瓷工艺背后更深的道理。他兴趣广泛,知识广博,可他又把所有学问看成是一个简单的整体,一种理想,一种境界,并为之献身。他把诗和哲学看成是一体,把诗和政治、文化看成是一体,强调对诗歌的理解要到诗歌之外去寻找。

父亲毫不掩饰他对雪莱的喜爱,可他知道拜伦是不容忽视的,甚至在某些方面更值得学界进一步研究。译诗,他首先遇见的也是拜伦。拜伦出版《游记》第一、二章时不过二十四岁,父亲开始翻译《游记》时也才二十七岁。他虽在《后记》里说,"二十几岁时译此诗,也有点借此驱愁解闷的意思",但动手译拜伦如此篇幅的长诗集,没有他青春的激情和认真态度如何完成得了?我还听他讲过,他是通过鲁迅先生《摩罗诗力说》的介绍,与这位"摩罗"诗派的领袖人物结缘的。拜伦这部长诗是宏大、复杂与多样的。在用白话翻译这类叙事又抒情的长诗时,形式上会有一定的局限,正像他在《后记》里提到的,在翻译一部近五千行的诗集时，并不一定行行都能译出妙笔，难免有不畅之处。译诗的门槛很高，对原文的理解、中文的表达和对诗歌的悟性与激情，缺一不可。

记得多年前读到一篇回忆茅盾先生的文章，讲到茅盾先生在 1971 年 2 月一天的日记里记述了读罢父亲《游记》译本后的感慨。茅盾先生写道："因为原作是斯宾塞诗体，极不易译；想到这一点，应当说译本是好的。原作上下古今，论史感怀，描写大自然，包罗万有，洋洋洒洒，屈原《离骚》差可比拟，而无其宏博。在西欧，亦无第二人尝此格。"又说"余老矣，虽见猎而心动，徒搁笔而兴叹。倘在廿年前，假我时日，试以骚体译之，不识能差强人意否？"[①]这种心愿令人感动，茅盾先生将拜伦的《游记》与《离骚》相比，希望使用骚体达到内容与形式上的完美统一，这也说明拜伦这部诗作在茅盾先生心目中的地位。

拜伦和雪莱的比较是认识和研究拜伦避不开的一个方面。他们同是天才诗人，又是彼此欣赏的朋友，他俩有很多相似：两人都背叛了自己的贵族出身，忠于法国大

---

① 见王祖远，《茅盾在"文革"期间》，《炎黄春秋》，2010 年 11 月 6 日。

革命的理想，为自由的理想而呐喊，而斗争。但两人各自独一无二的天赋和成长背景，又使他们有很多不同。记得父亲在自己编制的《雪莱年表》里有这样一段描写雪莱葬礼的文字，我印象深刻：

　　拜伦、亨特等友人参加雪莱火葬礼。友人屈雷劳尼（Trelawny）冒险从烈焰中抢出雪莱的心，装入一瓶中。后葬雪莱骨灰于罗马新教徒墓园，友人们为覆一大理石板，其上铭刻：佩西·比希·雪莱，拉丁文："众心之心"，并莎士比亚诗三行：

　　　　他的一切并未曾消失，

　　　　只经历了一场海的变异，

　　　　变得更加丰富，更加奇丽。

　　拜伦在雪莱火葬时恭立，俯首沉思，火化毕，拜伦忽解衣跃入海中狂泳不已。越二年从军希腊死。[1]

---

[1]　《雪莱政治论文选》，杨熙龄译，商务印书馆，1981年，第162页。

这就是拜伦。据说他当时还说道:"世上的人们歪曲误解了他。迄今为止,在我所认识的人中,只有他最慈悲善良,毫无自私之心。"后来又说,"同雪莱相比,其他人只能算是野兽!"雪莱有一颗泛爱众生的大心,他的诗和社会政治理想就像这颗大心结出的果实,晶莹而澄澈。拜伦心中的大自然也是这样,是清澈而透明的。可一旦涉及人类社会,他更多看到的是阴暗、罪恶和苦难的一面。他好像把雪莱的泛爱转化为了一种泛恨:"我没有爱过这人世,人世也不爱我。"①他对卢梭的描述,似乎更适合于他自己:"他的一生是跟自己造成的敌人作战⋯⋯对人类抱有奇怪而盲目的仇恨。"②可是,拜伦的心灵又是沸腾着的,高傲的,在灵与肉的挣扎中始终追求一种升华:

　　　　总会有一天,我的心灵能彻底摆脱

　　　　这丑恶肉体中它所憎恶的成分,

　　　　脱离了这种充满肉欲的生活,

---

① 第三章第一一三节。
② 第三章第八〇节。

而只保留鸟雀似的轻灵的机能；

总会有一天，灵魂和渣滓截然分清，

难道我还不行，到了那样的境地？

还是格格不入，不能和自然交融？

难道我还不能领悟造化的奥秘？

深通那我已浅尝过的大自然永生的真谛？①

这种自我，在我看来，正是所谓浪漫主义典型的"自我"，它与后来克尔凯郭尔、海德格尔、萨特等谈论的"自我"是不一样的。拜伦的自我，是一种两难的自我，一种理想和现实冲突的自我，一种能同时意识到个体自由和社会束缚的自我，是一种那个时代的个人带有共同特点的自我。在一个特定时代里，其个性带有共性，这也是一种悖论。要深入理解这种个体和个性，要到那个时代的社会共性里去寻找。就这一点而论，拜伦和雪莱都同样值得我们更进一步研究。

晚年的父亲把他主要时间花在研究逻辑悖论上。他认为逻辑悖论跳不出自身循环的原因是"遇见了矛盾"。在他的日记里也偶尔谈到拜伦。他在 1987 年 11 月 1 日

---

① 第三章第七四节。

的日记中写道："没有对矛盾的认识，即跳不出非此即彼的鸿沟。拜伦高唱地牢中向往自由囚徒的歌声，徒呼乐尔。自由，而缺乏对矛盾的认识，终究是浪漫主义者的束缚。"其实，走出这种束缚的是拜伦的行动，他为自由而献身，不也是一种泛爱众生吗？在矛盾和自我挣扎中，追求精神的不朽，不正是为艺术和理想而献身吗？正像他为古希腊女诗人萨芙所叹：

> 创造不朽诗歌的她，为何不能存活？
> 而只有诗歌才能保持永久的生命。①

是的，伟大的诗人们都有这种自信：

> 我的肉体将消亡，我的精神永远
> 不会被苦难和时光磨灭。

《恰尔德·哈洛尔德游记》第四章里的这句诗，后来

---

① 第二章第三九节。

成了拜伦的墓志铭。①

　　当获悉广西师范大学出版社在《恰尔德·哈洛尔德游记》的中文初版六十四周年之际要再一次出版父亲的这部译作，二姐伊宏花了数月时间反复校读了这部近五千行的诗集，更正了九〇年版中的一些印刷错误，也纠正了多处译名不统一之处。在校样出来后，她又仔细认真地校读了每一行，提出了她诸多有益的建议，让我非常感动。伊宏姐告诉我，她在校读时常常不由自主地朗读精彩段落。在朗读英文原诗时，好像父亲在聆听她的朗读。而我自己也有同感，校读与回忆时常缠绕在一起，就好像是在和父亲一起读《游记》，我感悟到了他的指导和教诲。当我读到了全诗最后一行，正像拜伦所说，诗中的含意愿人们记取，也愿译者的辛劳换取读者的收获。人生短促，艺术永久。优秀的诗歌是这样，人类一切文化精华也是这样，她们被镌刻在高耸的文学纪念碑上，不朽。

　　我由衷感谢广西师范大学出版社"文学纪念碑"丛书主编魏东先生为本书再版所作的努力。2019 年夏天，

---

① 　参见第四章第一三七节第 3-5 行，此处据行文略有修改。

魏东先生和已定居海外的我通过微信取得了联系,我们反复讨论了《游记》再版计划。虽然我们彼此曾有不同意见,出于种种原因本书也没有收入他曾设想的导读部分,可我能强烈地感到他那份献身出版事业的激情。"能一起为拜伦做事很幸福!"他对我说。本书再版策划的各个细节,包括插图的选择与安排,遍及各章好几百处人名地名的统一和更新,都由他一人承担。为了让中国读者更好地了解外国文学经典作家们,他竭尽全力。我想父亲如在世,一定会十分欣赏和感谢他的工作。在此我想代表三十一年前就去世的父亲向广西师大出版社及魏东先生表达诚挚的谢意。

杨音菜

2020 年 10 月 15 日

Childe Harold's Pilgrimage : A Romaunt by Lord Byron

H. M. Caldwell Co. , New York

Illustrated Edition , John Murray , Albemarle Street , London , 1869

图书在版编目(CIP)数据

　恰尔德·哈洛尔德游记／(英)拜伦著;杨熙龄译. —桂林:
广西师范大学出版社,2021.2
　(文学纪念碑)
　ISBN 978 - 7 - 5598 - 2904 - 7

　Ⅰ. ①恰… Ⅱ. ①拜… ②杨… Ⅲ. ①诗集－英国－近代
Ⅳ. ①I561.24

　中国版本图书馆 CIP 数据核字(2020)第 094744 号

出 品 人:刘广汉　　　策　　划:魏　东
责任编辑:魏　东　　　装帧设计:赵　瑾
广西师范大学出版社出版发行

(广西桂林市五里店路9号　　邮政编码:541004)
网址:http://www.bbtpress.com

出版人:黄轩庄
全国新华书店经销
销售热线:021－65200318　021－31260822－898
山东临沂新华印刷物流集团有限责任公司印刷
(临沂高新技术产业开发区新华路1号　邮政编码:276017)
开本:787mm×1 092mm　1/32
印张:16.75　　插页:2　字数:230 千字
2021 年 2 月第 1 版　　2021 年 2 月第 1 次印刷
定价:98.00 元

如发现印装质量问题,影响阅读,请与出版社发行部门联系调换。

《恰尔德·哈洛尔德游记》导读 *

　　对于那些没有能力和财力去旅行的人而言,《恰尔德·哈洛尔德游记》可谓是一座画廊。但其魅力并非在此。《游记》不仅是英国浪漫主义文学中一部伟大的自传体长诗,也是一种厌世情绪的真实写照,之所以这样,是因为拜伦以及同代英国文人对法国大革命和拿破仑的征战彻底失望了。正因如此,《游记》在当时深受人们喜爱,其影响力遍及整个十九世纪的大西洋两岸。1809 年 10 月,拜伦游历至约阿尼纳市①,触景生情,开始创作《游记》第一章。他边游边写,1810 年 3月到达士麦那市②的时候,完成了第二章。在此之前他一直在阅读斯宾塞的诗作,受此影响,他创作的朝觐之旅采用了斯

---

* 　选自莱斯利·A. 马尔尚(Leslie A. Marchand, 1900 - 1999),《拜伦的诗歌:批评性导读》(*Byron's Poetry: A Critical Introduction*),第四、五章,董伊译,波士顿:霍顿·米夫林,1965 年,第 38 - 59 页。
① 　现希腊西北部城市。
② 　现土耳其西部城市。

宾塞式的诗体。

拜伦式的忧郁及其前因后果都在《游记》中得以完整体现。所有的情绪活动，不论是多么跌宕起伏、五味杂陈，归结起来都是浪漫式的自我作祟，这份自我令他进退两难，十分痛苦：在现实世界，他要追寻的理想社会和完美状态不存在，《游记》完整地记录了从追寻理想到接受失败的情绪变化，包括痛苦，悔过，甜美的伤感，愤世，无奈的隐忍，最终因疲惫而作罢的决定，还有一系列叠加出现的情绪活动。拜伦的朝觐之旅虽终将无果，但仍会继续，他对朝觐的渴望无法得到满足，途中光鲜夺目的异域风情和名胜古迹又令他欲罢不能，这些美景最终随着他的接近渐渐失去了想象中的光晕。

拜伦追求天真的美感，尤其是那些转瞬即逝的美。这也从一个侧面说明他是理想主义者，同时也深知现实世界无法满足他的理想。他的早期诗歌可以说明这一点。《游记》第七版（1814）第一章有一段献给安蒂，即夏洛蒂·哈莱，牛津伯爵夫人年仅十一岁的女儿：

> 啊！愿你永远保持着现在的模样；
> 你形容如此美丽，心儿温和而单纯，
> 就像爱神降世，只缺了一双翅膀，
> 你纯洁无邪，出乎希望女神的想象！

拜伦比她年长一倍，他称安蒂是"西方的佩丽"，能看到她身上有一种成熟的美,对此他颇为得意。但在 1814 年以前,他已经对安蒂失望了,当然,他没有把这种失望感写进诗里。前一年的 4 月 5 日,他写信给子爵梅尔本夫人①,说夏洛蒂"如果能永远十一岁,我会爱一辈子,如果她成年,我可能还会娶她,但绝不能让她变得和其他妇人一样俗不可耐"。

任何光鲜的外表细看来都是层层骗局,都离理想和完美相差甚远,都不如人意,一想到这些,拜伦心里就有说不尽的郁结。拜伦想要逃避,或者至少把这一困境看明白。拜伦是一个高度敏感的人,同时又充满理想。这样一个人要被迫接受冰冷的现实和残酷的幻灭,拜伦心里无比地痛苦。玩味这种痛苦,把它书写出来,不啻为一种自我安慰的办法。或者,假装内心平静,傲视凡间,坚忍克己,愤世嫉俗;他渴望精致的生活、完美的爱情,但现实世界一次次令他失望;面对这种挫败,采取神一样超然的态度,也是一种释然的办法。拜伦将这些情绪活动写成了精彩的故事,汇入到《游记》中,包括后期更为成熟的两章。前两章的口吻的确有些伤感主义式的做作,后期评论家指责他装腔作势,对自己的罪孽和愁苦夸大其词,故意包装自己。然而,虽然他的措辞有意古奥,但他确实再现了自己乃至所有同代人的心理两难,在这一点上他至少是诚实的。

让我们仔细考察拜伦式的人物设计和故事里浪漫式的两

---

① 梅尔本夫人(Lady Melbourne),即卡罗琳·兰姆(Caroline Lamb),1812 年后成为拜伦的情人之一。

难有何种关系。第一章一开篇,诗人直言自己已厌倦了花天酒地的生活,充满了罪恶感。仅凭这些话语就称诗人是"撒旦式的人物",这样说虽不完全错误,但也说明没有看到问题的根源。他的措辞多愁善感、陈词滥调,是他的风格使然。拜伦深受十八世纪典雅华丽文风所害,这种行文习惯根深蒂固,他很难改掉。但他的确"陷入了酒醉饭饱的苦闷境地","已在罪恶的迷津中,长久地跋涉"。实际上,这是浪漫派文人面临的最严酷的现实——人性的缺陷。

　　紧接着就是一个"形孤影单"的形象。"落落寡合,他独个儿徘徊惆怅。"他非常敏感,虽然还未做出什么壮举,但仅凭高人一等的向往,他什么时候都觉得自己高高在上,不与那些满足于现实生活的芸芸众生为伍。在这种态度的笼罩下,华兹华斯笔下那种湖光山色的秀丽景观是配不上他的。只有荒蛮的自然风光才能抚慰他的心灵。来到"人迹不至"的地方,看到汹涌的波涛、嶙峋的山石、浓密的森林、深沉的海洋,他好像看到了桀骜不驯的自己。

　　看到人性的脆弱,他有感而发。在此之前,拜伦曾写诗赠予约翰·皮戈特①,表达了相似的观点,只不过在《游记》里口吻更加忧伤,而非像前面那样诙谐。

　　　　姑娘们,像飞蛾,只爱灿烂的灯光,

---

① 约翰·皮戈特(John Pigot),拜伦的剑桥校友;原诗为 *On the Cruelty of Mistress*(1806)。

有时候玛蒙会取胜,而萨拉芙却落得个失望。(1:9)

此外:

> 依我看来,男子并不熟谙女人心意,
> 如果他认为须用叹息去博取欢心……
> 甚至不要显出温柔,如果你还聪明;
> 充分的自信总是谈情时最灵的药丸;
> 你要有忽冷忽热的功夫,终能得到她的喜欢。(2:34)

因过去黯然伤神,一声难以启齿的道别,所有美好的人和事现在都已成回忆,这些美丽而伤感的回忆渐行渐远,变得模糊不清,这都是浪漫派式的理想主义和完美主义受挫时的表现。"被束缚在地上,眼睛却望着天堂。"

接下来是对比鲜明的风景描写,这样的景色深受拜伦喜爱,期间他时常赞颂过去和他其实不熟悉的事物。从塔古斯河①对岸眺望里斯本城,一座座白色的建筑坐落在山肩上,一时美不胜收。但走近端详,"葡萄牙这个国家骄傲而又愚蠢","蓬头垢面的居民杂处在垃圾堆中间",让他极为失望。华丽的葡西战争描写后,拜伦像莎翁笔下的福斯塔夫那样开始思考光荣的价值。英雄"无非是暴君的工具, / 成千累万

---

① 另译"塔霍河"。

被无情地抛弃"。只有塞维利亚少女的美貌免遭他的揭破。天堂的美女也比不过"黑眼珠的西班牙女郎""那样的美人连禁欲家也不得不赞赏"。其后有关加迪斯城斗牛的描写同样遵循了先扬后抑的模式。起初，拜伦用描写骑士战争的语言刻画了一幅多彩的盛况，直到骏马被折磨得血肉模糊，"凡夫俗子眼里，这一幕是多么够味"。

有人一度认为，"兴衰隆替，繁花已尽"（sic transit gloria mundi）是贯穿《游记》的主题。其实，这一主题在第一章并没有出现，第二章虽有"希腊曾辉煌"的主题，但话锋却不同。在第四章，拜伦看到古罗马的遗迹，断言古迹若有什么永远持存的精神，那也无非是提醒世人，任何繁华盛世终有消失的一天；这一点，现代卑微的希腊人需要明白，汲取了古希腊文明的世人应该明白，那位盗取古希腊石雕文物的埃尔金勋爵更应该明白。而在第二章，当他看到古希腊的遗迹，他却在感叹现代的希腊人没了祖先的气魄：

> 你的豪杰和圣贤，如今都在哪里？
> 全都逝去了；唯有透过往事的烟霞，
> 还能看到他们的影子，暗淡而迷离。（2∶2）

拜伦发现，任何繁盛一时的文化和宗教终将消逝：

> 但看这地方——一个古国的墓葬！

过去是神的住处,现在断绝了香烟。

神道也须改朝换代——宗教要变换:

昔日的希腊教已经让位给伊斯兰教;

将来也会有别的种种教义相继出现,

除非人们明白了烧香和献祭全属徒劳——

疑虑和必死的人呀,你们的希望像芦苇般脆弱。(2:3)

最终是那个"失踪的神仙和神仙似的人们"的希腊萦绕着拜伦:

这儿无处不是英灵萦绕的圣地;

你的土地没有一寸显得凡庸,

真是千里方圆之内都值得惊奇,

缪斯的故事都像是真事,并非幻梦;

只是我们的两眼惊异地看得酸痛,

我们少年时代的梦幻所系的胜景;(2:88)

浪漫派的向往一次次受到挫败,而其他的情绪活动都是此般受挫的结果。拜伦抨击暴君,极力摆脱束缚,向往精神自由。每当他赞颂美貌,倾诉苦恋,总伴有一句潜台词:没得到的才最美("爱神的好处只是那双飞动的翅膀")。几处美景(爱奥尼亚海上穿梭的船队,齐察村的修道院,阿尔巴尼亚的崇山峻岭,闪耀的德巴兰尖塔,身着短裙、围绕篝火起舞的阿尔巴尼亚战士）虽能引发一时的兴趣，短暂的豪情好像让他暂时逃离乏味的现实，但从口吻听来，他自己也半信半疑。这些美景所在之处，拜伦暂时忘却了理想破灭的痛楚，但字里行间仍掺杂着一丝苦短的忧伤，他因此再一次失望、厌世、退却。

总体而言，相比阴沉且个人主义的后两章，前两章情绪虽然忧郁，但却有美景加以平衡。拜伦的好奇心很强，这让人不得不怀疑他旅行就是为散心，再好的美景也需要辅以喜忧参半的笔调。一旦上了路，哈洛尔德"真比天空中的鸟雀还要焦急"，他想要忘记"消磨于最荒唐的幻想中的自己的青春"，想让自己更客观地沉浸在沿途的景色中，这与后两章截然不同。他还未"熟知这悲惨世界，看透了人生"，也未有乏味到"把一切看得无所谓"，还未像第三章里的哈洛尔德，也就是拜伦自己。第二章约三分之二的篇幅都用来客观描绘阿尔巴尼亚之旅和希腊的苦难境况。最悲切的几节出现在第二章结尾处，这几节是在他听闻剑桥挚友艾德尔斯东的死讯时创作的，不应算作这首诗体游记的一部分。

拜伦的文风洋洋洒洒，插笔之处繁多，这边吹出一个泡泡，那里就扎破，这种笔法拜伦最终在创作《唐璜》的时候得以成熟。愿望不能实现，理想与现实相差甚远，这都是《游记》反复出现的主题。拜伦在《游记》里揭破浮华的世界是为了展露现实的阴暗面。这些阴暗面在《唐璜》中显得更为怪诞，怎么讽刺奚落都不为过。当然，《游记》里也有奚落的口吻：若遇到想要嘲讽一番的对象，他也管不住自己的嘴。第一章紧跟八四段的谣曲《加的斯少女》原本在主题、音步甚至韵脚上都让人想起《唐璜》：

> 莫要对我提起
> 北方的气候和不列颠的女人；
> 你能像我这样有幸遇到
> 加的斯少女，真是你的福分……

> 英国的女孩子追起来要花很久，
> 就算追到，你也觉得她冷冰冰；
> 就算容貌看得过去，
> 她们也不会轻易说爱你。

这段谣曲写完之后，拜伦发现与《游记》的整体腔调不搭，便换上了相对寡淡的《赠伊涅兹》。

霍布豪斯等友人曾提醒拜伦，面纱薄了遮不住脸，《游记》中虚构性若是不够强，有人就会视其为诗人的自传。拜伦在意这一点，便在《第一、二两章的序言》里说了些掩盖的话："朋友们曾提示过我，说这个虚构人物，恰尔德·哈洛尔德，也许会使人怀疑我写的是某一个真人；我认为这个意见很有价值。但是，关于这一点，请允许我干脆地加以否认。哈洛尔德，只是一个幻想的产儿，而创造他的理由，上边已经说了。如果光看一些细枝末节和局部的特点，这种猜想也许有理；但我希望,从人物的主要方面来看,就绝不至于产生这种想法。"
他的朋友知道,他的许多情感生活都被写了进去,因此在发表
之际又提醒他,哈洛尔德那"轻佻的女郎们放浪歌舞"的"圣
洁的寺院"即是现实中的纽斯泰德修道院,拜伦家族的宅邸,
是个读者都能看出来。拜伦出国之前还曾与家里的女佣人有
过暧昧之情。"若有人认为我从自己的个人经历取材,请相信
我,只有一小部分而已,而且我自己也衬不上那些经历……我
为世界创造了这位英雄,他的事迹我望尘莫及。"

但是,没人相信他,甚至有人怀疑他在作品中对自己做过
的恶事轻描淡写。对此,拜伦在第四版的前言中回应,哈洛尔
德只是一个虚构的人物:"我若继续写下去的话,这个角色会
随着年龄的增长而变得越来越复杂、深沉;我设计好的框架原
本是要用一个现代的泰门或一个诗化的齐洛柯来填充。"

拜伦喜欢把自己想象成一个诗化的齐洛柯。这是约翰·
莫尔[①]创作的一部小说的题目,主人公叫齐洛柯。拜伦小时
候读过这部小说,印象深刻。齐洛柯小时候的生活环境不好,
他的性格因此受到了影响。父亲早逝,母亲自私任性,他缺少
正确的教育,变得冷酷无情,毫无仁爱之心,只知道寻欢作乐。
他命里就是个恶人,罪孽深重。但齐洛柯与哈洛尔德也有巨
大的差异。哈洛尔德比齐洛柯更像拜伦。哈洛尔德感情细
腻,对暴行会生恻隐之心,虽然生性孤僻,但这并没有妨碍他

---

① 　约翰·莫尔(John Moore, 1729-1802),苏格兰外科医生、旅行作家。其小
　　说《齐洛柯》(Zuloco)通过拜伦的《游记》获得一定流传度。

投身于轰轰烈烈的反抗暴君的事业。拜伦否认主人公就是他自己,他这样做也没错,因为哈洛尔德在某些方面绝对不像拜伦;他只是拜伦想象出来的人物。创作的时候,拜伦溜进了另一个自我;这个自我仅仅分有本人的部分特征,它的一举一动与拜伦所知的常识是相互背离的。

实际上,这个诗化的齐洛柯仅仅限于开篇介绍性的几段,拜伦开始选择斯宾塞式的诗体,这种诗体显得古奥呆板,他越写越显得像撒旦自己在倾诉衷肠,越发觉得这样很傻。待到这些做作的自我介绍一写完,该到客观写景的时候,文风就有所改善。虽然措辞仍有些落俗,但已逐渐开始平铺直叙。虽然不及三、四章那么慷慨激昂、感情深厚,但有些句段的确已经超越了伤感主义的文风和厌世主义的世界观。例如第二七段颇受冷静的霍布豪斯喜爱。这一段有一句为"真比天空中的鸟雀还要焦急",最后一句为"但是一正视现实,他那酸疼的眼睛也就失神"。有些写景出神入化,例如里斯本北郊的辛特拉宫、西班牙、"安达卢西亚的女郎"、斗牛、希腊地貌和山区风景。这几处诗段的情感热度超越了较为平庸的措辞,有余音绕梁之美。反思之处也绝非幼稚。拜伦告诫希腊人说:

> 世世代代做奴隶的人! 你们知否,
> 谁要获得解放,必须自己起来抗争……(2:76)

拜伦在此表达的政治现实主义具有寓言性,在那个年代可谓是一种先进的思想。

伴着和跟妻子分居的丑闻,拜伦掸去脚下的尘土离开英格兰,开始了《游记》第三章的创作。1816 年 5 月 4 日,拜伦参观了布鲁塞尔的滑铁卢镇,他在这里开始了前几节。同年7 月 4 日,他与雪莱乘船前往瑞士的蒙特勒镇和洛桑市。他住在日内瓦湖畔的迪欧达第别墅,在那里完成了第三章。前两章让他在伦敦风光了四年,同时他仍坚信自己罪孽深重,因此,他的倾诉已听不到前两章那样做作的语言:"谁要是凭着经历而不是靠年岁,／熟知这悲惨世界,看透了人生,／那么他就会把一切看得无所谓。"然而,他心里"却充满着活泼的幻想,／在拥挤的脑海里还留着陈旧而完好的形象"。

离开了英格兰,他卸下了名声带来的负担,觉得轻松了许多。重拾恰尔德·哈洛尔德的主题,即"那反抗自己抑郁心灵的漂泊的叛逆",他终于可以不用假托一个虚构的人物来说出自己的心声。因此,这里的哈洛尔德即是拜伦的另一个自我,得到了作者本人充分的认可。随着措辞愈来愈真诚,整体的诗歌性得以提升。然而,就像华兹华斯在《永生颂》里表达抑郁的情绪,柯尔律治在《失意吟》的高潮处哭诉"想象的塑造力"已丧失,拜伦也曾担心,自己年纪轻轻,怕是无法将自己的痛苦吟诵:

也许因年轻时欢乐和苦痛的激情,

我的心、我的琴都折断了一根弦，

　　它们都会发出刺耳的嘈杂声音，

　　现在来重弹旧调，怕也难以改善……（3：4）

但不管怎样，他用以创作的器乐还是多了一根琴弦，让他的旋律更丰满、更入心。而这正是拜伦最具诗人气质、最感人的地方。梦想好像实现了，想象借助诗艺获得了自己的生命：

　　　　为了创造并在创造中生活得更活泼，

　　　　我们把种种幻想变成具体的形象，

　　　　同时照着我们幻想的生活而生活，

　　　　简而言之，就像我如今写着诗行。

　　　　我是什么？空空如也。你却不一样，

　　　　我思想之魂！我和你一起漂泊各地，

　　　　虽然不可见，却总凝视着万象，

　　　　我已经和你变成了浑然的一体，

　　　你总是在我身边，即使在我情感枯竭之际。（3：6）

　　起初，他的脑海"变成一团狂热和火焰急转着的漩涡"，但有时他还能找到平静，还能冷静地看待自己和别人的境遇。前几节他还在一股脑地吐诉自己的不幸，而这时：

　　　　自行放逐的哈洛尔德又开始流浪，

他已毫无希望，但也不再那么阴郁；

坟墓外边的苦难都已经备尝，

他更明白了自己生活的完全空虚，

所以他不再因失望而多去忧虑。（3：16）

霍布豪斯不怎么看好第三章——他说第三章写得神神秘秘、云里雾里的——第一、二章也不喜欢，因为前两章记叙了他们两人共同的经历。相比之下，季福德和摩尔①一直鼓励着拜伦。1817年1月28日，拜伦写信给摩尔："得知拙作能蒙你的厚爱，我非常开心；本来就是一部不起眼的作品，但我写得很用心，我自己很喜爱。创作之时，我可谓半疯，游离在哲学、山石、湖泊、忘不了的情、说不出的话，还有罪孽令我做的噩梦之间。"拜伦的诙谐写入诗里会大煞风景，但在信札中却随处可见："好长一段时间里，我都有自杀的想法；但我一想，我要是有个三长两短，我的岳母定会拍手叫好；一想到这一点，我又打起了精神；如果我真的死了，做鬼也不会放过她……"

与妻子分居，与自己同父异母的姐姐奥古斯塔相恋，这些丑闻让拜伦的名声一落千丈，他领教了人性的缺陷。他对现实失望，对他自己失望，但他不会就此罢休。他反而从这种失

① 威廉·季福德（William Gifford，1756-1826），诗人、编辑。拜伦欣赏他辛辣的讽刺杂文。托马斯·摩尔（Thomas Moore，1779-1852），爱尔兰诗人与传记作家，拜伦的友人。他的伤感主义文风影响了拜伦早期的作品。

望感中获得了一种诗歌上的成就。第三章出版后,与拜伦曾有一段恋情的卡罗琳·兰姆伯爵夫人一语道破创作动机:"是不幸和愤怒造就了这部作品。只要谈的是自己,他就能写好。自我是他唯一的灵感——他不像荷马、但丁、维吉尔、弥尔顿、屈莱顿、斯宾塞、格雷、戈德史密斯那样会写其他话题;只要他亲自感受过的经历,他便能下笔千言。"①兰姆也许说得不对,拜伦若被一样事物激起了兴趣,他可以像但丁、维吉尔、弥尔顿一样滔滔不绝、感情热烈。至少,那些名家们都写过的、涉及全人类生存境况的话题同样也打动了他,触发了他的灵感。

法国大革命燃起的希望之火被拿破仑的征战全部浇灭,浪漫派的理想主义者对世界彻底失望了。拜伦一边"炫耀着自己流血的心",一边也替这些理想主义者说出了心声。"恰当的报应! 高卢也许被缚上了缰绳, / 衔上马衔;但世界岂能自由幸福?"站在滑铁卢空旷的原野上,拜伦不禁感叹"兴衰隆替,繁花已尽"。这一幕始于利奇蒙公爵夫人在布鲁塞尔举行盛大的舞会——"那晚上可听到盛大酒宴的喧哗声"——终于他对无谓的牺牲的思考。待到他分析拿破仑的性格和生涯——"他那矛盾的心胸",他好像看到了自己。他自知是一个"偏激的人",曾征服过世界,但眼下却被荣誉反噬。他"能倾覆、统治和重建一个帝国","却管束不住自己最

---

① George Paston and Peter Quennell, "To Lord Byron",第 78–79 页。写信的时间为 1816 年 10 月 13 日。——作者注

卑微的情感",最终:

> 当幸运之神遗弃了你,她的宠孩,
>   厄运像巨石般压在你背上,而你勇气并不稍衰。(3:39)

显然,拜伦在分析拿破仑成败原因的时候,他在写自己,也在总结浪漫派共有的窘境:"不愿在自己狭隘的躯壳里居停, / 却总喜欢作非分的幻想和憧憬。"

拜伦自己的倒影在"狂放的卢梭,那作茧自缚的哲人"一段里愈加清晰。尽管拜伦花了不少工夫在日记里解释自己与卢梭有多么不同,这里他刻画的特征全然就是他自己的:

> 就从这地方开始他那不幸的生涯;
> 他用魔力美化了那种痛苦的热情,
> 从悲苦中涌进出无敌的辩才,
> 他为之说教的是世人的悲哀。
> 他能把疯狂的性格描述得美丽异常,
> 把不规的行为和思想涂上绚烂色彩,
> 他所用的语言就好像炫眼的日光,
> 人的眼睛立刻留下同情的泪,一读他的文章。

> 他的爱是一种最热烈不过的爱:
> 仿佛被雷电击中起火的一株树;

那无形的火焰把他烧成了炭块;

他认为非如此不能算真正的恋慕。

但他为之倾倒的并非世间的美妇,

也不是逝者:他们萦绕我们的梦魂;

却是理想的美人,实际是世间所无;

他的著作中满布这种理想的幻影。

他写的似乎失之狂暴,却燃着火焰般的热情。(3:77,78)

打动拜伦的卢梭绝不仅仅是《忏悔录》和《新哀绿绮思》中的那个卢梭。在《游记》中,是卢梭道出了"古代神秘的毕西亚山洞的神谕, / 让全世界燃起了熊熊的火焰, / 直到所有的王国全都化为灰烬。/ 他这么做,还不是为了法兰西的新生?"拜伦借此表达了一个他知道非常不受英国托利党待见的观点:法国大革命之所以过了火、杀了人是因为法国人民被镇压得太久:

他们不是鹰隼,在光明的天空长大;

如果他们在有些时候,把对象误捕,

那么,这又何足为奇,难道还值得惊呼? (3:83)

随着拿破仑的复辟,地牢回来了,皇位也回来了,但拜伦却乐观洋溢,与同时代失望的理想主义者形成了鲜明的对比。他对革命价值的见解直到维多利亚时期才得以流行:

但这情况不能长久,不能被容忍!

人类自觉到自己的力量,并表现了它。(3:83)

湖畔一游之后,拜伦致敬了另外两个砸破神像的大家——伏尔泰和吉本,二人也曾住在湖畔:

他们有巨人的头脑,所抱的雄心,

与泰坦们相似,要在大胆的怀疑之上,

堆起思想的大山,足以唤起隆隆雷声,

足以召来天上的火焰,且与之争抗,

上天对人和人的学说除了微笑就只能这样。(3:105)

该段结尾处的视角转换属于反讽手法,这种手法后来成为了拜伦在《唐璜》中使用的主要修辞手法。拜伦视传统观念为敌人,像泰坦那样公然挑战众神。但他突然明白,众神不仅对人类的朝拜视而不见,对人类的愤怒也视而不见。我们知道,反讽虽在讽刺文学中可以起到挖苦和幽默的效果,但却不适合如此较为严肃的诗歌。拜伦要做那个砸破神像的抗争者,但乍眼看去,用反讽为抗争者摇旗呐喊好像不能达到预期的效果。然而,从另一个侧面看,这种笔法也是拜伦的特色:他的立场游移,明白每个观点都有几分道理;他举棋不定,从不相信正确的观点只有一个。但拜伦始终相信,坚持游移不定的立场才是抗击愚行、迷信、暴行的办法。他相信,只有与这种立场作对的人才会求神,才会视其为天庭的敌人。

伴随着华丽的景致描写和呼唤自然的豪言壮语("壮阔而险恶的气象无穷"),我们又一次看到了"形孤影单"的他。一离开多佛港,他的心胸就豁然开朗,"身下汹涌的海潮像识主的骏马"。整个第三章都洋溢着重获自由的兴奋,拜伦终于离开了那个"逼仄的小岛",离开了那个他一度强迫自己适应的虚伪的社会。在那个社会,他需要费力给真实的自我戴上一副面具。"他以冷漠自卫,又去跟人们周旋, / 如此颇为安全,他自己这样思忖。"他曾在人群中试图"寻找益于思索的事情","可是不久他就醒悟,知道他自己 / 最不适合与人们为伍"。

> 他特立独行,怎肯把心的主权
> 割让给心灵所反对的那些庸人;(3:12)

为了找寻知己,浪漫的他只得去荒野、高山、"沙漠、森林、洞窟以及海上的白浪"。

莱茵河畔的景色让寂寞的他浮想联翩:这里已不见诸侯相互厮杀,只留下城堡残垣断壁,拜伦感叹"兴衰隆替,繁花已尽",美只属于幽丽的河川和爬满藤蔓的滩涂。德勒根菲尔斯峰引出了一首致姐姐的颂歌,柔美伤感的情调胜过了相思之苦。

莱蒙湖、阿尔卑斯山和同行的雪莱升华了他对自然的认识,这种认识的高度他以前从未触及,以后也再未触及。孤独的他吸吮着"阳光写在湖面上的造化的诗篇"。孤寂感"复活那虽已埋没 / 而我仍和很久前一样怀抱着的观念; / 很久以前了,那是我还未被关进庸众的羊圈"。他借助这种孤寂感不仅要逃脱"喧嚣的城市",更要脱开那"拖累我们的臭皮囊"。受雪莱的感染,高远的信念一度令他兴奋不已:

> 我已经和周遭的大自然连在一起,
> 我好像已经不再是原来的自我;
> 在喧嚣的城市里,我总觉得厌腻,
> 高山却始终会使我感到兴奋快活;
> 大自然的一切都不会令人厌恶,
> 只怨难以摆脱这讨厌的臭皮囊,
> 它把我列进了那芸芸众生的队伍,
> 虽然我的灵魂却能够悠然飞翔,
> 自由地融入天空、山峰、星辰和起伏的海洋。(3:72)

拜伦亲眼见识过人性的缺陷,体会过肉身的孱弱,此情此景对他而言极度震撼。我们似乎也能像雪莱那样,仅凭想象就可以生出一对翅膀,一跃而起,展翅翱翔,跳脱这禁锢精神的肉体枷锁。

> 总会有一天,我的心灵能彻底摆脱

这丑陋肉体中它所憎恶的成分，

脱离了这种充满肉欲的生活，

而只保留鸟雀似的轻灵的机能；

总会有一天，灵魂和渣滓截然分清，

难道我还不行，到了那样的境地？

还是格格不入，不能和自然交融？（3：74）

之后是一段带有多神主义的设问。雪莱推荐他读华兹华斯的诗作，这两句明显受到了感染：

山峰、湖波以及蓝天难道不属于我

和我的灵魂，如同我是它们的一部分？

我对它们的眷爱，在我深深的心窝，

是否真诚纯洁？（3：75）

他珍视这种感情，决不会"抛弃这些感情，学那些庸碌之人，／换上一副麻木而世俗的冰冷心肠。／庸人的眼只注视泥坑，他们的思想怎敢发光"。然而，尽管拜伦非常想要跳脱这副臭皮囊，但他过于固执，虽然多才但与现实世界有太多瓜葛，不够完美，因此他的境界无法升华得太高。崇高的信仰他坚持不了太久，况且他明白，信仰再崇高也都是一厢情愿。事后，当被麦德文问到时，拜伦甚至有些不好意思："雪莱在瑞士给我灌了不少华兹华斯的大道理，我都快要吐了。"

写景的诗段虽然是他通过直接观察而创作的,但再现得却不忠实,倒像是狂想曲式的改编,只有平静的莱蒙湖能让他暂停狂想,让他对自然的景色仔细端详一番。拜伦在以下几段诗行展现了全诗少有的克制:

> 当船儿靠岸时,一阵阵浓郁的芳馨,
>
> 从稚嫩的花丛传来;我们只听见
>
> 收起的橹桨上轻轻滴下水珠的声音,
>
> 或者是蚱蜢又唱起一曲晚安歌,打破了寂静;(3:86)

风暴中的莱蒙湖、克拉伦斯村笼罩在卢梭的《新哀绿绮思》的气氛下,在他的笔下甜美净爽,丝毫不叫人苦闷伤感。但临到结尾他又将普罗米修斯式的抗争者请了回来,盛气凌人,这才是贯穿整章的母题:

> 我没有爱过这人世,人世也不爱我;
>
> 他的臭恶气息,我从来也不赞美;
>
> 没有强露欢颜去奉承,不随声附和。(3:113)

紧接着,他转而呼唤他的女儿:

> 我多爱你,虽然你生于痛苦的时辰,
>
> 又是在患难之中生长。你的爸爸

遭遇的也是这些,你的也不见得轻;(3:118)

到了第四章,拜伦一面炫耀着自己流血的心,一面炫耀着意大利;从威尼斯一路到罗马,他从"灵魂的城"中,从"荒凉的大理石堆"中追溯历史,精彩地阐释出"兴衰隆替,繁花已尽"的主题。自传的部分他竟能婉婉道来,不像第三章那样,一写到"忘不了的情,说不出的话"时就手忙脚乱。唯一不变的是那种寂寞荒凉的笔调。换言之,他终于耐得住愧疚之苦了。虽然不了情还叫他隐隐作痛,但已不再痛得像丧亲那样撕心裂肺。病虽未除根,但烧已退。在威尼斯的几个月让他过得非常满意。[1] 每天的日子新奇得像歌剧里的场景,但他却也找到了归属感,放松下来,享受生活。1816 年 11 月 27 日,他写信给道格拉斯·金奈尔德(Douglas Kinnaird):"我有书看,有豪宅住,不错的国度,语言我也喜欢,游乐的地方多,生活便利,是一个我能接受的环境。还有漂亮的女人不讨人厌……"[2]

在第三章里,卢梭爱得热情奔放。相比之下,拜伦在威尼斯却爱得不温不火,这对他而言是一种新的体验。给姐姐写信时,他这样描述刚结识的情人玛利亚娜·赛嘉蒂(Marianna Segati):"她不缠我,这是个奇迹! 我相信我们在

---

[1] *Letters and Journals*,第四卷,第 14 页。信是写给默里的,时间为 1816 年 11 月 25 日。

[2] *Lord Byron's Correspondence*,第二集,第 24 页。

一起最幸福。阿尔卑斯山南麓，一对男女苟且度日……这段情感冒险来得正是时候……在这里，我过得安逸，为人和善，前两年那些揪心事已不在我心头困扰。"①但很明显，安逸的拜伦没怎么创作，只是偶尔写几首像《我们不再流浪》之类的趣味诗。这首诗附在一封趣味盎然、欢快俏皮的信后。霍布豪斯一直催他去罗马，但他却信步在狂欢节时的威尼斯街道。直到四月中旬，他才毅然结束他和玛利亚娜如胶似漆的生活，继续他的旅行。夏天，他住进了班塔河②畔、米拉小镇上的一栋别墅，这时才开始动笔。第四章不像第一章和第三章那样用自己痛苦的处境开篇。一开篇虽然仍带有浓厚的主观色彩，但却不失为一种对威尼斯的美丽与衰败的个人见解。写完后他寄给霍布豪斯提意见，他用随附的一封信作为本章的序言。他说，这一章"是我所有作品中篇幅最长、包含的思想最多和内容最广泛的一部……（这诗）不失为对值得尊敬的东西表以敬意的一种象征，为光荣伟大的东西而感动的一种象征，它的创作曾是我快乐的源泉……"此外，他还特意声明这一章中的人物刻画忠实可靠，绝无虚构："在这里，关于那旅人，说得比以前任何一章都少，而说到的一点儿，如果说跟那用自己的口吻说话的作者有多大区别的话，那区别也是极细微的。"

他想象威尼斯是"最绿的岛屿"，激动地敬仰她过去的辉

---

① *Astarte*，1921 年，第 279 页。信的时间为 1816 年 12 月 18 日。
② 另译布伦塔河。

煌。那时的"威尼斯,就在那儿庄严地坐镇着一百个海岛"。而如今的她已风光不再:

> 她像一个海上的大神母,刚出洋面,
> 那隐隐约约的模样儿仪态万方。(4:2)

圣马可大教堂入口上方的四匹铜马被戴上了挽具,现在的威尼斯被奥匈帝国套上了缰绳,"她的自由只一千三百年光景,/ 她像海草,渐渐沉入出生的海底"。但当他站在叹息桥上"举目看去,许多建筑物从河上涌现,/ 仿佛魔术师把魔棍一指",他变成了当年建功立业的人物。威尼斯有一种特殊的美他尤为钟爱:

> 从童年起,我就爱上她了;她的形象,
> 仿佛我心头的一座仙境似的城,
> 像水柱似的涌现、升起在海面上,
> 她是欢乐的家园,财富集散的中心;
> 她就像印记似的在我心头留存,
> 靠了奥特维、拉德克利夫、席勒、莎翁的笔;(4:18)

拜伦第四章的插笔虽多,但却不像前几章那样过多遮蔽主题。第一处插笔他在第三章略微触及,即想象的玄虚本质:

心灵上的人物不是用骨肉做成；

他们不朽，而且在我们心中闪烁，

比真的人物更灿烂的光辉，使我们亲近

比现实的生活更加可爱的生活；

我们的生涯本来受着万千种束缚，

这些形象却使黯淡生活变得灿烂，

他们的光辉驱走并代替了邪恶。(4：5)

　　紧接着，他又重拾自我放逐这回事，那时信里全是这一话题："我自学了几种外语——因此，虽在外乡 ／ 但已不是外人。"但是，他如果再也不返乡，他还是希望乡亲们能用乡音怀念他。他到达了一种见怪不怪的境界，第四章开篇就发表打算要戒掉世俗享乐的决心：

人是能够忍受的；那痛苦的生活，

也能够把空虚而荒芜的心灵

当作生根的土壤；(4：21)

　　但时不时就浮现出一个"旧疾复发、隐隐作痛"的意象，例如"蝎子的叮咬"。对此，最好的解药是"在废墟中沉思"。他赞颂了意大利是"世界的花园，是艺术和大自然 ／ 所能产生的一切集大成之地"，之后就开启了朝觐。第一站是宁静的亚桂小村,山谷里"安卧着的是洛拉的爱人"。① 虽然拜伦不怎么喜欢彼特拉克②(他写信给西斯蒙第③:"彼特拉克的诗里随处可见面纱的意象,我已经厌烦了下垂的面纱了"),但约里安山④的美景却让他陷入了沉思。

到了费拉拉城,暴君阿方索二世曾在这里将诗人塔索关进牢笼,这牢笼在拜伦看来即是压迫的象征。拜伦认为塔索的诗歌当代人也无法比肩。佛罗伦萨城勾起了的"细述地狱和颂赞勇士"的诗人形象,例如但丁和南欧的司各特阿利奥斯多。拜伦不怎么会欣赏雕塑和美术,但美第奇的维纳斯像的确让他想起了孕生她的希腊神话。

从第七八段,拜伦进入了罗马城。之前的游记多少有些走马观花,但到了罗马,他的溢美之词大过了前几段他对威尼斯的颂赞。罗马的残垣断壁点燃了他原本忧郁的想象,放出炽热的光芒:

> 啊,罗马,罗马,灵魂的城! 我的国土!
> 那些灭亡了的帝国的孤苦的母亲,

---

① 洛拉的爱人指彼特拉克,他葬于亚桂村。

② 彼特拉克献诗给爱人洛拉:"你的面纱遮住了你美丽的眼眸"(十四行诗第30首)彼特拉克的诗拜伦越读越烦:"这个老眼昏花的彼特拉克我真讨厌,成天哭哭啼啼,这样永远也无法获得洛拉的芳心,我要像他这样也无法让我的洛拉爱上我。"(*Letters and Journals*,第三卷,第240页)

③ 西斯蒙第(Jean Charles Léonard de Sismondi),法国政治经济学家。他曾为彼特拉克作传,和拜伦一样认为彼特拉克缺少男性气概,容易满足。

④ 阿尔卑斯山脉一段。

心灵的孤儿们必然会向往您处，

而且要按捺住他们心中小小的苦闷；

算得什么呢，我们的苦痛和不幸？

你们看这儿的杉柏，听枭鸟悲啼，

在坍塌的宫廷和庙堂的步阶上缓行，

你们呵，你们的痛苦是短暂而轻微！

我们脚下是一个世界，它像我们的躯壳，孱弱无力。

许多古国的尼俄柏！失去了冠冕，

站在这儿无言地伤悼，她伶仃孤苦；

一个空的骨灰瓮捧在她瘦削的两手间，

神圣的骨灰早已飞散，里面空洞无物；(4：78,79)

罗马的废墟让他感叹时世变迁，唯一不变的是"思想的灵魂"：

呜呼，杜利的口才，维吉尔的诗篇，

李维绘影绘色的史册！但这些东西，

却会使她复活；其他一切都要朽烂；(4：82)

拜伦伤感地领略了罗马曾经的辉煌历史，最终又回归"兴衰隆替，繁花已尽"的主题。

但我们再看不到,罗马,你在自由地时期,

两眼闪射出囧囧光采的模样了,呜呼,大地!(4:82)

从哺育了罗马帝国建国领袖的"母狼",到帝国的历代皇帝,拜伦讲述了一遍罗马帝国史,这让他领悟到一切荣华皆消灭,王侯将相尽做土。很明显,拜伦在影射当时的大英帝国。

面对跌宕起伏的历史画卷,他的内心平静如水。他向往一种理想的境界:在浪漫派的心里,苦思一生,你无法达到这个状态;享受生活,事业有成,你同样也无法到达这一境界。传说,女神厄革里亚爱上了凡人。眼中的艾及丽厄革里亚之泉让拜伦思绪万千。他渴求另一种生活状态,感到无比的孤单,便道出了以下这段慷慨激昂、痛彻心扉的词句:

爱情呵!你从来未曾在地上居住过——

虽不可见,我们仍信奉你这神道;

为信仰你而作的牺牲,是破碎的心窝,

但我们的肉眼过去既从没看到,

将来也永远看不见你的真貌;

心创造了你,就像它设想天上诸神,

光凭着它自己的愿望来臆料 ……

心灵为自己所幻想的美而得病,

热狂地创造虚假的形象:在哪里,

雕塑家的心灵抓住的这些神的外形？

在他自己脑中。大自然岂有这么美丽？

我们敢于在少年时代梦想、虚拟，

而成年后追求的那些美和德在何处？（4：121,122）

之后，他又开始哀叹浪漫派的灵魂已无药可救，"我们的生命是伪自然的，它列不进 ／ 融洽的大自然，这是不幸的命数"。这是一句撒旦主义的话，拜伦丝毫没有隐瞒，更没有做作；说出这样的话，是因为他坚信这"是一种洗刷不清的罪恶的污痕"，人性的缺陷，"是一棵无限的毒树，摧残一切的树，／ 它的根就是大地，它的枝叶犹如 ／ 把瘟疫象露水般降到人身的天空"。

　　这个萧瑟的世界中仍有一个人可以退守的堡垒，那就是人的心灵，它不可战胜，从不屈服。目前这一阶段，心灵不大可能像雪莱所谓的那样一跃进入纯粹精神的世界，但只要它坚守住自己的堡垒，谁也无法进犯。

但让我们大胆思索吧；如果放弃

思维的权利，就是可耻地抛掉理性；

思维是我们最后的、唯一的避难地，

而这处所，至少还属于我的心灵。

虽然从我们出生时起，这神圣的机能

就受到束缚和折磨，被监禁、局限，

只好在黑暗中发育,唯恐真理太光明、

太辉煌地照亮一张白纸似的心田;(4:127)

沿着这种想法,他设想"可里西"是时间老人的复仇,想到自己受的冤屈,言语透露着些许邪气:

但是在我的身内确乎有着一种素质,

能战胜磨难和时光,我死而它犹存活。

这是他们所不知道的非人世的东西,

像一张无声的琴留在记忆中的音乐。(4:137)

这段插笔的情绪很像前几章,经常被人引用。之后他又返回圆形剧场,刻画一系列半虚半实的人物:一位奄奄一息的角斗士,为了让罗马人作乐而被屠戮;万神殿;哈德良的莫尔(或称陵墓,即今罗马的圣天使堡);梵蒂冈的圣彼得大教堂;最后是拉奥孔和贝尔维德尔的阿波罗。整个朝觐在亚尔班湖到达了终点。大海唤起了记忆中的一幕一幕,拜伦回想起前几章那段时光,自己虽然孤独,但较如今快乐。如果无法一跃进入纯粹精神的世界,至少他可以"和宇宙打成一片",让心灵不受世俗的牵绊。

啊,我愿一片沙漠成为我的家园,

我要把全人类忘记得干干净净……

> 在不见道路的森林中别有情趣,
>
> 在寂寞的海岸自有一番销魂的欢欣。(4：177,178)

第四章在如此欢欣的气氛中结束了,但首尾的几段仍有一丝忧伤——离别的忧伤:

> 我的工作完成了,我的吟唱已停,
>
> 我的主题消失,只剩下回声盘旋。(4：185)

那时,拜伦已预感到《游记》的主题"只剩下回声盘旋"了。第四章没写完,他就已经分心去写热热闹闹的戏仿讽刺诗《别波》了。

但是,《游记》"盘旋的回声"、忧郁的音乐会在读者的心头萦绕。《游记》的词句单个读来略显俗气,但这份俗气最终会被积少成多的感染力湮没。我们有理由相信,拜伦在某种程度上道出了所有人的心声。从当时的语境看,它将一颗躁动不安的心置于晴朗的天空之下无遮无掩,就这一点,任何其他浪漫派的自传性文学都无法比拟。到了三、四章,斯宾塞式的诗体已不再做作,拜伦成功将它化为一件只属于自己的乐器,细腻地奏出每一个浪漫派的苦恼的音符。